CRIME FICTION

Die Tarne-Anthologie

CRIME FICTION

Joachim Stengel

Die Tarne-Anthologie

Cover-Design von
Sibylle Stengel-Klemmer

Die Stories und die in der Handlung vorkommenden
Personen sind fiktional, jede Ähnlichkeit mit real
existierenden Personen, gegenwärtig oder früher, ist rein
zufällig.

Bibliografische Information der Deutschen Nationalbibliothek:
Die Deutsche Nationalbibliothek verzeichnet diese Publikation
in der Deutschen Nationalbibliografie; detaillierte
bibliografische Daten sind im Internet unter http://dnd-dnb.de
abrufbar.

Herstellung und Verlag:
Books on Demand, Norderstedt

ISBN 9 783 751 919913

1. Auflage 2020
© 2020 Joachim Stengel

Pulp, Noir & Crime Fiction

In der heutigen so kompliziert gewordenen Welt
ist es ein Vergnügen, auf eine literarische
Gattung zurückzugreifen wie PULP, NOIR oder
CRIME FICTION.

Pulp wurde ursprünglich definiert als: Abfall,
Dreck, Müll oder Schundliteratur. Themen
waren vielschichtig, von Horror über Fantasy
und Science-Fiction – sogar Romanzen und
Western waren darunter zu finden. Es gab lange
keinen klaren Stil. Pulp entstand einfach aus
Angebot und Nachfrage. Die Bedingung war,
dass die Texte schneller, greller und härter sein
mussten. Über 40 Millionen Pulps wurden, seit
den 1930er Jahren, jeden Monat verkauft. Die
ursprüngliche Cover-Kunst Pulp schaffte es somit vom Heftchen zum Hardcover. Helden sind
in Pulps mehr als ihre Aufgabe. Es geht nicht
nur um das Lösen von Fällen. Hier wird nicht
nur geredet, hier wird gehandelt, geschützt und
bestraft aus einer Hand. Gerade diese forsche
Handlungskompetenz, das Überschreiten von
rechtlichen Grenzen scheint die Leser anzuzie-

hen. Weg von dem täglichen Einerlei, das sie von Politikern in der Gesellschaft zu hören bekommen, die dann doch in Handlungsohnmacht stecken bleiben.

Noir, vom französischen „Schwarz", geht zurück auf die Kriminalgeschichten in und nach der großen Depression in den USA. Starke und schwache desillusionierte Männer und böse Femmes fatales erscheinen im Vordergrund. Hier wurde alles negativer und ungemütlicher, eben dunkler. Noirs wollen gerade den Leser mit wirklicher Verzweiflung in Berührung bringen und ihm den *smell of fear* in die Nase steigen lassen, wie Raymond Chandler einst schrieb. Der Held bleibt hier oft nicht, wie erwartet, der Sieger. Es gibt kein Happy End im Noir, sondern der Protagonist offenbart eine gespaltene, verwundbare Persönlichkeit, die von meist niederen Bedürfnissen getrieben wird. Sie schlägt sich mehr schlecht als recht durch, aber findet keine Erlösung. Die Gedanken und Aussagen sind von Zynismus geprägt. Dazu ist die Hauptperson nicht der moralische Sieger und sie verlässt gerade Wege, weil ihr nicht besonders ehrenhaftes Ziel es erfordert, die Dinge selbst in die Hand zu nehmen. Das macht die Geschichten so kurzweilig.

Bei *Crime Fiction* dreht sich klassisch alles um ein Verbrechen, das unlösbar scheint. Diese Unlösbarkeit spielt auf die menschliche Sehnsucht an, die Wahrheit herauszufinden, und das fesselt den Protagonisten und Leser und wird zum Motor der gesamten Geschichte. Die Spannung nimmt zu und je näher die Lösung ist, desto weiter steigt die Gefahr. Beigemengt ist meist ein grausamer Mord, auf den eine blutige Rache folgt, und eine Spur von Erotik, von schmutzigem Sex bis zu romantischer, sehnsüchtiger Liebe.

Alle drei Literaturrichtungen verbinden zum einen gemeinsame Themen: Es geht um wirklich böse Buben, Brutalität, Grausamkeit und Rache. Oft spielt ein Geheimnis eine große Rolle und auch Liebe und Leidenschaft fehlen nicht. Hin und wieder schwimmt ein wenig Humor an der Oberfläche. Zum anderen vereinen alle drei Gattungen – Pulp, Noir und Crime Fiction – das entschlossene Voranschreiten der Protagonisten. Sie alle ziehen ihre Schlüsse und handeln dann konsequent danach. Sie lassen sich nicht einschränken durch äußere Vorgaben, sondern tun das in ihren Augen Notwendige, auch wenn das an manchen Stellen bedeutet, sich über Grenzen hinwegzusetzen. Zum Schluss gibt es eine Moral oder manchmal eben auch eine Anti-Moral.
Es sollte deutlich sein, dass diese Gattungen wesentlich mehr zu bieten haben als ihnen oft zugestanden wurde. Sie sind elektrisierend,

begegnen aktuellen Bedürfnissen und rufen Werte wieder wach. So bereiten sie zwei Mal Freude: beim Schreiben und beim Lesen. Meinen Teil des Vergnügens durfte ich schon genießen. Nun sind Sie an der Reihe!

Joachim Stengel
Juni 2020

Blutgeld[1]

*In dieser Story führt es den Privatdetektiv Robert
E. Tarne aus dem Ruhrgebiet direkt nach Kuba.
Das Urlaubsland vieler Deutscher entpuppt sich
als gar nicht so paradiesisch wie es sich nach
außen darstellt. Zwischen den bunten Autos seiner Helden* Philip Marlowe *und* Sam Spade *sieht
sich Tarne mit dem verrotteten Teil des Insel-
staates konfrontiert.*

Der zweimotorige Jet vom Typ *Boeing 77W* der
Air Canada zog seine Bahn Richtung Kuba. Das
stetige Rauschen war Tarne ins Unterbewusst-
sein gerutscht. Er blätterte die Liste der angebo-
tenen Filme im Monitor in der Rücklehne seines
Vordermanns durch. Welchen sollte er als
Nächstes anschauen? Schon eigenartig, welche
Umwege man fliegen musste, um nach Kuba zu
gelangen. Es wäre auch über Moskau möglich
gewesen, aber das hätte länger gedauert. Man
stelle sich einmal vor: um die ganze Erde anders
herum. Nur, um nach Kuba zu kommen!

---

[1] Erstveröffentlichung in: Elke Bockamp (Hrsg.): „Fernwehen:
Da sein, wo andere hin wollen" (2017)

Sein Weg ging von Düsseldorf über London und Montreal zum Zielflughafen *Varadero Juan Gualberto*. Für jährlich 1,5 Millionen Kanadier, hatte er erfahren, bedeutete Kuba, was für die Deutschen Mallorca war. In London hatte ihn eine Engländerin vom Bodenpersonal abgefangen und ihn animiert, ihr im Laufschritt zu folgen. Trotz Verspätung war es ihm gelungen, den Anschlussflug zu erreichen. Die Gesellschaft hatte mit dem Abflug auf ihn gewartet, um Schadensersatz zu vermeiden. Aber sein Koffer war nicht mitgekommen. Nicht gut, aber zu regeln. Das Handgepäck würde für den Anfang reichen.

Die Maschine transportierte sonnenhungrige kanadische Urlauber. Tarne rekapitulierte seinen Auftrag während des letzten Abschnitts seines Fluges.

Er war zu einer alten Villa, die teils mit Efeu überwuchert war, am Moltkeplatz in Essen gerufen worden. Die Innenausstattung hatte ihm den Atem verschlagen. Alles mit alten edlen Hölzern verkleidet. Dr. Maximilian von der Heidt, Altphilologe, empfing ihn in der Bibliothek. Rundum Regale bis zur Decke, Schiebeleiter, antiker Schreibtisch, Ledersessel, Arbeitstisch mit Stühlen für größere Konferenzen.

„Es geht um meine Tochter Lilly –" er hatte durch eine geöffnete Tür auf eine junge

12

Frau gedeutet, die in Tränen aufgelöst auf einem Sessel mit Blümchenmuster drapiert war. Die Sonne durchleuchtete ihr langes Haar so, dass sie wie mit einem Heiligenschein erstrahlte. Das Make-up war nicht verschmiert, registrierte Tarne. Sie drehte eine Haarsträhne um den Finger.

„Ihr Freund ist nicht aus dem Urlaub zurückgekommen. Er hat sich einfach nicht mehr gemeldet."

„Das soll vorkommen", sagte Tarne.

Von der Heidt ließ sich nicht aus der Ruhe bringen, nahm sofort den Faden auf und erklärte:

„Erst haben die beiden jeden Tag telefoniert, per Skype, und dann von einem Tag auf den anderen keine Nachricht mehr. Sie hat alles versucht. Im Hotel angerufen … Den anderen, seinen Freund Jens, versucht zu erreichen. Nichts. Jetzt ist es drei Wochen her, seit sie nichts mehr von ihm gehört hat."

Tarne nickte. Sein Blick schweifte durch den Raum. Alles war mit Büchern und Arbeitsmaterialien belegt. Trotzdem herrschte eine erkennbare Ordnung.

„Das Glück meiner Tochter liegt mir am Herzen." Von der Heidt senkte seine Stimme: „Ich war zwar nicht mit dem Mann einverstanden, aber ich kann sie auch nicht so leiden sehen. Zumindest wollen wir wissen, ob etwas passiert ist."

„Papa, du brauchst gar nicht so leise zu sprechen. Ich weiß, dass du Siggi nicht magst", kam es aus dem Nebenraum.

Dr. Maximilian von der Heidt flüsterte jetzt:

„Meine Tochter weiß genau, was sie will. Das hat sie von mir. Wenn sie ihr Studium abgeschlossen hat, wird ihr als Anwältin keiner etwas vormachen. In diesem Fall hat sie sich nur etwas verrannt. Unter uns, wenn der junge Mann eine andere gefunden hat, das wäre für mich in Ordnung. Dann müssten wir es nur meiner Tochter schonend beibringen. Aber sie glaubt, dass das nicht sein kann. Er würde sie lieben, und wenn er sich nicht mehr melde, müsse ihm etwas passiert sein. Davon ist sie überzeugt. Ich glaube an eine ganz simple Erklärung."

„Könnte ich mit Ihrer Tochter sprechen?"

„Sie kann Ihnen auch nicht mehr sagen als ich."

„Wir werden sehen. Ich bin in meinem Beruf Spezialist, erfolgreich und diskret. Es zeigt sich oft, dass dieselbe Frage anders gestellt oder auch nur die Wiederholung einer Frage oft eine wichtige Zusatzinformation erbringt."

„Das verstehe ich." Von der Heidt drehte Tarnes Geschäftskarte zwischen den Fingern und las ab: „*Robert Erich Tarne, Private Ermittlungen*. Ja, Sie sind mir empfohlen worden. Ein Kollege, der Sie aus dem Studium kennt. Sie sollen eine Examensarbeit über den Begriff Ehre nicht abgeschlossen haben, aber ein sehr ehrenvoller und vertrauenswürdiger Mensch sein." Sein Blick verweilte kurz auf Tarnes kantigem, unrasiertem Gesicht.

Tarne nickte. „Ich habe damals erkannt, dass ich eher ein Mann der Tat bin", sagte er.

„Deshalb sind Sie hier. Aber Sie sehen selbst, ich kann Sie augenblicklich nicht zu meiner Tochter lassen. Geld spielt keine Rolle. Wir übernehmen sämtliche Kosten."

Dr. Maximilian von der Heidt referierte eine Zusammenfassung der Ereignisse, als wenn er eine Vorlesung zum wiederholten Mal hielt: Zwei Freunde hatten sich zu einem Abenteuerurlaub nach Kuba aufgemacht. Siegfried Liedke, der Freund seiner Tochter, und dessen Kumpel, Jens Scheffler. Beide kannten sich durch ihre Ausbildung zum Webdesigner und betrieben gemeinsam eine kleine Firma, die Webseiten-Gestaltung für Firmen und Privatleute anbot. Der Betrieb diente ihnen vorrangig zur Finanzierung ausgedehnter Reisen. Australien, Nepal und Südamerika. Eine Rückfrage bei den Eltern von Jens Scheffler hatte nichts ergeben. Die Schefflers hatten zuletzt vor zwei Wochen einen Anruf des Sohnes erhalten, der inhaltlich nicht verständlich gewesen war. Sie vermuteten, dass ihr Sohn alkoholisiert gewesen sei. Er habe aber behauptet, es gehe ihm gut und alles sei in Ordnung. Über seinen Freund Siggi hätte er nichts gesagt. Sie glaubten aber auch, dass er ihnen selbst dann nichts gesagt hätte, wenn etwas passiert wäre. So wäre er nun einmal.

„Das ist alles, was ich Ihnen sagen kann. Wir wollen nicht, dass das Kreise zieht. Wir haben einen Ruf zu verlieren."

„Ja, ja, du und dein Ruf!", tönte Lilly aus dem Nebenzimmer und warf trotzig ihre Mähne zurück.

Die Erinnerung ließ Tarne schmunzeln. Dr. Maximilian von der Heidt schien seine Tochter richtig einzuschätzen.

„In a few minutes we will reach our destination. Please take your seat now and fasten your seatbelts!"

Die Zollabfertigung am *Varadero Juan Gualberto* auf Kuba nahm einige Zeit in Anspruch. Der Ausgang aus der niedrigen Halle, die als Flughafengebäude diente, führte durch eine Reihe von zehn Bretterbuden mit kleinen Durchgängen in billigster Holzausführung. Hier bemühten sich Uniformierte, mit gekonnt bösem Blick einen Abklatsch der US-amerikanischen Einwanderungsprozedur darzustellen. Tarne ließ den Verlust seines Koffers registrieren. Das kleine Büro, vollgestellt mit Koffern und Paketen, mit Uralt-Minimetallschreibtisch, der Unordnung und dem Dreck, wirkte ebenso provisorisch wie der ganze Flughafen. Das weibliche Bodenpersonal war mit extrem kurzen und engen Miniröcken bekleidet. Wenn diese Damen in ihren Netzstrumpfhosen und auf ihren überhohen Stilettos herumstaksten, blieb Tarne ihr eigentlicher Arbeitsbereich unklar. Die Kombination aus kurz und hoch brachte die Beine unglaublich zur Geltung. Bei der Beurteilung der Figur und selbst der Körperdetails blieben keine Fragen offen.

Vor dem Ausgang erspähte Tarne zwischen den diensteifrigen, wartenden Fahrern einen jungen Mann mit einem Schild, das seinen Namen trug. Handschriftlich, schwer zu entziffern, stand dort: *Roberto E. Tane.* Er nahm an, dass er gemeint sei. Der Kubaner in der Standarddienstkleidung, schwarze Hose, weißes Hemd, murmelte einen Namen und erklärte ihm in kaum verständlichem Englisch, dass es sinnvoll sei, jetzt Geld zu tauschen.

Tarne tauschte zweihundert Euro. Der Zwangskurs brachte ihm 1,12 CUC pro Euro – in dieser eigens für Touristen eingeführten Monopoly-Währung, dem *Peso Convertible*, kurz CUC. Dieses Touristengeld konnte überall eingesetzt werden. In landeseigenen Geschäften wurde dann 1:24 in der landeseigenen Währung, der *Moneda National*, verrechnet. Für nicht Spanisch sprechende Touristen waren somit alle Möglichkeiten des Betrugs vorprogrammiert.

Tarne hatte sich vor dem Flug über die hiesigen Verhältnisse informiert: Raul Castro, der Bruder von Fidel, der aktuell die Staatsgeschäfte in seinen Händen hielt, scheute sich nicht, öffentlich zu äußern, dass das Durchschnittseinkommen seiner Landsleute monatlich bei ca. 400 Pesos National liege. Das sind umgerechnet etwa 18 Euro. Er sagte gleichzeitig, dass die Bürger aber das Vierfache benötigen würden. Aber er sagte nicht, wie sie sich das beschaffen sollten. Kein Wunder, dass die Kubaner versuchten, von den Touristen auf jedwede Art Geld zu erhalten. Tarne ließ sich kleine Scheine geben, um angemessene Summen als Trinkgeld und zur Unterstützung seiner Fragen zur Verfügung zu haben.

Der Fahrer verfrachtete Tarne auf die mit dunkelrotem Leder bezogene Rückbank eines *Oldsmobile Club Sedan* von 1946, lackiert in einem schäbigen Ockerton. Die Sitze waren mit einer dicken Schicht durchsichtiger Plastikhaut überzogen. Das Taxi hatte alle Fenster vollständig geöffnet. Vermutlich existierten die Scheiben nicht mehr. Die warme Nachtluft der Karibik umströmte ihn mit all ihren exotischen Gerüchen. Tarne kam sich in dem Wagen vor wie *Philip Marlowe* in *The Big Sleep*. Er war gespannt, was ihn erwartete. Draußen war alles dunkel, auf der ganzen Fahrt vom Flughafen bis zu seinem Hotel in Varadero.

In der ersten Nacht im Hotel lernte Tarne die Kubaner in ihrer unbändigen, sprühenden Lebensfreude kennen. Jeder, der sein Zimmer betrat, schaltete sofort das TV in voller Lautstärke ein. Jeder, der spät kam, erregte durch lautes Grölen im Flur und mehrfaches Türenschlagen Aufmerksamkeit. Als es Tarne zu viel wurde und er freundlich um Ruhe bat, bot man ihm strahlend und mit viel spanischen Worten lautstark Früchte und Getränke zur Freundschaft an. Der Lärm hielt sich bis in die frühen Morgenstunden. Die Musik der Karibik klang aus jedem noch so kleinen Lautsprecher.

Das Frühstück war, bis auf den Kaffee aus der Maschine, wirklich gut. Eine fette Matrone saß hinter einem Tisch und Tarne brauchte etwas, bis er dem rudimentären Englisch entnahm, dass sie seine Zimmernummer und seine Frühstückswünsche interessierte. Toast mit Rührei oder Omelette?
Gestärkt versuchte er an der Rezeption sein Glück. Zwei Frauen, eine Kubanerin, blond gefärbt, und eine Schwarze, beide doppelte Körperfülle, extrem geschminkt und in hautengem, provozierendem Outfit. Tarne wandte seinen Blick ab, er wollte nicht so viel von diesen Damen sehen und versuchte auf Englisch, Informa-

tionen über den Verbleib von Siegfried Liedke zu erfahren. Er zeigte das Foto des Verschollenen auf seinem Handy: Was sie über den Mann wüssten, er habe hier vor einigen Wochen gewohnt.

Sie verstanden plötzlich gar kein Englisch mehr, sprachen nur noch Spanisch. Als er einen 10-CUC-Schein auf die Theke legte, schob ihm die Kubanerin diesen zurück, klimperte mit ihren großen falschen Wimpern und schaute dabei die andere an. Keinerlei Freundlichkeit, nicht einmal ein Lächeln, war den beiden mehr zu entlocken.

Während des Gespräches erschien aus einem Büro hinter dem Empfang ein kleiner Mann mit Brillengläsern, die an Glasbausteine erinnerten. Er wirkte auf Tarne wie die Karikatur eines ehemaligen DDR-Stasi-Agenten. Es war der Mann, bei dem Tarne in der Nacht eingecheckt hatte. Ohne ein Wort klappte er das Thekenbrett hoch, schlängelte sich hindurch und zog sich aus dem Foyer zurück.

Tarne brach den missglückten Versuch, etwas über Siegfried Liedke zu erfahren, ab und schob beim Verlassen die schleifende Tür zu. Durch den offenen Vorraum ging er auf den Terrassenbereich und sah, wie der Stasi-Typ ihm von der Ecke der Terrasse aus ein Handzeichen gab.

„I'm Jorge, follow me, please!"

Tarne folgte ihm über die morgendlich leere Terrasse bis um die Ecke und ließ sich neben Jorge an einem Tisch nieder. Dieser Platz konnte von beiden Eingängen des Hotels nicht eingesehen werden.

Jorge beugte sich zu ihm und flüsterte, obwohl niemand sie hören konnte:

„Sie müssen das verstehen. Hier ist das so, wenn einer von uns öfter mit einem Touristen spricht, erfährt es garantiert die Polizei und dann wird er genauestens verhört. Ihr Pech war, dass die beiden gleichzeitig da waren. So wusste keine, ob die andere es nicht weitersagen würde. Verstehen Sie?"

„Nicht wirklich", sagte Tarne.

„Es ist hier alles etwas anders. Vielleicht kann ich Ihnen weiterhelfen?" Er schaute bei diesen Worten auf die Hosentasche, in die Tarne sein Geld gesteckt hatte.

„Ach. Ja, natürlich." Tarne zog den Schein heraus. Der verschwand blitzschnell und unauffällig. Der Typ schaute sich dabei noch einmal um.

„Zeigen Sie mal?"

Tarne hielt ihm das Handy hin.

„Ja, den kenne ich. Der hat hier gewohnt."

„Wann war das?"

„So vor einem Monat. Kann auch etwas länger her sein."

„Können Sie nicht im Gästeverzeichnis nachsehen?"

„Das kann mich in große Schwierigkeiten bringen. Er schaute wieder auf Tarnes Tasche.

„Wie viel?"

„Wenn ich an die Gefahr denke, der ich mich aussetze, 50?"

„Dann lassen Sie mal hören!"
In diesem Moment zuckte der Typ zusammen, sprang auf, setzte sich an einen Nebentisch und schaute in eine andere Richtung.

Zwei Wagen fuhren vor und bremsten mit quietschenden Reifen. Eine weiße Limousine und ein weißer gepanzerter Transporter. Heraus sprangen sechs Männer in aubergine-lila Uniform und mit amerikanischen Fliegersonnenbrillen. Zwei der Männer postierten sich mit je einer Pumpgun im Anschlag, Finger am Abzug, am Anfang und Ende des Konvois, dem Bürgersteig zugewandt. Ein Dritter platzierte sich in der Mitte, die Hände an den Pistolen, die an seinem Gürtel baumelten. Die drei anderen, ebenfalls bis an die Zähne bewaffnet, liefen im Eilschritt in das Hotel und kamen Augenblicke später mit Säcken voll Geld wieder heraus. Schon war der Spuk vorbei.

Tarne schaute dem Konvoi hinterher.
Jorge saß wieder an seinem Tisch.

„Das ist hier normal. Der Staat kassiert sein Geld. Wir sehen nichts davon."

„Das Ganze wirkt ein bisschen wie Mafia. So ein Aufwand. Ich denke, hier gibt es keine Kriminalität? Wofür das Ganze?"

„Das war die staatseigene Sicherheitsfirma. Die kommen zweimal täglich, die Einnahmen aus staatseigenen Hotels, Geschäften und der Gastronomie einzukassieren."

„Jorge, kommen wir mal zum Thema zurück. Wann genau hat Siegfried Liedke hier gewohnt und wo ist er hin?"

„Ich bedauere, aber in den Unterlagen des Hotels ist er nicht mehr verzeichnet. Gelöscht, würde ich sagen. Und: Das haben Sie nicht von mir!"

„Wie? Gelöscht?"

„Es soll einen Unfall gegeben haben."
Tarne beschloss, es vorerst dabei zu belassen, und fokussierte seine Suche auf Jens Scheffler. „Da gibt es einen Freund. Die sollen zu zweit hier gewesen sein. Kennen Sie den?"

„Den habe ich einmal gesehen. Ich bin aber nicht immer hier. Mache nur manchmal die Nachtschicht. Aber der Reiseleiter kennt ihn besser. Ich glaube, er hat ihm eine Unterkunft besorgt."

„Reiseleiter? Hat der einen Namen? Wo finde ich den?"

„Humberto Vega."

Tarne zog einen Zettel aus der Tasche und schaute darauf. Das war er. „Ich habe diesen Zettel an der Rezeption bekommen, er scheint auch für mich zuständig zu sein. Er schreibt, dass er in zwei Tagen hier vorbeikäme. Wo kann ich den vorher erreichen?"

„Der macht immer seine Runde durch alle Hotels. Verkauft den Touristen Ausflüge. Spricht gut Deutsch, ist extra für die Deutschen da. Der gilt als sehr linientreu, sonst würde man ihn nicht diese Aufgabe übernehmen lassen. Der kann Ihnen bestimmt helfen. Sie können es im Tourismusbüro versuchen. Morgens und zwischendurch ist er oft da."
Er beschrieb Tarne den Weg.

Der Schwarze vor der Tür des Hotels in seinem ordentlichen Anzug gähnte, ohne sich die Hand vor den Mund zu halten, und kratzte sich im Schritt. Auf Tarnes Wunsch winkte er einen Oldtimer heran.

Tarne legte die drei Kilometer zum Reisebüro in einem Chevrolet Impala zurück. Original das Modell, in dem *Stuart Bailey* in der TV-Serie *77 Sunset Strip* seinerzeit durch das deutsche Fernsehen kutschierte. Es war wie eine Zeitreise, umgeben von Wagen, die alle fünfzig bis sechzig Jahre alt waren, teils gut erhalten, glatt und glänzend restauriert, teils verkommen, dem Alter entsprechend. Eines nach dem anderen dieser

Autos kreuzte seinen Weg. Die Luft war der Vergangenheit entsprechend von Abgasen geschwängert.

Verzaubert durch den Fünfziger-Jahre-Charme betrat er durch eine sich elektrisch öffnende Glastüre das Touristenbüro, vor dem ihn der Fahrer abgesetzt hatte. Die vollklimatisierte Luft ließ ihn erschauern. Eine kubanische Schönheit Anfang zwanzig, die ihre sämtlichen Reize präsentierte, schenkte ihm ein perfektes Lächeln. In einer amüsanten Mischung aus Englisch, Deutsch und Spanisch vermittelte sie ihm, dass er Humberto Vega in der schräg gegenüberliegenden Post antreffen könne.

Correo de Cuba, darunter: *Post office, 8:00 am – 5:00 pm*, verriet ein handgemaltes Schild, blau auf weiß. Davor drei Ständer mit Postkarten. Tarne betrat das Gebäude, das aus verrotteten, blau gestrichenen Holzbalken zusammengenagelt war. Bei uns würde der heruntergekommene, ausgeblichene fensterlose Schuppen nicht einmal als Garage durchgehen, dachte er. Es war dunkel und genauso heiß wie draußen. Vor ihm erwarben zwei spärlich und bunt bekleidete Touristen einige Ansichtskarten. Eine unglaublich dicke Frau, geschminkt wie für den Jahrmarkt, klaubte vorher abgeknibbelte, verkrunkelte, einzelne Briefmarken ohne Gummierung aus einem kleinen Zigarrenkästchen und nutzte einen Klebestift, um sie auf den Postkarten zu befestigen. Ein alter Mann, weiße Haare, längere weiße Bartstoppeln in seinem faltigen Gesicht, hockte in einer Ecke, einen Packen der Tageszeitung *Trabajadores* vor sich. Ein drahtiges kleines Kerlchen in ständiger Bewegung war in ein Gespräch mit dem Zeitungsverkäufer vertieft, seine Augen bewegten sich wieselflink, schwarze Haare, in einem altertümlichen Fassonschnitt, ordentlich rechts gescheitelt. Er wirkte in dieser Post wie ein Fremdkörper.

Tarne vermutete in ihm den Reiseleiter.

„Humberto Vega?"

Diensteifrig, hilfsbereit, das hektische Gespräch unterbrechend und übertrieben freundlich, wandte er sich dem vermeintlichen Touristen zu, den er im Moment nicht einordnen konnte.

„Ja, was kann ich für Sie tun?" Händereiben.

Alle in dem kleinen Raum sahen auf.

„Hätten Sie kurz Zeit? Können wir draußen sprechen?"

Humberto Vega folgte Tarne aus der Holzbude in die strahlende kubanische Sonne, streifte seine Hände an der Hose ab. Mehrere Eidechsen, die vor der Hütte im warmen Sonnenlicht gedöst hatten, verzogen sich in ihre Verstecke.

Nachdem Tarne sein Anliegen vorgebracht hatte, ihn zur Unterstützung und als persönlichen Dolmetscher engagieren zu wollen, versuchte Vega sich aus der Situation herauszuwinden.

„Nein, nein! Das kann ich auf keinen Fall tun. Sie kennen die Verhältnisse hier nicht. Ich könnte alles verlieren. Ich komme in Teufels Küche."

„Ich kann Ihnen eines versichern", erwiderte Tarne, „Sie kommen ganz gewiss in Teufels Küche, wenn Sie mir *nicht* helfen." Mit diesen Worten griff Tarne mit beiden Händen das mit Palmen bedruckte Hemd von Humberto Vega, zog ihn auf die Zehenspitzen hoch, und als seine Augen auf gleicher Höhe waren, beugte er sich so nah an ihn heran, dass sich ihre Nasen berührten. Dabei sah er ihm tief in die Augen und stieß ihn rückwärts mit einem lauten *Rumms* vor die ausgeblichene blaue Holzwand der Bude. Die ganze Post wackelte. Die Touristen, die gerade den Raum verließen, wichen mit Angst im Blick zurück.

„Okay! Okay!", beeilte sich Vega atemlos. „Aber heute muss ich noch einige Resorts besuchen. Wenn Sie wollen, kann ich morgen einen Tag frei nehmen. Ohne, dass es auffällt. Gehen Sie doch heute an den Strand. Genießen Sie Kuba!"
Tarne ließ sich besänftigen. Er würde sich der Mentalität hier anpassen müssen.

„Ein Frage noch: Der, den ich suche, Siegfried Liedke, war mit einem Freund hier. Scheffler, Jens Scheffler. Wo kann ich den finden? Versuchen Sie nicht, mir etwas vorzumachen. Ich bin informiert. Sie haben ihm eine günstige *Casa Particular* besorgt."

„Ich bringe Sie zu ihm. Ganz bestimmt. Morgen."
Humberto Vega schaute sich ständig um, wie ein kleiner Junge, der Angst hat, von Mama erwischt zu werden.

„Ich erwarte Sie am Hotel. Kommen Sie nicht auf den Gedanken, sich zu verdrücken. Ich werde Sie finden."

An einem sonnigen Tisch des hoteleigenen Cafés mietete Tarne eine halbe Stunde später, zurück in seiner Unterkunft, einen Peugeot 306 für den nächsten Tag. Der Tisch fungierte als Büro der Autovermietungsfirma.
Er beschloss, Humberto Vegas Empfehlung zu folgen und den Rest des Tages zu genießen.

In einem klimatisierten Touristenladen mit breiter Fensterfront erwarb er für extrem überhöhte Preise Badehose, Sonnencreme, T-Shirt, kurze Hose und ein Paar Sneakers. Nebenan weckte eine Gruppe Kubaner seine Aufmerksamkeit. Neugierig geworden, betrat er den Eingang, der einem schwarzen Loch glich, in dem einige ausgemergelte gebückte Einheimische um etwas feilschten. Dieses Geschäft hatte weder Klimaanlage noch Fenster. Tarne traute seine Augen kaum: Auf Regalbrettern, die mindestens ein halbes Jahrhundert alt waren, lagen vereinzelte, vergammelte Waren. Dinge, die bei uns längst im Abfall gelandet wären. Darüber handschriftlich: *Bienvenidos.* Ein farbiges Poster mit dem revolutionären Fidel zierte die Wand. Kleine, herausgerissene Papierfetzen waren mit Preisen beschrieben. Eine vorsintflutliche Waage, dreckig, stand auf einer Theke, deren Front mit einem zerschlissenen Vorhang verkleidet war. Entsetzen packte ihn. Später erfuhr er, dass viele Menschen hier so arm waren, dass sie Plastiktüten wuschen und zum Trocknen aufhingen, um sie wiederzuverwenden.

Den Strand seines Hotels erreichte er an drei Häusern und einem Café vorbei, über eine kaum befahrene Straße, zwischen Palmen und dem hoteleigenen Strandpavillon hindurch. Er mietete einen der fünfzehn feststehenden Palmdach-Schirme. Drei waren umgekippt. Unter einem dieser Schirme hielt sich der Kubaner auf, der kassierte. Hellgraues ausgeblichenes T-Shirt mit einem verwaschenen *Che Guevara* darauf, so saß er auf einer kleinen selbstgezimmerten Bank. 2 CUC verlangte er, für den ganzen Tag. Nur die Hälfte der Schirme waren besetzt, nur wenige Menschen hielten sich am Strand auf. Eine Mutter mit ihrem 5-jährigen Sohn, ein älteres Ehepaar, eine größere kubanische Familie. Unter dem Sonnendach neben Tarne lagen zwei junge deutsche Frauen, die sich zu langweilen schienen. Sie erklärten ihm, dass die Schirme am Wochenende kostenlos seien, da dann auch Kubaner an den Strand kämen und sich das sonst nicht leisten könnten. Sonne, Wärme, türkisgrünes Wasser bis zum Horizont. Tarne genoss es, in das kristallklare, erfrischende Wasser einzutauchen. Bis er den Abfall ringsherum bemerkte. Das Glitzern am Strand kam von Hunderten von Plastikbechern!

„Du musst Dich nicht wundern. Das machen die hier so. Wir haben es erst auch nicht glauben können. Da ist einer mit einem Wagen vorbeigekommen, der hat Getränke in Plastikbechern verkauft." Die zwei Miezen kamen aus Düsseldorf, wie Tarne erfuhr. Silke in Bauchlage, so weit aufgestützt, dass nichts zu sehen war, obwohl sie kein Bikinioberteil trug, und Paula, die sich gerade über ihr schwarz-weiß quergestreiftes Bikinioberteil ein ebenso gestreiftes ärmelloses Shirt zog. Silke erklärte weiter: „Die Kubaner schmeißen den Abfall einfach an den Strand. Unglaublich. Völlig umweltverachtend. Wenn man bedenkt, wie schön die das hier haben."

„Hm. Seid ihr schon länger hier?"
Es entwickelte sich ein entspanntes, lockeres Gespräch.

„Könnte mir vielleicht eine helfen? Mir den Rücken eincremen?", fragte Tarne.
Silke stellte sich zur Verfügung, befestigte aber erst wieder ihren Bikini.

„Soll ich mich revanchieren?", bot Tarne anschließend an. Die beiden kicherten.

Silke hatte ihre Mähne zusammengebunden, mit einem weißen Band befestigt und eine Sonnenbrille auf den Haaransatz hochgeschoben. Jetzt löste sie ihre Haare, schüttelte die ganze Pracht ihrer blonden Locken und setzte die Sonnenbrille wieder dekorativ oben darauf. Paula, die eine kurze Hose aus grauem Jeansstoff trug, kramte in einem Rucksack herum und ließ ihren Blick über Tarnes trainierten Körper gleiten.

Silke regte sich weiter auf:

„Die von den deutschen Reiseunternehmen angebotene Traumreise-Idylle zerbröckelt immer mehr. Hast du die Touris aus den Resorts gesehen? Die tragen alle bunte Plastikarmbänder in unterschiedlichen Farben. Jede Farbe eine andere Hotelburg. Damit das Personal in den Hotels weiß, dass die dazugehören. Die haben da nämlich *all inclusive*."

„Ich hab mich schon gefragt, was die bunten Armreifen bedeuten", sagte Tarne, „ihr kennt euch schon gut aus hier."

Paula hatte ihre rotbraunen Haare, noch nass vom Salzwasser, in ein schwarzes Handtuch mit roten Blumen gewickelt und zog eine Dose Cola aus dem Rucksack. Sie steckte einen Strohhalm hinein und begann, daran zu saugen. Dabei sah sie Tarne tief in die Augen und fragte: „Man nennt dich wirklich nur Tarne? Keinen Vornamen?"

31

Daraufhin drehte Silke ihm den Rücken zu, steckte ihre Mähne wieder hoch, legte das weiße Band erneut darum, setzte sich mit geschmeidigen Bewegungen auf eines ihrer wohlgeformten Beine, zeigte ihm, wie das Tangahöschen ihren Hintern zur Geltung brachte und das hellblaue Bändchen des Bikinis auf ihrer braunen, glänzenden Haut dazu einlud, die Schleife aufzuziehen. Hoffentlich gab es keinen Zickenkrieg zwischen beiden. Er begann sich zu fragen, welche am ehesten für eine gemeinsame Nacht in Frage käme. Später standen sie länger bis zum Bauch im türkisfarbenen Wasser und beobachteten den Sonnenuntergang. Gemeinsam planten sie den weiteren Abend. Nette Gespräche, wundervolle Luft und herrliches Wasser. Es ließ sich verheißungsvoll an.

Nach einer ereignisreichen Nacht betrat Tarne in bester Stimmung das Hotelcafé. Das Bild von verwuselten Locken, die er auf seinem Bett zurückgelassen hatte, hielt sich in seinem Kopf. Die anderen Touristen lagen noch in den Federn. Um diese Zeit tummelten sich ausschließlich männliche Arbeiter der Umgebung an der Theke, die einen Morgendrink zu ihrem Espresso einnahmen. Wenn die Serviererin mit ihrem hautengen Outfit sich durch den Laden bewegte, folgten ihr die unverfrorenen Blicke aller Männer.

Humberto Vega hielt Wort und erwartete ihn. Sie starteten in Tarnes gemietetem Peugeot. Merkwürdig, mit einem fast neuen Wagen zwischen all diesen Oldtimern!

Nach dem Passieren der Mautstelle, an der jeder bei Ankunft und Verlassen des Touristenparadieses Varadero 2 CUC bezahlen durfte, verschlechterte sich der Zustand der Straßen erheblich. Alle 30 Kilometer sorgten Wachposten, die in ihren exzellenten Uniformen und den US-Fliegerbrillen mit Goldrand alle gleich geschniegelt und gefährlich aussahen, mit strenger Miene für das Einhalten einer auf 30 km/h reduzierten Geschwindigkeit. Eine Brücke konnte nur einspurig mit zehn Stundenkilometern überfahren werden, da sonst Gefahr bestand, dass sie zusammenbrechen könnte. Bei einer weiteren Brücke, auf der die Fahrbahn durchgesackt war, wurde man vor der Überführung von der Autobahn herunter und hinter ihr wieder auf die Bahn geleitet. Offene Laster – auf den Ladeflächen stehende Arbeiter, eingehüllt in die Nebelschwaden der Abgase, wurden zu ihren Arbeitsstellen transportiert. Die Geschwindigkeit musste immer wieder reduziert werden, weil Einheimische sich todesmutig den Autos näherten, um ihre Produkte für einige CUC feilzubieten. Ein ganz Mutiger brachte sie zum Halten, indem er sich mitten vor das Auto platzierte und ihnen mitteilte, dass der Zustand der Straße sich so verschlechtern würde, dass man sie nicht befahren könne. Für 5 CUC würde er aber mitfahren und eine akzeptable Alternativroute zeigen. Zu Tarnes Glück wurden all diese Versuche von Humberto Vega mit kurzen, schroffen spanischen Floskeln abgewendet. Über allem immer wieder kreisende Geier, auf der Jagd nach Aas.

Sie kamen nach Cojimar – laut Reiseprospekt ein malerisches Fischerdörfchen, in dem Hemingway für zwanzig Jahre gelebt haben soll. Im Gegensatz zu den verlockenden Versprechungen gab es vor Ort nur ein einziges, einigermaßen passables Café. Damit die Armut und der Verfall ringsumher nicht so deutlich zu sehen waren, hatte man dieses Touristencafé mit einem hohen Holzzaun umgeben, nur zum Meer hin offen. Auf dass die Touristen ungestört ihren *Mojito* genießen konnten.

Alles andere war dreckig, verrottet, verwahrlost und zerfallen. Gruselig, das Ganze, dachte Tarne. Abfall und Glasscherben waren seit Jahrzehnten überall fallen gelassen worden. Alles moderte vor sich hin. Die strahlende Sonne konnte nicht über das Verkommene dieses Dorfes hinwegtäuschen. Ein Mann, etwa im gleichen Alter wie Tarne, mit längeren Haaren, der zu der Touristengalerie gegenüber zu gehören schien, zeigte ihnen freundlicherweise, an welcher Stelle das Holzgitter sich wie eine Saloontür öffnen ließ und den Eintritt ermöglichte.

Tarne bedankte sich bei ihm und der Mann verschwand. Nachdem sie sich einen Platz gesucht hatten, erschien er wieder und wollte aus Pappmaschee gefertigte und bemalte Autos verkaufen. Humberto Vega versuchte ihn zu vertreiben. Kurze Zeit später erschien er erneut und bot Postkarten feil. Um ihn loszuwerden, fragte Tarne nach dem Preis. 3 CUC erschien ihm für eine Karte zu viel. Wieder verschwand er. Sie hofften, dass es diesmal das letzte Mal war. Als sie jedoch später das Café verließen, stand er wieder bereit und bot Tarne nun die Karten für einen CUC pro Stück an. Dieser erwachsene Mann, der sich so erniedrigte und immer wieder versuchte, etwas zu verdienen, egal, wie oft er weggeschickt wurde, rührte Tarne so sehr, dass ihm die Tränen in die Augen schossen. Obwohl Humberto Vega den Verkäufer wie eine lästige Fliege verscheuchen wollte, erstand Tarne jetzt freiwillig für 3 CUC eine Karte und schrieb sie seinem besten Freund.

In der zweiten Straße hinter der Küstenlinie führte Humberto ihn zu einem Haus in der Größe einer Hundehütte. Zwei weiße Plastikstühle, bei denen jeweils die abgebrochenen Beine mit Draht und Metallbeinen anderer Stühle geflickt worden waren, standen in dem verwilderten Vorgarten. Sie holten Jens Scheffler, der völlig dem Alkohol verfallen war, aus dem Bett, flößten ihm Kaffee ein und stützten

ihn auf dem Weg zur gegenüberliegenden Piz-
zabude. Hunderte von Fliegen auf weißen
Tischdecken, die vor Dreck und Essensflecken
eines Monats starrten.

Der etwas gestärkte Jens Scheffler berichtete
lallend:

„Ich stand daneben. Was sollte ich tun?
Und die haben nichts gemacht. Nur zugeschaut.
Ich habe von Weitem gesehen, wie er mit den
Armen gefuchtelt hat. Es hat gedauert. Wieder
und wieder ist er aufgetaucht. Man konnte keine
Schreie hören. Vielleicht hatte er auch keinen
Laut von sich gegeben. Ich kann die Bilder nicht
vergessen."

„Wo war das?"

„Coral Beach."

Humberto Vega mischte sich ein:

„Ich kenne den Ort. Wir organisieren
Fahrten für Touristen nach Coral Beach, für
Leute, die schnorcheln wollen. Das stimmt, da
gibt es ein paar Stellen, die gefährlich sind. Strudel oder so."

Tarne rückte mit seinem Stuhl an Jens Scheffler
heran, legte ihm einen Arm um die Schultern
und drückte ihn ein wenig.

„Wieso haben Sie ihm nicht geholfen?"

„Mann …" Tränen bildeten sich in seinen Augen und liefen ihm die Wangen hinunter.
„Ich kann doch nicht schwimmen. Nicht richtig,
jedenfalls. Dann wusste ich nicht weiter. Wie
sollte ich nach Hause und Lilly das sagen? Mei-

nen Eltern konnte ich auch nichts sagen. Was sollen die alle von mir denken, zu Hause? Meine Eltern haben es schwer genug, so etwas kann ich denen nicht antun. Das verkraften die nicht."

Der Weg zum Coral Beach – Straße konnte man es nicht nennen – bestand aus sonnengehärteter roter Erde, hatte Bodenwellen und Löcher, so-dass sie mit dem Wagen mehrfach aufsetzten. Kurz vor dem Ziel kamen sie durch ein Dorf, in dem einige halb nackte Einheimische bei einem Metzger anstanden. Das Geschäft des Fleischers bestand aus einem Holztisch im Schatten einer Palme, der so wackelig aussah, als wenn er seit Jahren im Freien stehen würde, und von dessen quadratischer Platte das Blut tropfte. Darauf lag das Gerippe eines Tieres, von dem der Mann, nackter Oberkörper und weiße, verschmierte Plastikschürze, mit einer Axt Stücke abtrennte und an die Wartenden verteilte. Es war nicht malerisch.

Sie erreichten Coral Beach, als die ersten Wolken sich vor die Sonne in dem azurblauen Himmel schoben. Linker Hand befanden sich ein paar Ruinen aus grauweißen Steinen, die in besseren Zeiten einmal der Gastronomie gedient hatten, rechts versperrte eine mit wenigen Palmen bewachsene Düne die Sicht auf das Wasser. Nur die Brandung war zu hören. Nachdem der Peugeot auf dem festen sandigen Untergrund geparkt war, gingen Tarne und Vega den Hang der Düne hinauf. Zwischen den Palmen verharrten sie kurz. Von hier an fiel der Untergrund leicht zum Ufer hin ab und das Meer war jetzt in seiner wogenden Kraft zu sehen. Der aufkommende Wind wirbelte kleine Partikel des groben, schmutzigen Sandes auf und ließ die ganze Szenerie wie unter einem Dunstschleier erscheinen.

Vier Einheimische mit makelloser Bronzehaut, zwei hockten im Sand, einer mit ausgestreckten Beinen zurückgelehnt, auf die Arme hinter sich gestützt. Ein weiterer, im Schneidersitz, knibbelte an seinen nackten Zehen. Einer saß auf lose zusammengestellten Steinen, trug außer der Badehose eine militärgrüne Kappe mit einem roten *Che Guevara* darauf, und ein weiterer hatte es sich auf einem kleinen Holzschemel bequem gemacht. Alle hielten sich unter überdimensionierten Sonnenschirmen auf, die aus Holzstämmen mit einem Dach aus Palmwedeln bestanden. In den Verstrebungen hing ein ausgeblichenes blau-weiß-gestreiftes T-Shirt. Flossen und Schnorchel lagen herum. Der Sand war dreckig, viele kleine und große Steine, Kippen, Abfall, leere Dosen und zerbrochene Flaschen lagen herum. Kein Strand, den Touristen betreten würden, dachte Tarne.

Als Humberto Vega und Tarne sich näherten, stand der Erste auf. Sie kannten Vega, begrüßten ihn. Dachten, er brächte ihnen einen Touristen, der schnorcheln wollte.

Als Vega und Tarne bei der Gruppe angekommen waren, standen die nächsten zwei auf. Es wurden weitere Floskeln ausgetauscht. Zuletzt erhob sich der, der sich an den Füßen herumgespielt hatte.

Tarne fragte Vega:

„Waren die auch hier, als es passierte? Fragen Sie sie, ob sie sich an den Vorfall erinnern können."

„Die sind immer hier. Die leben davon, mit den Touristen zu schnorcheln."

Humberto Vega erklärte seinen Landsleuten die Situation. Nach einem Wortwechsel in Spanisch wandte er sich an Tarne:

„Ich könnte mir vorstellen, dass wir etwas mehr erfahren, wenn Sie Ihnen etwas anbieten." Dabei rieb er Daumen und Zeigefinger zur Unterstützung seiner Worte aneinander.

Einige Scheine wechselten den Besitzer und Tarne sagte:

„Fragen Sie sie, wie es war, an was sie sich erinnern."

Es folgte ein spanischer Wortschwall. Einer zeigte auf das Wasser hinaus.

„Was? Was sagt er?"

„Er sagt, sie hätten da vorne gestanden."

Sie gingen zusammen zu der niedrigen Betonmauer, die den Sandbereich vom Wasser abgrenzte und an einigen Stellen zusammenge-

39

brochen war. Der Beton, der die Kieselsteinchen zusammenhielt, war in den letzten 50 Jahren fast gänzlich vom unentwegt heranbrandenden Wasser herausgewaschen worden. Die anrollenden Wellen schlugen immer wieder durch die Löcher und Lücken der Mauer. Hinter dieser Barriere ging es steinig direkt ins Wasser.

Sie bildeten eine eigenartige Gruppe, die vier in Badehosen, Humberto Vega in auberginefarbener langer Hose, buntem Hemd, schwarzen Lackschuhen und Tarne mit kurzer olivfarbener Cargohose, hellgrauem Poloshirt, Sneakers und als Einziger nicht mit von der Sonne gebräunter Haut. Einer der Kubaner, der Wortführer, deutete weit auf das Meer hinaus und hielt eine längere Rede. Hin und wieder unterbrochen von seinen Kumpanen, die auch etwas beitragen wollten oder wichtigtaten.
Tarne richtete einen fragenden Blick auf seinen Dolmetscher.

„Also, sie sagen, dass sie sich gut erinnern können. Ihr Freund sei mit einem anderen Mann hier gewesen. Beide haben geschnorchelt. Sie hätten ihre eigene Ausrüstung dabeigehabt. Aber nicht gemeinsam. Der andere habe sich zuerst nur hier im vorderen Bereich aufgehalten. Er habe sich nicht weit hinaus getraut. Sie sagen, er hätte wohl nicht gut schwimmen können. Sei nur im flachen Wasser geblieben. Dann sei Ihr Freund schnorcheln gegangen, als der andere

wieder draußen war. Der schien viel erfahrener und mutiger gewesen zu sein. Hat sich weit hinausgewagt. Bis hinter das große Riff."
Humberto Vega deutete in Richtung des Riffs.
Die Kubaner waren seiner Erzählung gefolgt und nickten nun.

„Das sind so um die fünfhundert Meter. Da draußen herrsche eine ziemliche Strömung, sagen sie, und die sei unberechenbar. Dann hätten sie gesehen, wie der dort draußen gewunken hatte. Sie vermuten, dass er einen Krampf bekommen hätte. Sein Freund hier habe laut gerufen und auf sie eingeredet, sie hätten ihn aber nicht verstanden. Er habe kein Spanisch und auch nur sehr wenig Englisch gesprochen. Habe ganz hektisch mit seinem Handy herumhantiert. Sie glauben, dass er nicht wusste, dass man hier keinen Empfang hat. Als der da draußen nicht mehr aufgetaucht war, habe der Kumpel sie beschimpft. Sie behaupten, dass sie ihn nicht verstanden hätten. Haben ihn aber gelassen. Sie sagten, das sei ja verständlich. Er habe dann geheult und als es dunkel wurde, sei er gefahren. Er hätte auch seine Schnorchelausrüstung liegen lassen. Sie hätten ihn nie wieder gesehen."

„Fragen Sie sie, ob denn keine Polizei gekommen sei."
Es folgten wieder einige Sätze in Spanisch. Dann wandte sich Humberto Vega an Tarne.

„Sie wüssten es nicht. Sie hätten niemanden gesehen. Sie nehmen wohl an, dass er dann

41

zur Polizei gegangen sei. Aber sie vermuten, dass man ihm nicht geglaubt habe. Herr Tarne, reicht Ihnen das jetzt?"

„Ja, ich denke schon. Danke. Vielleicht eines noch: Was empfehlen Sie: Macht es Sinn, sich bei den Behörden zu erkundigen?"

„Ganz ehrlich? Also, ich würde sagen, da er zu keiner Reisegruppe gehörte, gehe ich davon aus, dass nichts registriert wurde. Selbst wenn, dann ist inzwischen, um Ärger zu vermeiden, alles aus den Unterlagen getilgt worden. So ist das nun einmal hier."

Tarne nickte, nach innen gekehrt, mit ausdruckslosem Gesicht.

Humberto Vega richtete einige Dankesworte an die Gruppe, verabschiedete sich und sie gingen vom Strand zurück, zu der Stelle, wo sie den Wagen geparkt hatten.

Ein uralter Kubaner, mit Hosenträgern über einem längsgestreiften, weißen, ausgefransten Hemd, erhob sich von seinem aus Strandgut selbst zusammengenagelten Holzstuhl, humpelte herüber und hielt die Hand auf.

„Er erwartet einen CUC, weil er auf Ihren Wagen aufgepasst hat."

Tarne gab ihm einen 10-CUC-Schein.

„Das ist zu viel!"

„Das ist schon okay. Sagen Sie mir eines: War das alles? Oder ist da irgendetwas, das ich nicht mitbekommen habe?"

Nach kurzem Überlegen, leiser und langsamer, als überdächte er jedes Wort genau, antwortete Humberto Vega:

„Ich denke, das ist sehr einfach. Die sind jeden Tag hier. Der Freund Ihres Freundes hat nur einen simplen Fehler gemacht. Er hätte diesen Leuten Geld anbieten müssen, dann wären die ganz schnell draußen gewesen und hätten seinen Freund gerettet. Nur darauf haben die gewartet! *Eso aquí, es justamente así* – so ist das eben hier."

„So ist das eben hier?", wiederholte Tarne.

„Ja, leider. Ich schäme mich für meine Landsleute."

„Mit anderen Worten, die kennen das Gewässer hier ganz genau und für die ist es nicht gefährlich?"

„Ja, genau so ist das."

So war das also, dachte Tarne und reichte den Zündschlüssel des Peugeots Humberto Vega. „Setzen Sie sich schon mal in den Wagen. Lassen Sie die Klimaanlage laufen. Ich hab was vergessen."

„Soll ich mitkommen, dolmetschen?"

„Nicht nötig!"

Tarne bewegte sich den Weg zurück. Schritt für Schritt stampfte er schwer durch den Sand. Er hörte nur seinen Atem, das Blut durch sein Herz fließen und in den Ohren pochen. Wut kam hoch und verzerrte sein Gesicht zu einer Fratze. Zu Hause hätte ihn in diesem Moment keiner wiedererkannt. So stark war die Verwandlung. Er bückte sich und griff im Gehen nach einem ausgebleichten, silbern schimmernden Ast, Treibholz. Prüfte, wie er in der Hand lag. Näherte sich den Typen, die es sich wieder an ihrem Stammplatz unter dem Palmblätterdach gemütlich gemacht hatten. Wie eine Dampfwalze bewegte er sich auf sie zu. Sie lachten unbekümmert, selbstzufrieden. Starrten Tarne ahnungslos entgegen. Spanische Brocken drangen an sein Ohr.

„¡Qué demonios!"

„Que quiere este imbécil otra vez aquí?"

Tarne holte mit dem Ast aus und mähte den Ersten um. Blut spritzte. Er hatte ihn am Kopf getroffen. Über Schläfe und Wange zog sich eine blutige Schramme. Blut quoll auch aus dem Mund. Er fiel um, wie ein von der Motorsäge durchtrennter Baum.

„Caramba! Hijo de puta!"

„Vete a singar!"

Tarne holte weit über dem Kopf aus und schlug ein weiteres Mal auf den am Boden Liegenden ein. Das alte Holz zersplitterte. Der würde so schnell nicht wieder aufstehen.

„Sucio bastardo!"

Die drei anderen stolperten aus dem Sitzen heraus rückwärts von ihren Plätzen hoch.

„Qué putada!"

„Qué mierda! ... tío ... Estás loco! Maldigo la hora que naciste!"

Entsetzen, Unglauben, Unverständnis in den Augen. Der Linke schaffte es nicht und fiel zurück in den Sand, stieß sich mit seinen Beinen im Sand ab, um Tarne zu entkommen. Spanische Flüche begleiteten das Ganze. Die anderen beiden formierten sich und gingen gleichzeitig auf ihn los. Weil sie so nahe beieinanderstanden, behinderten sie sich beim Angriff. Tarne ließ den Rest des Astes fallen und hob seine Fäuste. Er blockte einen rechts ab und bekam von dem linken einen Volltreffer, der ihn zu Boden warf. Beide setzten hinter ihm her und traten nach ihm. Er erhielt einen Treffer am Kopf. Am nackten Fuß des Kubaners klebten Sand und kleine Steinchen, die eine blutige Schramme an Tarnes Stirn hinterließen. Der andere traf ihn am Bauch. Die angespannten Muskeln und die Tatsache, dass sie barfuß waren, linderte das Ausmaß der Treffer. Tarne bekam einen am Fußgelenk zu fassen, griff mit der zweiten Hand zu, riss den Fuß in einer massiven Drehung herum. Ein unangenehmes Knirschen begleitete den Bruch. Gleichzeitig nutzte Tarne den Schwung, um sich am Fuß des Gegners hochzuziehen. Er ließ das Bein des schreienden Kerls los. Ein weiterer bekam ihn von hinten zu packen und würgte ihn. Sie fielen zusammen wieder zu Boden. Der Vierte sprang Tarne mit seinen Knien

45

ins Kreuz. Tarne schaffte es, sich zu drehen. Zu zweit klammerten sie sich aneinander, um zu verhindern, dass der andere die eigene Deckung durchbrechen konnte, und wälzten sich im Sand. Sie hatten vergleichbare Kräfte, Tarne war älter, aber seine Wut war größer. Er roch den Schweiß des Kubaners und den Atem nach abgestandenem Fusel. Das Rauschen des Meeres wurde nur unterbrochen vom Wimmern des Kerls, dem Tarne das Knöchelgelenk gebrochen hatte, und dem Klatschen der gegenseitigen Treffer. Der Vierte war wieder hochgekommen, sprang um beide herum und versuchte Tarne mit Fußtritten zu treffen. Halbherzig. Bemüht, nicht seinen Kumpel zu treffen. Dann griff er nach Tarnes rechtem Handgelenk und bog es zurück. Tarne entwand seine Hand und trat nach ihm, während er sich gleichzeitig auf seinen Gegner drehte. Im selben Moment, als er bemerkte, dass der Mann unter ihm einen faustgroßen Stein zu greifen bekam, gelang es ihm, ein Stück freizukommen, und hatte genug Raum, mit seinem Kopf so weit auszuholen, dass er dem anderen mit aller Kraft seine Stirn auf die Nase donnern konnte. Ein knackendes und schmatzendes Geräusch, verursacht von einem brechenden Knochen, Blut spritzte. Der Griff lockerte sich. Tarne kam hoch. Der unter ihm Liegende hatte den Stein fallen gelassen und mit beiden Händen an seine Nase gegriffen. Beim Aufrichten versetzte Tarne ihm einen Kinnhaken. Er spürte, wie das

Fleisch an seinen Fingerknöcheln aufgeplatzt war. Der Letzte, der bisher am unbeholfensten reagiert hatte, wich zurück, drehte sich um und trat die Flucht an. Tarne stolperte zwei Schritte Richtung Meer hinter ihm her, erreichte ihn, griff ihm von hinten in die Haare und riss ihn zurück. Gleichzeitig sprang er ihm in die Kniekehlen. Als Tarne so auf dem Kubaner hockte, seine Hand in den Haaren verkrampft, schlug er dessen Schädel mit aller Kraft in den Sand. Genau an der Stelle, an der die ganzen Steine und Scherben lagen. Es war ihm völlig egal, was diesem Kerl passierte. Aber gleichzeitig war er erstaunt, dass er dabei einen ganz klaren und kühlen Kopf hatte: Wenn er ihn nur zwanzig Zentimeter weiter erwischt hätte, wäre sein Schädel schon an der alten Betonmauer zerplatzt. Er ließ von ihm ab. Der Typ atmete noch. Rote Blasen blubberten aus seiner Nase.

Manchmal musste man Richter und Vollstrecker in einer Person sein.

Da lagen sie: Ein wimmernder Haufen nichtsnutzer Kerle im Sand, die schützend ihre Arme vor Tarne hoben, und ein weiterer ganz still an der Mauer.

    „Ayuda!"

    „No, por favor no!"

Tarne zog alle Scheine, die er noch in der Monopoly-Währung des Landes bei sich hatte, aus der Tasche und warf sie auf die Verletzten.

Die Papierfetzen flatterten durch die Luft und verteilten sich.

„Da habt ihr das Blutgeld. Ich hoffe, es geht euch gut damit."

Er stapfte zum Wagen zurück. Blut auf der Hose, die Knöchel beider Hände aufgerissen, Läsionen im Gesicht. Vor dem glühend roten Himmel der untergehenden Sonne blieben die dunklen Schatten unter den Palmendächern zurück. Plötzlich wurde es kühler. Oder war das nur seine Einbildung?

„Was ist mit Ihnen?"

„Nichts."

Das eine Wort Tarnes reichte. Humberto Vega wagte nicht, weitere Fragen zu stellen.

Tarne war bereits in Gedanken in Deutschland. Wie sollte er *das* der Familie von der Heidt beibringen?

Humberto Vega war sehr schweigsam geworden. Er half Tarne, den Flug nach Hause umzubuchen. Der fehlende Koffer erreichte ihn am selben Abend, so dass er ihn anderntags wieder mitnehmen konnte.

Zum Abschied umarmten die beiden Männer sich und Humberto Vega sagte:

„Ich wünschte, in meinem Land gäbe es Männer mit Ihrer Vorstellung von Ehre und Ihrem Mut, sich für eigene Überzeugungen einzusetzen."

Zufällige Begegnung

Manchmal hat auch ein Detektiv einfach nur Hunger. Aber man weiß ja nie, was sich aus den simpelsten Situationen alles ergeben kann. Nur gut, dass Detektiv Robert E. Tarne einen weit besser ausgeprägten Scharfsinn hat als die meisten Menschen. Für den einen ist es ein ganz normaler Morgen, für einen anderen einfach Pech!

Er wachte vom Lärmen und Fluchen der Müllmänner auf, die den Abfall der letzten Woche beseitigten. Auch seine Aufgabe bestand darin, das Ruhrgebiet von Müll zu befreien. Menschlichem Müll. Es war noch dunkel. Diffuses graues Licht kündigte den Beginn des neuen Tages an. Kalte Luft drang herein. Das offene Fenster hatte den ranzigen Geruch des verkommenen Hotels ertragbarer gemacht. Gestern war er hier gelandet, nachdem er die Spur des Mannes verloren hatte und zu müde gewesen war, noch nach Hause zu kommen. Jetzt stiegen ihm von Chemikalien durchsetzte Dämpfe einer Reinigung in die Nase. Die nasse Kälte des in diesem Jahr endlos dauernden Winters drang durch jede Ritze. Ende Januar im Ruhrgebiet. Verschmutzter Schneematsch zierte die Landschaft und an Frühling war noch lange nicht zu denken. Er streifte sich die zerknitterte klamme Anzugjacke über. Montagmorgen-Blues. Ein öder Vormittag und es versprach ein schrecklich langweiliger Tag zu werden. Frühstück? Das große geschwungene M, das Stephen King *die Titten, die Amerika ernähren,* genannt hatte, machte ihn darauf aufmerksam, dass sein Magen leer war, und wies ihm den Weg. Irgendwo im Niemandsland des Ruhrgebiets.

Nicht viel los um diese Zeit. Er beobachtete, weil das sein Beruf war. Da saßen zwei Schulmädchen, schwänzten den Unterricht. Ein Lieferwagenfahrer mit schwarzen glänzenden Haaren zog sich seinen Pausensnack rein. Tarne reihte sich in die Schlange an der Kasse ein. Es war eine gute Gelegenheit, seine Beobachtungsgabe zu schulen. Milieustudien.

Vor ihm zwei Arbeiter. Der eine Ende der Zwanziger vielleicht, der andere Ende vierzig, Anfang fünfzig. Der Ältere hatte streichholzlange Haare, beginnend ergraut. Beide trugen senffarbene Latzhosen, mit schwarzen aufgenähten Werkzeugtaschen. Fensterbauer? Nein. Er tippte auf Handwerker, die Küchen installierten. Auf dem Weg zum Kunden. Gut eingespieltes Team, Anzüge sauber, am selben Tag gewechselt. Rechts, der Ältere, ungebügelt. Hat

Kinder, zwei, vielleicht drei, schätzte Tarne. Sagen wir mal, zwei Jungs, ein Mädchen. Die Kleine, vermutete Tarne, drei bis vier Jahre alt. Biene-Maja-Aufkleber auf Höhe des Blinddarms. Tarne stellte sich die Szene zu Hause vor.

„Ina, wo soll der Papa das denn hinmachen?"

„Da, Papa", und sie reichte mit der Hand bis zum Po.

Zweimal Happy Meal.

Der Junge hatte die Haare exakt nach hinten gekämmt, reichte das Spielzeug seinem älteren Partner. Sein Anzug hatte eine Bügelfalte. Single, zwanghaft. Könnte schwul sein.

Davor eine junge Frau mit dunklen langen Haaren, gute Figur, wirkte ein wenig wie eine Indianerin. Tarne beobachtete ihre lässigen Bewegungen. Betont männlich. Ein Hauch übertrieben, erschien es ihm. Ob sie lesbisch war? Ansonsten genau sein Typ.

Tarne setzte sich mit seinem Tablett mit dem Rücken zur Fensterfront. Von hier hatte er beide Eingänge, rechts die Theke und links den ganzen Laden, im Blick. Er nahm einen großen Schluck Kaffee. Ein erster Lichtblick an diesem Tag. Gegenüber, die ganze Breite der Filiale zwischen ihnen, saß noch ein Mann. Neben der McCafé-Bar, mit dem Rücken zur Wand, in einer Nische. Deshalb war er ihm erst nicht aufgefallen. Er musste schon länger hier sein. Die Verpackung seiner Mahlzeit lag als Abfallberg vor ihm. Er grinste die ganze Zeit vor sich hin. Maskenhaft.

Tarne verspeiste seine zwei McMuffin mit Egg und Bacon.

Die Indianerin setzte sich zwei Tische vor ihn, zwischen ihn und den Mann gegenüber. Sie stellte den Becher Kaffee und ihr Rührei auf den Tisch, kramte einen DIN-A5-großen Papierkalender aus einer Umhängetasche und blätterte darin herum. Die Handwerker hatten sich in ihren Transporter gesetzt, das erkannte Tarne durch die Fenster. Er klopfte sich in Gedanken auf die Schulter. Auf dem Wagen stand in blauen Lettern der Name eines Küchenstudios.

Tarnes Blick schweifte wieder zu dem Mann gegenüber und blieb bei ihm hängen. Aus welchen Gründen auch immer. Die Haare waren durch eine tief in die Stirn gezogene Pudelmütze verborgen. Dadurch wirkte das Gesicht darunter fast quadratisch. Die Augen zugekniffen, wie Schlitze, vor allem durch das ständige Grinsen, das nicht lustig wirkte.

Dann kam, was Tarne ein Ruhrgebiets-Urgestein nannte, herein. Erst ein bisschen laut und grob, aber nett. Von den Körpermaßen zu schließen, würde McDonald's bei ihm guten Umsatz machen.

Aber Tarnes Aufmerksamkeit war auf etwas anderes gerichtet. Er hielt den Kaffeebecher mit beiden Händen, trank genussvoll und lugte unauffällig wieder zu dem Mann gegenüber. Der Typ hatte eine breite flache Nase, die an der Spitze zu einer Seite verschoben war. Wie nach einem Treffer beim Boxen.

Eine schlanke Frau, Mitte zwanzig, kam durch die Glastür, schüttelte ihre wie Kraut und Rüben abstehenden kurzen blonden Haare. Die Indianerin schaute auf, strahlte. Die Blonde winkte ihr überschwänglich zu, deutete zur Theke und rief:

„Ich hole mir eben einen Kaffee. Willst du auch einen?"

Gute Idee, dachte Tarne, als Nachtisch zum Frühstück, sozusagen. Er ging zur McCafé-Bar, entschied sich für einen Latte Grande und eine Zimtschnecke. Besonders lecker und so ungesund. Hier stand er näher an dem Mann mit der Mütze. Tarne sah, dass der ein Tattoo zwischen Daumen und Zeigefinger hatte. Drei Punkte, das typische Erkennungszeichen für Kriminelle aus dem Strafvollzug. Neben sich hatte der Typ eine unbeschriftete Plastiktüte und zerfetztes Verpackungsmaterial eines Prepaid-Handys. Er fummelte gerade die SIM-Karte in das Gerät.

Während Tarne darauf wartete, dass seine Zimtschnecke aufgewärmt wurde, ging die Blonde zu der Indianerin, die aufsprang. Beide umarmten und küssten sich leidenschaftlich. Eindeutig. Na also. Auf seine Wahrnehmung konnte er sich verlassen. Aber damit hatte er noch nichts verdient.

Tarne wählte nun einen Platz nur zwei Tische von dem Mann entfernt, von dem er sich gedanklich nicht losreißen konnte, aber mit dem Rücken zu ihm. So hatte er als Tarnung die beiden jungen Frauen, die verliebt miteinander turtelten, im Blick und dahinter in der Fensterwand spiegelte sich der Typ, der sich anschickte, mit seinem neuen Handy zu telefonieren.

Die Schulmädchen hatten sich mittlerweile entschlossen, doch zur Schule zu gehen. Andere waren gekommen und gegangen.

Irgendetwas ließ Tarnes Blick immer wieder zu dem merkwürdigen Typen schweifen. Er beobachtete, ohne direkt hinzuschauen. Eine Sirene näherte sich, ein Polizeiwagen raste mit Blaulicht vorbei. Die Sirene verlor sich in der Ferne. Der Typ wurde unruhig. Er verhielt sich, als wenn er gewohnt war, alles mitzubekommen, was um ihn herum geschah. Als wenn es für ihn überlebenswichtig war. Das machte Tarne das Beobachten schwer. Tarne blickte zum Fenster. Fixierte die Spiegelung im Glas. Es sollte wirken, als wenn er die Straße im Auge hatte.

Der Typ stand auf und setzte sich mehrere Tische weiter, hinter eine Trennwand. Tarne sah nur noch einen Arm und ein Bein hinter der Trennwand hervorlugen. Aber in der Fensterfront waren die Umrisse frontal weiterhin zu erkennen. Warum tat er das? Hatte er bemerkt, dass Tarne an ihm interessiert war? Tarne biss in seine Zimtschnitte. Ein unvergleichlicher Genuss – vor allem warm.

Wieder zog die Person seine Aufmerksamkeit auf sich. Was war es nur, was ihn an diesem Menschen faszinierte? Dieses Grinsen, irgendwie völlig falsch. Jetzt telefonierte der Typ. Trotz der Entfernung konnte Tarne einige Brocken des Gespräches mithören.

„Ja, ich bin es."

Bei McDonald's um diese Zeit fanden nicht so viele Unterhaltungen statt, die das Zuhören hätten verhindern können. Das lesbische Pärchen flüsterte nur und die Thekengeräusche gingen in eine andere Richtung.

„… noch nicht so lange."

Dann nur zu ahnen:

„Ich brauch einen Unterschlupf."

Nach einer längeren Pause, aber sehr energisch: „Das schuldest du mir!"

Tarne hatte genug gehört. Er wendete sich ab und telefonierte nun selbst, unauffällig. Er flüsterte, kurz, leise, mit Überzeugungskraft.

Fünfzehn Minuten später. Inzwischen hatte McDonald's zwölf Big Mac, acht Apfeltaschen, zweiundzwanzig Cola verkauft und achtunddreißig weitere Gäste abgefüttert, als sich erneut Sirenen näherten. Diesmal klang es, als wenn sie von zwei Seiten kämen.

Der Mann sprang auf, verließ die Filiale. Tarne sah durch das Fenster, dass er einen blaugrauen Vectra bestieg. Im selben Moment fuhren mehrere Einsatzfahrzeuge auf das Grundstück. Die Beamten teilten sich auf und stürzten durch beide Eingänge herein. Hauptkommissar Harald Hesse war unter ihnen. Er blickte sich um, erspähte seinen Freund Tarne und stürzte auf ihn zu.

„Wo ist er?"

Tarne, der sich nicht die Mühe gemacht hatte, aufzustehen, deutete aus dem Fenster auf den vergammelten Vectra, der eben die Ausfahrt des Autoschalters verließ. Hesse teilte die umstehenden Beamten ein. Über den mobilen Funk wurden seine Kommandos weitergegeben.

Zwei der drei Fahrzeuge nahmen die Verfolgung auf. Tarne und Hesse beobachteten, wie der Vectra auf der vierspurigen Straße beschleunigte. Er näherte sich der nächsten Kreuzung. Die Ampel schaltete auf Rot. Er fuhr zwischen den haltenden Wagen hindurch, ohne die Geschwindigkeit zu verringern. Dabei streifte er einige Fahrzeuge. Das ganze Manöver wurde mit lautem Hupkonzert verärgerter Autofahrer begleitet. Der Mann schoss mit dem Vectra über die Kreuzung, genau in dem Moment, als die Wagen der kreuzenden Straße anfahren wollten. Alle waren durch die Sirenen und das Blaulicht verunsichert, stoppten, wichen aus, so dass der Streifenwagen, der sich auf der entgegenkommenden Spur näherte, nach links ziehen konnte, um dem Vectra den Weg abzuschneiden. Doch das Eis unter dem Schneematsch brachte das Einsatzfahrzeug ins Rutschen, so dass es dem Vectra voll in die Seite knallte. In einer Entfernung von gerade einmal fünfhundert Metern wirkte das Geschehen auf Tarne durch die Scheiben der McDonald's-Filiale wie auf einer Breitleinwand, inszeniert. Irgendwie hatte die Front des BMW-Kombi mit den Aufklebern der Polizei den Vectra sehr tief erwischt, so dass der sich in die Höhe hob, überschlug und im Straßengraben neben einigen Altglas- und Altpapiercontainern auf dem Dach liegen blieb. Es staubte und qualmte aus dem Boden des Wagens, zwei Räder drehten sich noch. Erst als die Polizeifahrzeuge rund um die Unfallstelle standen, alle Türen geöffnet waren und die Polizisten sich um das Autowrack versammelt hatten, krabbelte der Mann durch die zerborstene Frontscheibe heraus.

Tarne und Hesse hatte sich mittlerweile zu den anderen gesellt.

„Woher wusstest du?", fragte Hesse.
„Wir suchen ihn seit Tagen. Er ist aus dem Wochenendurlaub nicht zurückgekommen. Drogen und Gewalttäter. Eine Gefahr für die Bürger."

Der Mann stand jetzt zwischen zwei Beamten, die Arme herabhängend, mit Handschellen gesichert, blutige Schrammen. Er lachte nicht mehr.

„Ich hatte Fahndungsfotos gesehen, habe auch die Hubschrauber gehört, die waren doch wegen ihm unterwegs, oder?"

Hesse nickte und Tarne fuhr fort:

„Das ständige Grinsen hatte mich skeptisch gemacht. Ich vermute, das hat er absichtlich gemacht, damit er aufgrund des Fahndungsfotos nicht wiedererkannt werden kann."

„Der hielt sich bestimmt für den Joker. Zu viel Batman geguckt."

Tarne lachte.

„Ist eine Belohnung ausgesetzt?"

Hesse schüttelte den Kopf.

„Freu dich, du hast den Bürgern des Ruhrgebiets einen Dienst erwiesen."
Tja, dachte Tarne, schön, ein Held zu sein, aber davon allein konnte man nicht leben.

Der unmögliche Auftrag

Was suchen wir? Nichts Bestimmtes. Sobald wir uns zu sehr auf etwas konzentrieren, übersehen wir vielleicht genau das, um das es geht. Wie konnte sie nur ein so unschuldiges Gesicht haben? Die Augen immer ein klein wenig weiter auf als normal, als wenn sie gerade sagen wollte: „Oh!"
Es gibt sie noch, die Femme fatale.

Tarne saß in seinem Stammcafé und blätterte in der Tageszeitung. Er genoss diese Zeiten der Ruhe, Menschen um ihn, Geräusche, Leben, und er hatte nichts damit zu tun. Seine Gedanken kreisten aus irgendeinem Grund um seine ehemalige Freundin Manu. Vielleicht hatte er unbewusst eine Frau wahrgenommen, die vorbeigegangen war und eine Erinnerung an sie hervorgerufen hatte. Ihre blonden Locken, ihr Kussmund, ihr perfekter Körper. Er glaubte, ihren Geruch wahrzunehmen. Eine Textzeile aus einem Beatles-Song fiel ihm dazu ein: *Wenn ich an die Dinge denke, die wir taten, könnte ich schreien ...* Aber so schlimm war es doch nicht, versuchte er sich einzureden. Schließlich war er nicht mehr in der Pubertät, sondern fast vierzig Jahre alt! Und doch … etwas stach ihn, wenn er sich vorstellte, dass sie nun einen neuen Freund hatte und mit dem glücklich war. Dieses wieder und wieder: verabschieden und erneut zusammenkommen. Es hatte so viele Versuche gegeben. Dank dieses Neuen war die Trennung jetzt aber wohl endgültig zementiert. Ach, egal. Schön, wenn sie glücklich war. Bestimmt war es besser so. Oder machte er sich etwas vor? Es war an der Zeit, dass er sich neu orientierte. Ein eigenes Leben ohne Manu anstreben. Diesmal ernsthaft.

Ab und zu registrierte er, dass Autos vorbeifuhren und Menschen die Rüttenscheider entlanggingen.

„Darf ich?"

Ein Mann nahm, ohne seine Antwort abzuwarten, ihm gegenüber Platz. Tarne blickte kurz hinter seiner Zeitung hervor, nickte dem Fremden lächelnd zu und vertiefte sich wieder in das Blatt.

„Ich weiß, wer Sie sind."

Was hatte der gesagt? Tarne ließ die Zeitung sinken und schaute sich den anderen näher an.

Der Mann zeigte etwas, das man wohl ein verbindliches Lächeln nennen konnte. Er war mittlerer Größe, Taren vermutete ihn so um die vierzig und sah aus wie ein Geschäftsmann.

„Ich weiß, dass Sie Privatdetektiv sind, private Ermittlungen durchführen und dass man Ihnen vertrauen kann. Ehre ist für Sie ein großes Thema."

Tarne faltete die Zeitung zusammen, legte sie zwischen sich und den Fremden auf den Tisch und betrachtete sein Gegenüber genauer. Normalgewicht, kurze Frisur, unauffällig gepflegte Erscheinung, teuer gekleidet, in Maßanzug, Seidenschal, farblich dezent abgestimmt. Der Mann legte ein Bein über das andere und ermöglichte Tarne so einen Blick auf seine eleganten Brogue-Schuhe, Schaftkante und Vorderkappe mit dezentem Lochmuster verziert. Das sah nach Geld aus.

„Ich spiele schon seit Langem mit dem Gedanken, Kontakt zu Ihnen aufzunehmen. Ihre Telefonnummer trage ich immer bei mir. Habe es bisher hinausgeschoben. Jetzt ist der richtige Zeitpunkt gekommen. Besser im … so unverbindlich hier im Café zusammenkommen. Dann fällt es mir leichter. Mein Name ist Steffen, Louis S. Das steht für Siegfried."

Tarne wartete.

„Jetzt möchten Sie sicher wissen, was ich auf dem Herzen habe?"

„Wäre hilfreich."

„Ich weiß. Das Ganze muss Ihnen ziemlich ungewöhnlich erscheinen. Wie ich mich

Ihnen nähere, ja, ich muss es zugeben, fast aufdränge."

Tarne nickte, lächelte aber nicht dabei.

„Ich versuche es einmal. Ich möchte, dass Sie sich mein Leben insgesamt anschauen und mir sagen, was Sie davon halten und was ich weiter tun soll."

Tarne nickte und bevor Steffen zu einer weiteren Ausführung ansetzen konnte, sagte er:

„Sie sollten sich einen Psychotherapeuten suchen. Ich bin da sicher nicht der passende Ansprechpartner."

Steffen zog einen Briefumschlag aus der Tasche und schob ihn über den Tisch.

Tarne nahm ihn und schaute hinein.

Steffen räusperte sich.

„Das sind exakt 10.000 Euro. Die habe ich für diesen Zweck gespart. Ich denke, dass das vorerst für Ihre Bemühungen reicht. Danach schauen wir uns das Ergebnis an und ich werde beschließen, ob ich Ihre Dienste noch weiter benötige."

Tarne schob das kleine Päckchen zurück.

„Nicht so schnell. Mir ist nicht klar, was Sie eigentlich wollen", sagte Tarne.

„Im Grunde genommen ist es ganz einfach. Sie haben meinen Namen, Adresse, alle Kontaktdaten. Ich möchte, dass Sie so viel wie möglich über mich herausfinden. Ich stelle nur eine Bedingung: absolute Verschwiegenheit.

Niemand darf je erfahren, dass Sie mich überwachen, Erkundigungen über mich einholen.
Selbst meine Frau nicht."

Tarne verzog das Gesicht:

„Es ist Ihr Geld. Sie können es anlegen
wie Sie wollen. Das lässt sich natürlich machen.
Gibt es irgendetwas, auf das ich besonders ach-
ten sollte?"

Steffen schüttelte den Kopf.

Tarne ergriff den Umschlag und zog ihn zu sich.

„Nein? Okay. Haben Sie ein Stück Papier, einen Zettel? Damit ich Ihnen den Betrag
quittieren kann."

„Nicht nötig. Ich vertraue Ihnen. Sie haben einen Ruf als Ehrenmann. Halten Sie sich
bitte nur an die Bedingung, niemand, auch nicht
meine Frau, darf etwas von unserer Vereinbarung erfahren. Sagen wir, Sie ermitteln erst einmal einen Monat. Dann melden Sie sich bitte
und berichten mir, was Sie alles herausgefunden
haben."

Tarne schaute Louis S. Steffen hinterher, schüttelte den Kopf, nahm einen letzten Schluck lau-
warmen Latte und tastete nach dem Umschlag,
den er in seine Jackentasche gesteckt hatte. Es
war kein Tagtraum, der war tatsächlich da. Er
sollte sich daran begeben, die Scheine auch zu
verdienen. Am besten verteilte er zuerst Jobs,
die er anderen überlassen konnte. Dafür hatte er
einen Freund in der Uni Bochum. Alexander

Dorfmann war für alle Hintergrund- und Online-Recherchen zuständig. Tarne musste auf seinem Smartphone in der Spalte *Letzte Kontakte* nicht weit hinunter scrollen, bis er drücken konnte, um die Verbindung herzustellen.

„Hi, mir ist gerade etwas Komisches passiert. Können wir uns treffen?"

„Klar."

Tarne erklärte sein Anliegen, gab Namen und Daten seines Auftraggebers für Dorfmanns Recherche weiter und sie vereinbarten ein Treffen für nächsten Abend.

„Bis dahin werde ich alles haben, was es über diesen Typen zu wissen gibt. Das kann ich dir versprechen", sagte Dorfmann.

Anderntags platzierte Tarne sich in der kleinen Seitenstraße in Stoppenberg, in Sichtweite des Einfamilienreihenhauses der Steffens. Rechtzeitig zur Frühstückszeit, vor Arbeitsbeginn. Irgendwo musste er ja anfangen. Einen durchschnittlichen Tagesablauf seines Klienten überprüfen, ob zumindest die rudimentären Angaben über Wohnung, Arbeitsplatz und Ehefrau stimmten. Man konnte nie wissen, bei so einem mysteriösen Auftrag.

Wenn doch alles so einfach wäre wie es in den Krimis aussah. Überhaupt, einen Parkplatz zu finden war das erste Problem. In einer solchen Straße war man außerdem ständig der Kontrolle der Anwohner ausgesetzt. Tarne musste damit rechnen, dass er über kurz oder lang Aufmerksamkeit erregen würde. Schlimmstenfalls würde jemand die Ordnungshüter verständigen und eine verdächtige Person melden. Die ganze Siedlung war mehrere Jahre alt, nette, aufgelockerte Bauweise. Weiß und grau herrschten als Farben der zweistöckigen Gebäude vor. Die Grünanlage war so weit gediehen, dass ein wenig Privatsphäre zwischen den Häusern entstanden war.

Die Haustüre öffnete sich. Eine Frau trat heraus. Frau Steffen? Sie drehte den Kopf einmal herum, um die ganze Umgebung zu scannen, dabei schüttelte sie ihre langen Haare. Ein erster Lichtstrahl der Morgensonne ließ ihre Mähne kastanienrot erglühen. Ein Lächeln. Galt ihm das? Etwas durchzuckte ihn. Es traf ihn wie ein Blitz. Dieser kurze Moment, in dem er sie erblickte, hatte etwas Magisches. Bleib cool, sagte er sich. Dies ist ein Job wie jeder andere. Sie hatte sich mittlerweile in einen Mini-Cooper gesetzt, der vor der Garage gestanden hatte, und fuhr an Tarne vorbei. Aber eines wusste Tarne: Das Bild dieser Frau würde er in seinem ganzen Leben nicht mehr vergessen.

Die Haustüre öffnete sich erneut. Sein Auftraggeber erschien. Er winkte ihr zum Abschied hinterher. Sie streckte kurz den Arm aus dem

Fenster und fuhr um die Ecke. Steffen holte sein Fahrzeug aus der Garage. Während Tarne sich hinter Steffen hängte, schloss sich die Garagentüre wie von unsichtbarer Hand. Im beginnenden Berufsverkehr würde er als Verfolger kaum auffallen. Viel schwieriger war es, im Dämmerlicht und dem morgendliche Chaos Steffen nicht zu verlieren. Zwanzig Minuten später. Tarne hatte drei Ampeln bei Gelb passiert und bei einer warten müssen. Das Rot zu ignorieren, wäre zu auffällig gewesen.

Trotz einiger halsbrecherischer Überholmanöver hätte Tarne den Anschluss verloren, wenn Steffen nicht eine Pause eingelegt hätte, um etwas zum Frühstück aus einer Bäckerei zu holen. Diese Minuten nutzte Tarne, um Luft zu holen und Schweiß von der Stirn zu wischen. Tarne lag drei Fahrzeuge zurück, als der Verfolgte schließlich seinen Arbeitsplatz erreichte. Steffen arbeitete in einem Bürogebäude mit Auffahrt vor dem Eingang, einem Parkplatz und Parkhaus daneben. Steffen hatte seinen Wagen an der Längsseite des Parkhauses in der ersten Parkebene verlassen. Tarne entschied sich, eine halbe Stunde zu warten, ob Steffen wieder herauskam, eventuell Termine bei Kunden wahrzunehmen hatte. Als Steffen nicht wieder erschien, ging Tarne davon aus, dass er den Tag im Büro verbringen würde, und entfernte sich von seinem Beobachtungsposten.

In der Mittagszeit fuhr Tarne wieder zu Steffens Arbeitsstelle, parkte gegenüber, verließ seinen Wagen und bummelte ein wenig durch den neben dem Bürogebäude gelegenen Park. Behielt Eingang und Parkhaus im Blick. Falls Steffen sich zu Mittag alleine oder mit Kollegen vom Arbeitsplatz entfernen sollte – typische Büromenschen verließen in kleineren oder größeren Gruppen das Gebäude und kehrten nach dem Mittagessen zurück. Steffen war keiner von ihnen.

Tarne gönnte sich wieder eine Pause, aß etwas, kaufte einen Kaffee *to go* und kehrte zu dem errechneten Zeitpunkt, dem vermuteten Ende der Arbeitszeit, auf seinen Beobachtungsposten zurück. Viele Mitarbeiter verließen das Haus. Als der Strom der Menschen, die zu ihrer Freizeit unterwegs waren, langsam versiegte, dauerte es noch über eine Stunde, bevor Steffen seinen Wagen aus dem Parkhaus holte. Auf dem Weg nach Hause hielt er bei einem Supermarkt auf der Stoppenberger Straße. Steffens Heim war erleuchtet. Seine Frau war bereits zu Hause. Sehr schade, er hätte gerne noch einmal einen Blick auf sie geworfen. Ihr Wagen war nicht zu sehen, also ging Tarne davon aus, dass sie ihn in die Garage gestellt hatte. Steffen parkte davor.

Tarne war Steffen nicht in die Seitenstraße gefolgt, sondern hatte seinen Wagen auf der vielbefahrenen Stoppenberger Straße zwischen andere Autos gestellt. An dieser Stelle fiel er nicht auf und konnte das Haus des Paares einsehen. Nachdem in einer weiteren Stunde keiner von beiden wieder erschienen war, beschloss Tarne, die Observierung für heute abzubrechen. Es sah so aus, als wenn die beiden jetzt kochten und den Abend gemeinsam zu Hause verbrachten. Er wollte nach Bochum zu Dorfmann.

Später saß Tarne in der Uni Bochum bei Dorfmann. Er schaute sich in dem mit Rechnern, Monitoren, Akten, endlosen Papierbergen und leeren Cola-Zero-Flaschen überfüllten Raum um und frotzelte:

„Das nennt sich Büro? Wieso haben sie dich in dieses winzige Loch hier unter der Treppe einquartiert?"

„Ich vermute, auf die Art müssen sie sich ihre Unterlegenheit nicht eingestehen. Dass sie keine Ahnung haben von dem, was ich hier mache. Was ich kann. Aber die wissen zu genau, dass es keinen Besseren als mich am PC gibt und sie ohne mich nicht auskommen können. So müssen sie mir wohl demonstrieren, dass sie doch am längeren Hebel sitzen oder so etwas. Dafür kann ich aber tun und lassen, was ich will. Ist doch auch was wert."

Wie üblich hatte Tarne eine kleine Überraschung mitgebracht.

„Sprengel Erfrischungsstäbchen!"

„Jau! Gibt es die noch? Hätte ich nicht gedacht."

„Hier. Eine Reihe mit Zitrone und eine mit Orange gefüllt. Nur flüssig."

„Man kann sie zerbeißen, herrlich."

„Oder anlutschen, eine Seite abbeißen, Flüssigkeit raussaugen, weiterlutschen und zum Schluss doch den Zuckerkern, der zuerst die Flüssigkeit umhüllt, zerbeißen."

„Hmmm."

„Komm, dafür sind wir nicht hier."

Dorfmann reichte Tarne einige Bögen.

„Das Ergebnis meiner Recherche. Alles, was ich bisher über Louis Siegfried Steffen gefunden habe."

Tarne vertiefte sich in die Blätter.

- Steffen, Louis Siegfried
- Geb. 23.3.1979, Essen
- die üblichen Kinderkrankheiten, Röteln etc.
eine Zeit lang Keuchhusten, leichtes Unter-
gewicht
- Schule Adelkampschule Frohnhausen, Wech-
sel auf Städtische Realschule Essen-West
- Abschlussfahrt nach London
- Schule verlassen mit der Mittleren Reife
- Führerschein mit 18
- 3 Bewerbungen, angenommen, in mittelstän-
dischem Betrieb, in der Stahlbranche
- Ausbildung zum Groß- und Außenhandels-
kaufmann

- nach bestandener Prüfung übernommen
- Regelmäßig aufgestiegen, Versandleiter, ...
dann seit ... Prokura.
- arbeitet viel, regelmäßig auch Überstunden.
Seit er die Frau kennengelernt hat
- in all den Jahren nicht ein einziges Mal
krank, keinerlei Fehlzeiten
- Firma meldete Konkurs an, Übernahme durch
eine Tochtergesellschaft in gleicher Position
- dieses Unternehmen hatte zwei Geschäftsfüh-
rer, die sich trennten, und einer nahm ihn mit
in das neue Unternehmen
- aktuell zuständig für die Überseegeschäfte
des Unternehmens
- Firmenwagen Audi RS7 Nardograu
- bei Kollegen angesehen, beliebt
- Arbeit scheint ihm Freude zu bereiten, trotz
Zeitaufwand keinerlei Anzeichen eines Burn-
out

Beziehung/Ehe
- nur wenige kurze Affären
- vor 11 Jahren seine große Liebe (Sylvia Stef-
fen, geb. Neudert) kennengelernt, sie war eine
Nachbarin
- Hochzeit vor 9 Jahren, bisher keine Kinder
- Erwerb eines Hauses kurz nach der Hochzeit
- 1x im Jahr Urlaub, immer 2 Wochen in südli-
chen Ländern (Spanien, mehrfach Mallorca,
Italien, Griechenland, Kroatien ...)

Eltern
- Mutter seit 3 Jahren im Pflegeheim, er
besucht sie 2x im Monat und tel. 1x in der
Woche, immer Sonntag nachmittags
- Vater starb vor sieben Jahren an einem Herz-
infarkt, war bis zur Pensionierung Buchhalter

Als er bis hierhin gekommen war, schaute Tarne auf.

„Transparenter und geradliniger kann ein Leben kaum sein. Was will dieser Kerl von mir? Was soll ich hier finden? Was haben wir über die Frau? Die ist eine absolute Granate. Als ich die heute bei der ersten Überwachung gesehen habe, dachte ich, ich falle um."

„Hört, hört! Sie ist 32, Eltern geschieden, zum Vater besteht kein Kontakt, bei Mutter aufgewachsen, die starb, als sie fast 18 war. Sie blieb in der Wohnung, bis er als Nachbar einzog. Mittlere Reife, Ausbildung als Bürokraft. Dann Abitur auf einer Tagesschule nachgeholt. Arbeitet als Bürokraft in Duisburg. Auch unauffällig. Langweilig."

„Wenn du sie gesehen hättest, würdest du das nicht sagen. Wenn sie eines ist, dann garantiert nicht langweilig. Sie fährt einen Mini, in British-racing-green mit Rallyestreifen", warf Tarne ein.

Dorfmann grinste.

„Das Auto ist aus meiner Sicht noch das Aufregendste."

72

Wenn du wüsstest, dachte Tarne, wenn du auch nur einen Blick auf sie gehabt hättest.

Als Tarne nicht auf seine Frotzelei reagierte, fuhr Dorfmann fort. „Die beiden leben in einem Einfamilienreihenhaus in Stoppenberg."

„Da war ich bereits. Ich habe mir heute den ganzen Tag um die Ohren geschlagen, nur um mir zu bestätigen, dass alle Angaben, die Steffen mit gegenüber geäußert hat, stimmen." Dorfmann tippte auf der Tastatur herum.

„Nach dem, was ich über das Internet ermitteln kann, lässt sich von deiner Fußarbeit bestimmt viel sparen. Wie ich sehe, geht Steffen zweimal die Woche joggen, nimmt sein Handy mit, hört darüber Musik, also auch diese Zeiten und Strecken sind überprüfbar. Einmal im Monat gehen die beiden essen, ins Kino oder ins Theater. Sozialkontakte reduziert, er läuft manchmal mit einem ehemaligen Mitschüler, zusammen treffen sie sich mit einem Pärchen aus der Nachbarschaft."

„Klingt wie das perfekte kleine Leben. Alles brav, ordentlich. Was will der Kerl?"

„Lass uns überlegen. Was kann er mit diesem Auftrag erreichen wollen? Es muss einen Grund geben. Komm, Brainstorming!"

„Durch mich, den Beobachter, ein Alibi für geplanten Mord haben?"

„Zu viel Agatha Christie gelesen?"

73

„Unterbrich mich nicht, Brainstorming heißt, alles darf sein. Nicht sofort auseinandernehmen. Das können wir immer noch machen." Dorfmann schaute schuldbewusst und winkte ab.

Tarne ließ seiner Fantasie weiteren Lauf.

„Irgendwelche Lücken im Lebenslauf ausfüllen? Feststellen, ob etwas über ihn bekannt ist, von dem er nicht möchte, dass es jemand weiß? Ist er unheilbar krank? Will er das vor einem Versicherer verbergen?"

„Sozusagen sehen, ob du etwas über ihn ausgraben kannst?"

„Aber was könnte das sein? Was sollen wir suchen? Wonach sollen wir suchen?"

„Keine Ahnung."

„Wir sollten völlig unvorbereitet drangehen. Wenn wir etwas finden, werden wir es wissen."

„Und wenn es nichts gibt?"

„Niemand gibt so viel Geld für nichts aus."

„Es sei denn, er ist komplett irrsinnig. Aber so sieht er nicht aus."

„Das soll vielleicht sein Abenteuer sein, hat sonst ja nichts?"

Sie lachten und Dorfmann dozierte.

„Es gibt immer zwei Vorgehensweisen. Deduktion oder Induktion: entweder, ein Puzzlestück zu dem nächsten, bis wir das Bild vollständig aufgebaut haben, oder nach dem

Ausschlussverfahren: bis das Entscheidende übrig bleibt. Wie soll man in diesem Fall vorgehen?"

Es trat Stille ein. Beide überlegten.

„Vielleicht solltest du auch mit seiner Frau sprechen."

„Warum sollte ich sie da hineinziehen? Er hat das doch ausdrücklich zur Bedingung gemacht, dass sie nichts davon erfährt."

„Unter einem Vorwand, du musst ihr ja nicht verraten, um was es geht. Vielleicht könnte ihre Sicht auf ihn dein Bild von ihm deutlicher machen. Sehen, ob mit ihm etwas nicht stimmt. Seine Glaubwürdigkeit hinterfragen. Vielleicht ist er ja wirklich krank. Psychisch, meine ich. Depressiv oder so?"

„Gute Idee", sagte Tarne, „wo arbeitet sie? Und kannst du schauen, welche Ärzte er aufsucht? Ob da etwas zu holen ist."

Auf was ließ er sich da ein? Wieso widersprach er nicht? Es war ihm klar, dass er genau das wollte. Die Nähe zu ihr suchen. Kontakt herstellen. Auch wenn es keine Chance für ihn gab. Dorfmann plante weiter.

„Ich werde sein Bewegungsprofil erstellen. Die Mobilnummer habe ich ja. Ich kann auch in seinen Rechner einen Trojaner einfügen. In der Firma und privat. Vielleicht finden wir etwas auf dem Rechner. Oder der Browserverlauf verrät uns etwas."

„Ich will gar nicht wissen, wie du das machst. Ist bestimmt auch illegal."

„Legal, illegal? Wo ist da heute noch der Unterschied? Wir werden Tag für Tag überprüfen, wo er war, was er getan hat."
Tarne beugte sich vor und ließ die Ausdrucke vor Dorfmann auf die Tastatur fallen, den einzig freien Platz auf dem Schreibtisch.

„Lass uns ein Dossier anlegen."

Tags darauf verzichtete Tarne auf weitere langweilige Überwachungen. Um die Mittagszeit fuhr er nach Duisburg. Steffens Frau arbeitete im Tausendfensterhaus. Vielleicht ging sie mittags in die Kantine? Es war das zweite Mal, dass er sie sah. Sie saß am Tisch alleine, vor sich das unvermeidliche Tablett mit Essen und Mineralwasser. Sylvia. Tarne ließ das Wort über seine Zunge gleiten. Sie hatte die Haare heute hochgesteckt und starrte wie abwesend auf ihren Salat. Das Neonlicht zauberte einen kastanienroten Schimmer auf ihre Frisur. Die Ärmel des engen Bürokostüms hatte sie hochgeschoben und die Arme auf den Tisch gestützt. Ihre Haut sah weich und sonnengebräunt aus. Der Körper so perfekt, wie man es nur mit hartem Training erreichen konnte. Für ihn wirkte es, als wenn alle Anwesenden den Atem anhielten, sich bemühten leiser zu atmen, sie ansahen, um den Zauber des Moments nicht zerstören. Wie konnte dieses wunderbare Geschöpf die Frau eines Langweilers wie Steffen sein? Unverständlich. Sie war ein völlig anderes Kaliber.

Er trat zu ihr an den Tisch.

„Darf ich mich zu Ihnen setzen?"

„Natürlich." Ihre weiche Stimme fing ihn sofort ein. Es war, als wenn sich rund um den Tisch eine mystische Barriere schob, zwischen die Realität dort draußen und eine verzauberte Welt, die nur sie beide beinhaltete.

Es gelang ihm kaum, seine Gedanken zusammenzuhalten. Worüber sprachen sie? Dass sie hier arbeitete. Er sah den Ring an ihrem Finger. Ja, sie war verheiratet. Glücklich. Sie wohne in Essen. Ob der Weg nicht zu weit sei? – Banale Dinge, aber es fluteten Glücksgefühle durch seinen Körper. Nur in ihrer Nähe sein zu dürfen! *Reiß dich zusammen*, ermahnte er sich.

„Das hört man selten", sagte Tarne.

„Was meinen Sie?"

„Dass Paare glücklich sind."

„Da haben Sie recht. Aber bei uns ist es so. Wir sind jetzt neun Jahre verheiratet und es wird immer besser."

„Ihr Mann ist ja ein Glückspilz. Weiß er eine Frau wie Sie denn zu schätzen?"

Sie schenkte ihm einen strahlenden Blick aus ihren großen dunklen Augen.

„Ich bin doch nichts Besonderes. Ich bin nur froh, dass ich ihn gefunden habe."

„Was ist er denn für einer?"

77

Tarne versuchte das Gespräch zu lenken, um doch noch etwas über Steffen zu erfahren. Hoffentlich nicht nur Lobeshymnen. Aber es gab nichts, das ihm nicht schon bekannt war. Aus ihrem Mund klang es so, als wenn alles, was ihr Mann tat, etwas Besonderes wäre.

Am nächsten Tag telefonierte er mit Dorfmann, der eine neue Idee hatte.

„Hast du dich überhaupt schon davon überzeugt, ob Steffen überhaupt Steffen ist?

„Da sagst du etwas."

„Wie wäre es mit Fingerabdrücken?"

Zwei Tage hatte er sich von ihr ferngehalten. Jetzt wartete er in der Kantine im Tausendfensterhaus, dass sie zum Mittagessen erschien. Er empfand eine unbestimmte Spannung. Sie trug wieder ein Kostüm, enger und kürzer. Gerade an der Grenze, aber noch nicht ordinär. Dazu wirkte sie zu fein. Ihre Strumpfhose brachte mit einem leichten Glanz die perfekten Beine in das richtige Licht. Sie erkannte ihn und kam lächelnd auf ihn zu.

„Da sind Sie ja wieder. Darf ich mich heute zu Ihnen setzen?"

„Gerne", sagte Tarne.

„Ich habe gehofft, Sie wiederzusehen."
Tarne schaute sie fragend an.

„Ich fand es so nett, unterhaltsam mit Ihnen. Nicht so langweilig wie sonst immer zu Mittag."

Sie streifte sich eine Strähne aus dem Gesicht und strahlte ihn an. Sie unterhielten sich über nichts, was Tarne anschließend hätte wiedergeben können. Innerlich war er aufgewühlt. Als ihre Pause um war, stand sie auf und legte wie aus Versehen eine Hand auf seinen Arm. Es war nur der Hauch einer Berührung. Trotzdem glaubte er, durch seine Jackettärmel etwas glühend Heißes zu spüren. Alles in ihm schrie danach, sie zu berühren.

Ihr „bis morgen" zum Abschied war ihm wie ein Befehl. Er musste anderntags wiederkommen. *Nein*, sagte er sich, *was mache ich hier?* Das ist die Frau meines Auftraggebers. Aber auf der anderen Seite, so etwas hat es doch immer schon gegeben. Aber er doch nicht. Er mit seiner Einstellung zu Ehre und Treue?

Tarne tauschte die neuen Erkenntnisse mit Dorfmann aus.

„Steffens Fingerabdrücke habe ich von seinem Wagen genommen, vom Türgriff. Ich hatte Glück, gestern stand sein Audi wieder draußen und ihr Mini-Cooper in der Garage. Sie wechseln sich wohl immer ab, wer zuerst zu Hause ist, nimmt die Garage. Damit es keinem zufälligen Beobachter aus der Umgebung auffiel, habe ich so getan, als wenn ich mich neben sein Auto kniete, um mir einen Schuh zuzubinden. Ich habe die Folie mit den Abdrücken an Hesse weitergeleitet."

„Dein Freund, dieser Kommissar?"

„Hauptkommissar, bitteschön."

„Von mir aus. Und?"

„Bei uns sind ja nicht alle Personen registriert. Aber Steffen ist vor einigen Jahren ein Auto gestohlen und wiedergefunden worden. Zum Vergleich hatte man damals auch seine Abdrücke genommen, damit sie sehen konnten, ob auch andere Spuren von den Dieben in dem Wagen waren."

„Also?"

„Danach ist er es. Ich habe auch die Nachbarn befragt. Unauffällig."

„Wie macht man so etwas unauffällig?"

„Ich habe mich als Paketbote ausgegeben und zwei Bücher verpackt. Bei den Nachbarn geschellt und gefragt, ob sie das annehmen. Die haben das anstandslos gemacht und bereitwillig erzählt, was für nette Leute das seien."

„Hast du auch einen Transporter mit *Amazon*- oder *DHL*- oder *GPS*-Aufschrift gehabt?", fragte Dorfmann und kriegte sich vor Lachen nicht mehr ein.

„Auf so etwas kannst auch nur du kommen. Natürlich nicht. Ich hab denen gesagt, ich habe um die Ecke geparkt. Zu Fuß ging die ganze Straße schneller, als wenn ich jedes Mal wieder anhalten würde. Musste ich aber gar nicht erklären. Die haben nicht gefragt."

„Ich wusste schon immer, du siehst eher wie ein Paketbote aus."

„Pass ja auf! Aber ehrlich? Wenn wir nicht bald etwas finden, bin ich in dem Job wahrscheinlich besser aufgehoben."

Tarne verschwieg ihm seine Besessenheit von dieser Frau.

Anderntags wieder nach Duisburg. Erneut in ihrer Nähe zu sein, war großartig. Sie war nur die Frau eines Auftraggebers, ermahnte er sich zum wiederholten Mal. Sonst nichts. *Bleib professionell. Halt Abstand.* Sie sah an ihm herunter, taxierte ihn. Was wollte sie? Was konnte er in diesen Blick hinein interpretieren? Sie lachten viel in dieser Mittagspause und wie zufällig berührte sie mehrfach seinen Arm oder seine Hand während des lebhaften Gesprächs. Sie tauschten ihre Kontaktdaten aus. Er konnte es kaum fassen.

Es ging auf Mitternacht zu und Tarne saß immer noch in Dorfmanns Büro in der Uni. Er sprang zum wiederholten Mal auf und tigerte durch den kleinen Raum, zwischen den vielen Akten und den auf dem Boden gestapelten Unterlagen hindurch.

„Es muss sich doch irgendetwas finden lassen. Was will Steffen? Worauf will er hinaus? Was soll ich finden? Ich habe noch zwei unglaublich langweilige Tage mit ununterbrochener Überwachung durchgeführt."

„Also, ich habe, wie besprochen, von den Handyaufzeichnungen ein exaktes Bewegungsmuster erstellt, wann er wo war, über das letzte halbe Jahr. Willst du sehen?"
Er überreichte Tarne eine weitere Liste.

„Da ist nichts, was wir nicht schon wussten. Absolut nichts."

„Eltern? Hast du dich mit den Eltern von beiden befasst?"

„Auch nichts Auffälliges. Ihre Eltern habe ich aber noch nicht durchleuchtet."

Am nächsten Tag wollte er sie nicht wieder in der Mittagspause überraschen. Trotzdem wollte er sie sehen. Er beobachtete den Eingang des Gebäudes, in dem sie arbeitete. Autos fuhren vorbei. Menschen kamen und verließen das Haus. Der Postbote mit seinem dreirädrigen gelben Fahrrad. Da, endlich, da war sie wieder. Sie war nicht so groß wie er sie von der ersten Begegnung, morgens vor der Haustür in Erinnerung hatte. Der Eindruck, den sie auf ihn ausübte, wurde durch etwas anderes erzeugt. Es war ihre Art, Ausstrahlung, die sie bedeutend machte. Wie sie sich bewegte. Es war unglaublich. Er hielt den Atem an. Er folgte ihr in Abstand, bis nach Hause. Steffen war noch nicht da. Tarne gab sich einen Ruck. Koste es, was es wolle. Er rief sie auf ihrem Handy an. Sie freute sich, seine Stimme zu hören, sagte sie. Und sie verabredete sich mit ihm zu einem Abendessen.

„Donnerstag ist gut. Da geht er immer zum Sport. Ich sag dann, ich treffe eine Freundin."

Tarne hatte das Gefühl, er fliege nach Hause.

Dorfmann wühlte beim nächsten Treffen sehr beschäftigt in seinen überall verstreut liegenden Unterlagen herum.

„Außerdem habe ich hier seine Einkaufsliste, bei welchen Geschäften er kauft, Supermarkt, Baumarkt, putzt sich die Zähne mit …"

„Danke, reicht."

„Nutzt alles, was Prozente bringt, achtet in keiner Weise darauf, seine Spuren zu verwischen, ganz im Gegenteil. Selbst für Bürobedarf hat er eine Karte, auf die er Prozente bekommt. Ich kann dir jedes Detail sagen, was er wann wo gekauft hat. Es ist unglaublich, als wenn er so wenig aufgeklärt ist, dass er nicht weiß, wie durchsichtig er sich damit macht."

„Eines wissen wir dann über ihn: Er ist ein sparsamer Typ. Woher hast du das?"

„Kreditkartenabrechnung, PayPal und Payback und so."

Nach einer Pause gestand Tarne ihm seine Obsession für die Frau.

Dorfmann reagierte relativ cool:

„Dann hat das Ganze doch etwas gebracht. Wenn du verliebt bist und dadurch eine neue Frau findest, ist doch super."

„Das geht leider nicht."

„Wieso nicht! So ist das Leben, Mann."

„Aber …"

„Kein Aber."

Sylvia liebte italienisches Essen. Tarne führte sie in das originelle italienische Restaurant *Officina*, das in einem Hinterhof auf der Bredeneyer Straße in einer ehemaligen Schreinerei eingerichtet war. Sie waren getrennt gekommen, jeder mit seinem eigenen Auto.

Sie setzte sich, schlug die Beine übereinander und richtete sie perfekt parallel aus. Tarne bemühte sich, nicht hinzusehen. Wie konnte sie die Beine nur in dieser Stellung halten?

Er war ihr zum ersten Mal so nahe, dass er den verführerischen Duft ihres Parfums wahrnahm. So etwas hatte normalerweise keinerlei Einfluss auf ihn. Was hatte sie nur an sich? Was führte zu dieser Besessenheit? Wieder sagte ihm seine vernünftigere Seite, er sollte endlich die Finger von ihr lassen. Er würde für seine Arbeit von ihr nichts erfahren, was er nicht schon wusste.

Bei diesem Abendessen, bei Kerzenlicht, das sich in den Rotweingläsern spiegelte, gestand sie ihm mit ihrer faszinierenden Stimme:

„Ich könnte mir vorstellen, wenn ich nicht verheiratet wäre … Ich glaube, jemand wie

Sie hätte dann bestimmt Chancen." Sie blinzelte mit den Augenwimpern und schüttelte ihre Haare, als wenn sie ihre ungehörigen Gedanken wieder zur Ordnung rufen wollte. Dabei strahlten ihre Augen unschuldig.

Vor der Türe des Lokals, im Tordurchgang, beim Abschied, trat Tarne an sie heran und fuhr ihr durch die Haare. Sie lehnte sich an ihn, legte ihre Hand auf seinen Arm. Ihr Gesicht, ihre Halspartie, an seiner Wange.

„Mache ich Sie nervös? Warum soll es Ihnen anders gehen als mir?"

Sie neigte den Kopf, seinem Druck folgend, und er küsste sie erst ganz sanft und als sie den Kuss erwiderte, stürmischer, verlangend, drängend. Zwei Verliebte.

Andere Gäste verließen das Restaurant und gingen kichernd und flüsternd an ihnen vorbei.

„Ich glaube, das sollten wir lieber lassen", sagte er.

Aber sie machten weiter.

„Magst du morgen zum Kaffee zu mir kommen? Louis ist übers Wochenende weg. Ein Workshop für seine Firma."

Das Blubbern der Kaffeemaschine klang Tarne entgegen, als er Dorfmanns Büro betrat.

„Okay, was haben wir?"

Tarnes Webspezialist strich seine schwarzen Haare aus dem Gesicht.

„Seine Ärzte, ihre Ärzte, die Namen der Freunde, der Nachbarn, mit denen sie sich treffen, und die der direkten Freunde. Wir wissen, mit wem sie sich nicht verstehen. Ich habe seine Mails der letzten zwei Jahre ausgedruckt und den WhatsApp-Verlauf. Wir wissen, dass Steffen mit seiner Frau zwei- bis dreimal am Tag eine WhatsApp austauscht. Was sie besprechen. Wie und wo sie ihre Urlaube buchen und, und, und.“

„Und? Irgendetwas Auffälliges?“

„Nein, hier habe ich einen Packen Mails, schau selbst. Ich habe nicht alle gelesen. Aber bei den bisher gesichteten Stichproben war absolut nichts Auffälliges. Wir haben die Diagnosen der Ärzte von den Privatrechnungen. Nichts Auffälliges. Bewegungsmuster über die Aufzeichnungen des Handys – langweilig, Arbeit: täglich und so weiter, wir kennen alle Personen, mit denen er Kontakt hat. Die Inhalte der Gespräche, soweit sie in Mails und WhatsApps reflektiert wurden. Da ist nichts. Wonach sollen wir noch sehen? “

„Wenn ich das wüsste.“

„Vielleicht will er nur wissen, wie durchsichtig einer als Bürger heutzutage ist?“

„Mag sein. Aber ist dafür seine Investition nicht etwas üppig ausgefallen?“

„Mach einfach weiter“, ermunterte Dorfmann ihn, das bist du ihm schuldig. Wenn nichts rauskommt, dann ist das eben das Ergebnis. Sein Pech."

„Aber das ist völlig unbefriedigend. Man hängt irgendwie so in der Luft." Oder war das nur sein schlechtes Gewissen, das sich hier bemerkbar machte? Mehr als Dorfmann und er herausgefunden hatten, war doch gar nicht zu machen.

„Was willst du noch? Wir haben alles", sagte Dorfmann, „seine Einkaufsgewohnheiten, seine Produkte, wir kennen seine Zahnpasta, wissen, welches Duschgel er benutzt und welches seine Lieblingsspeisen sind."
Als wenn ihn das alles noch in irgendeiner Weise interessieren würde. Er konnte nur an morgen denken. Alle Wünsche, die ihm durch den Kopf gingen. Aber diese Unsicherheit, nicht zu wissen, was Steffen eigentlich erwartete, was sollte er damit anfangen? Was steckte dahinter? Oder war Steffens Auftrag vielleicht ganz harmlos? Nur eine Art Zeitvertreib?

Warum konnte er nur nicht von ihr lassen? Es würde nur neue Sehnsüchte, neues Leiden hervorrufen. Gerade hatte er seine Beziehung zu Manu hinter sich gebracht. Er brauchte solche Bindungen nicht mehr. Die Frauen standen ihm nur im Weg. Trotzdem verfiel er immer wieder ihren Reizen. Er schellte an. Fast augenblicklich öffnete sie, als wenn sie hinter der Tür gewartet hätte.

„Du bist es!" Sie tat so, als wenn es das Normalste der Welt wäre, dass er bei ihr klingelte, wenn man sich vorher nur ein paarmal in der Kantine gesehen und einmal zusammen gegessen hatte. Den leidenschaftlichen Kuss schien sie einfach auszublenden.

Sie trat zur Seite und ließ ihn in die Wohnung. Dann drückte sie ihn zurück und drehte sich auf ihren Highheels einmal um sich selbst. Die Nylons hatten eine Naht.

„Na, was sagst du? Steht mir das?", fragte Sylvia.

Tarne nickte anerkennend und ließ seinen Blick über ihre schlanke sportliche Figur und ihre perfekten Rundungen gleiten.

Sie umarmten sich, er begann sie langsam wie selbstverständlich zu entkleiden. Der Rock glitt zu Boden und sie stieg mit eleganten Bewegungen heraus. Sie stand in BH und Höschen vor ihm.

Das ging doch nicht.

„Du bist mein Traummann. Wenn ich nicht verheiratet wäre, dann wärst du alles, was ich mir immer ersehnt habe. Aber ich habe einen Mann und bin glücklich mit ihm." Für Tarne klang es absolut nicht so. Ihr Verhalten sprach auch dagegen. Nichts passte hier zusammen.

Er hielt sie im Arm und ließ seine rechte Hand von ihrem Nacken an ihrer Wirbelsäule zur Mitte und zum Ansatz ihres Hinterns hinuntergleiten. In gegenseitiger Begierde drängten sie sich aneinander.

Nein, das durfte nicht sein. Schließlich war sie die Frau seines Auftraggebers. Doch er ließ es geschehen. Trotzdem würde er sie vergessen müssen. Das nahm er sich für später vor. Wenn Louis Siegfried Steffen allerdings sterben würde, dann wäre der Weg frei. Aber an so etwas durfte er gar nicht denken.

Auch im Kontakt mit Dorfmann fiel es Tarne immer schwerer, sich auf seinen Fall zu konzentrieren. Er wusste einfach, nur mit dieser Frau hatte sein Leben einen Sinn. Er musste einen Weg finden, um für immer mit ihr zusammen zu sein. Nur dann würde alles gut werden.

„Du siehst schrecklich aus", stellte Dorfmann bei ihrer nächsten Begegnung fest.

Für Tarne wirkte das wie eine Frage. Er ging nicht darauf ein und überschüttete Dorfmann stattdessen mit weiteren Ideen, nur um sich abzulenken.

„Haben wir schon etwas über seine beruflichen Kontakte? Mit welchen anderen Firmen hat er zu tun? Gibt es Verbindungen, die sich wiederholen? Häufig stattfinden? Vorlieben? Hobbys? Er arbeitet in der Stahlbranche. Hat er mit Waffen zu tun? Fällt mir da noch ein."

„Gute Idee, ich werde mir den Bereich vornehmen. Läuft es noch mit der Frau? Ich habe in ihrer Vergangenheit gewühlt."

„Wieso das denn?"

„Irgendwas muss sich doch finden lassen. Wir waren uns doch einig: Egal wo, wir werden es finden."

„Und?"

„Sie hatte einen Bruder."

„Ja?"

„Als es um die Erbschaft ging – der Vater, den sie jahrelang nicht gesehen hatte, kam bei einem Autounfall ums Leben –, ist ihr Bruder in einen rostigen Nagel getreten und daran gestorben."

„Daran stirbt man nicht."

„Das sehe ich auch so. Es hat wohl eine Sepsis gegeben. Es wurde auch etwas von einem Suizid gemunkelt. Das war vor acht Jahren."

„Was hat das mit ihr zu tun? Das muss ja furchtbar für sie gewesen sein, neben den Eltern auch noch den Bruder zu verlieren."

„Für mich sah das verdächtig aus. Ich kann mich ja täuschen, aber wir sollten jedem noch so kleinen Hinweis oder jeder Eingebung folgen. Immerhin war sie dann Alleinerbin."
Tarne war entrüstet.

„Ach was!"

„Könnte …"

„Nein, diese Frau ist über jeden Zweifel erhaben. Du kennst sie nicht. Wie kannst du nur auf so eine Idee kommen?"

Dorfmann sah ihn an, als wenn er sagen wollte, so engstirnig kenne ich dich gar nicht. Er erwiderte jedoch nichts.

Sylvia und Tarne begannen WhatsApps auszutauschen, weitere heimliche Treffen zu vereinbaren. Sie nahm sich einen halben Tag frei. Sie trafen sich auf dem Parkplatz des Rhein-Ruhr-Zentrums und fuhren mit ihrem Mini-Cooper weiter.

„Ich zeig dir etwas. Eine Überraschung. Ich fahre", sagte Sylvia.

Sie brachte ihn zu einem lauschigen Plätzchen im Wald.

„Hier?"

Als wenn er die Antwort nicht wusste.

Sie sagte nichts.

Sie stiegen aus und umarmten sich. Mit beiden Händen zog er auf ihrem Rücken die Bluse aus dem Rock und ließ seine Hände auf ihrem nackten Rücken zwischen ihren Schulterblättern hochrutschen. Löste den Verschluss des Büstenhalters. Sie trat zurück, lachte, schüttelte ihre Jacke ab und knöpfte ihre Bluse auf. Der schwarze BH rutschte herunter und ihre Brüste drängten sich aus der offenen Bluse ihm entgegen. Sie schob den Rock hoch, streifte Slip und Strumpfhose herunter, drehte sich um, beugte sich über den Kotflügel des Wagens und streckte ihm ihren Hintern entgegen.

„Jetzt bist du dran."

Jetzt gab es auch für Tarne kein Zurück mehr. Hoffentlich kam keiner vorbei …

Anschließend saßen sie halb angezogen und außer Atem im Wagen.

„Und?", sagte sie, „gute Idee?"

„Die beste."

Sie küssten sich und lauschten den Geräuschen des sommerlichen Waldes.

„Mach es mir", hauchte sie ihm ins Ohr, „noch einmal!"

Wieder überkamen ihn Zweifel. Was taten sie hier? Es gefiel ihm, ja. Aber war es richtig? Er schüttelte sich und lehnte sich zurück.

„Wir müssen damit aufhören."

„Ja, du hast völlig recht. Aber jetzt sind wir hier …"

„Hi, was hast du Neues?", fragte Tarne Dorfmann, stapelte einige Akten von einem Sessel auf den Fußboden, setzte sich und legte die Beine lang ausgestreckt auf den entstandenen Berg.

„Also, ich habe seine Arbeit unter die Lupe genommen. Er ist zuständig für Pulver und Band."

„Was heißt das?"

„Er leitet den Verkauf dieser Bereiche. Weltweit."

„Das hat mit Metall zu tun?"

„Das ist Metall. Es gibt nicht nur Schwermetall, wie Coils oder so etwas."

„Coils?"

„Mann, du lebst doch hier im Ruhrgebiet. Da wirst du das doch wohl wissen. Das sind so große Rollen aus Stahl, aus dem dann alles Mögliche gemacht werden kann. Zum Beispiel Autokarosserien. Also, er hat auch die Rückzahlung der Mehrwertsteuer unter sich, wenn etwa ins Ausland verschifft worden ist. Aber soweit ich das ersehen kann: Alles einwandfrei."

„Hm."

„Aber das ist noch nicht alles. Metall gibt es, wie gesagt, auch in Form von Pulver oder Band."

„Erstaunlich. Und?"

„Er hat für das Unternehmen an ausländische Waffenproduzenten bestimmte Pulversorten verkauft. Ohne ausreichende Genehmigungen. Ausfuhr für die Rüstungsindustrie muss bei uns extra genehmigt werden. Da dachte ich, das ist es. Jetzt hab ich ihn."

„Hm?"

„Hörst du überhaupt zu?"

„Sicher."

„Also, die Firma hatte eine Überprüfung durch das Bundesamt für Ausfuhr, wegen Unregelmäßigkeiten, und es stellte sich heraus, dass sie mehr Kilos verkauft haben als genehmigt."

„Wofür soll das Pulver gut sein?"

„Das wird wohl gebraucht für irgendwelche Raketenwaffen. Aber es war leider auch wieder nichts."

„Wieso?"

„Bei der Überprüfung kam anschließend ein Nullbescheid heraus. Alle waren wieder zufrieden und auch dabei nichts, was auf unseren Auftraggeber zurückfällt."

Tarne hatte eine Woche nicht mit Sylvia telefoniert, keine Nachrichten geschickt und war an keinen Ort gegangen, wo er ihr hätte über den Weg laufen können. Wie er es geschafft hatte, hätte er selbst nicht sagen können. Mühsam war es gewesen, sich so lange zu enthalten. Sie hatte sich auch nicht gemeldet. Nach der letzten schlaflosen Nacht hatte er sich entschieden: Sie musste ihren Mann verlassen. Koste es, was es wolle. Er würde ihr das irgendwie vermitteln müssen. Als er es nicht mehr aushielt, machte er sich auf den Weg nach Duisburg. Ihr vermeintlich zufällig wieder über den Weg laufen, schien ihm die beste Möglichkeit. Dann kam der Moment. Er wartete zur Mittagszeit in der Kantine, im Tausendfensterhaus. Wollte sie überraschen. Sie kam nicht.

Er rief bei ihrer Arbeitsstelle an, fragte nach ihr.

„Nein, sie ist heute nicht im Haus. Kann ich Ihnen weiterhelfen?"

Aber Tarne hatte schon unterbrochen. Er zögerte. Sollte er bei ihr anrufen? Was, wenn

Louis an den Apparat ging? Dann konnte er auflegen. Er wagte es.

„Ja?", hauchte sie und ihm brannte das Ohr.

„Ich bin es. Ich habe dich in der Kantine vermisst."

„Oh. Du weißt es nicht? Louis –" Sie klang gequält, schniefte, schluckte, „… er ist tot." Was? Tarne dachte, er habe sich verhört. Das konnte doch nicht sein.

„Was …?"

„Sie sagten, sein Herz, ganz plötzlich, der ganze Stress …"
In Tarnes Ohren klang es nicht echt, irgendwie aufgesetzt. Steffen hatte in der ganzen Zeit der Ermittlungen nie angespannt oder gestresst gewirkt. Aber wer weiß. Vielleicht war er nur ein guter Schauspieler gewesen? Hatten nicht erkannte Belastungen hinter dem Auftrag gesteckt? Hatte Tarne etwas Fundamentales übersehen?

„Kannst du vorbeikommen? Ich brauche deine starke Schulter." Es klang wie ein Säuseln. Oder waren es erstickte Tränen?

Tarne war in zwanzig Minuten an ihrer Tür. Wie von selbst – Klamotten vom Leib reißen und übereinander herfallen. Sie stolperten ins Schlafzimmer.

„Ich habe mir das so gewünscht. Wenn du wüsstest …"

Gewünscht? Er wollte es zu gerne glauben.

„Oh – endlich fühle ich mich wieder lebendig. Tod ist etwas Furchtbares, das verführt einen dazu, wieder Leben spüren zu wollen, und da gibt es nichts Besseres als Sex, findest du nicht? Das hat mir so gefehlt." Sie räkelte sich, wirkte überhaupt nicht mehr traurig.

„Ich dusche mich eben." Sie schlüpfte aus dem Bett und warf Tarne auf dem Weg ins Bad noch einen neckischen Blick über die Schulter zu.

Er genoss den Anblick ihres nackten Körpers in der Bewegung.

In der Zwischenzeit schaute er sich um. Er konnte es immer noch nicht fassen. Steffen tot? Als wenn sein heimlicher Wunsch in Erfüllung ging. Sein Blick fiel auf einen Stoß Zeitschriften, auf dem kleinen Glastisch, oben darauf etwas Dunkles, Gammeliges, wie aus dem Müll gezogen, ein antiquarisches Buch. Er trat näher heran. In diese moderne helle Umgebung passte dieses alte Buch nicht. In Leinen gebunden, von einem vergilbten und zerknitterten Schutzumschlag umhüllt wirkte es wie ein Fremdkörper. Er nahm es in die Hand. Es roch moderig, nach nassem Keller. *Schatten der Nacht, 1919.* Was war das? Klang wie ein alter Thriller. Doch ein Blick hinein erklärte einiges. Tarne erstarrte. In dem Moment kam Sylvia aus dem Bad, die Haare hochgesteckt, ein weißes Frotteehandtuch um ihren wunderschönen Körper geschlungen. Das schönste, weichste Geschöpf, das er je in den Armen gehalten hatte. Dampf drang hinter ihr aus der weiß gefliesten Dusche. Sie roch nach teuren Badeartikeln. Ihre Blicke kreuzten sich und sie sah, was er in der Hand hielt. Und das Entsetzen in seinen Augen und seine unausgesprochene Frage. Tarne blickte erst auf das Buch, dann sie an und erkannte in ihrem Blick, dass sie sich ertappt fühlte.

Sie nickte.

„Ja und? Macht das was aus? Ändert das was? Hast du es nicht gewusst? Ich dachte, das sei dir klar gewesen."

Tarne kam kein Wort über die Lippen. Er streifte sich seine Sachen über.

„Nun sag doch was", forderte sie ihn auf.

„Du wusstest, dass dein Mann mich …"

„Natürlich."

„Dann war das alles gespielt?"

„Nein, gar nicht. Du bist schließlich attraktiv. Außerdem konnte ich so sicher sein, dass alles klappt. Versteh doch, er stand uns im Weg."

„Dieses Buch …?"

„Da steht drin, welches Gift wie wirkt und sich nicht nachweisen lässt."

„Du gibst es so einfach zu?"

„Warum denn nicht? Du kannst doch nichts beweisen. Außerdem, wie sähe das aus? Du, der Ehrenmann, macht mit der Frau seines

Auftraggebers rum und erfüllt seine Pflicht nicht?"

Tarne spürte plötzlich eine endlose Leere und Schwere. Er flüchtete aus der Wohnung und ließ die Haustüre offenstehen.

"Stell dich nicht so an. So ist das Leben!", schrie sie hinter ihm her. "Verstehst du denn nicht? Mir lief die Zeit weg. Wie soll eine Frau über dreißig einen Mann finden? Es ging nicht anders. Ich hatte keinen anderen Weg."

Ein paar Wochen später sah Tarne sie zum letzten Mal, lachend in ein Gespräch vertieft, zwischen mehreren gut aussehenden jungen Männern. Sie sah ihn auch. Ein kurzer Blick, nur einen Wimpernschlag lang. Keinerlei Veränderung in ihrem Verhalten, eiskalt. Sie wusste, dass er ihr nichts nachweisen konnte. Sonne spiegelte sich im Schaufenster und das Bild war weg.

Den Lohn für diesen Auftrag hatte er sich verdient. Steffen hatte sich nicht eingestehen wollen, dass seine große Liebe, seine Ehefrau, ihn loswerden wollte. Das war seine heimliche Angst gewesen. Deshalb hatte er Tarne engagiert, um ein unbeeinflusstes Bild durch einen Außenstehenden zu erhalten. Tarne hatte versagt. Wie hätte er auch ahnen können, dass er auf dasselbe Muster dieser Frau hereinfallen würde? Wie in dem alten Film, Rita Hayworth als *Gilda*. Eines war ihm klar geworden: Er

würde sich nie wieder durch eine Frau von seiner Aufgabe ablenken lassen. Zumindest nahm
er sich das vor.

Tarne auf Abwegen

Manchmal erscheint etwas im ersten Moment nicht so wie es wirklich ist. Erst wenn man genauer hinschaut und alle Informationen zusammennimmt, erkennt man auf den zweiten oder sogar dritten Blick die ganze Wahrheit.

Es fieselt. Al Stiletto, Mantelkragen hochgeschlagen, legt sich mächtig in die Riemen. Alles ist Grau in Grau. Al Stiletto gegenüber sitzt Luigi Zangelini, versucht sich hinter dem Mantelkragen eine Zigarette anzustecken und raunzt ihn an. „Kannst du nicht schneller rudern?" Ihre Mäntel und das Boot heben sich kaum vom Kemnader See ab. Die Feuchtigkeit dringt durch und durch. Die Ausbeulung unter den Mänteln stammt von der Armierung.

„Ich tu mein Bestes", sagt Al, „zurück bist du aber dran."

„Ja ja, stell dich nicht so an!" Luigi deckt die Zigarette mit der Hand ab, während er gierig den Rauch einsaugt.

„Wie lang sind wir schon auf dem Wasser?"

Das Plätschern des Regens wird lauter.

„Höchstens eine Viertelstunde."

„Mir kommt das wie eine Ewigkeit vor", stöhnt Al. „Was hast du da in der Mantel-tasche?"

Luigi zieht es heraus.

„Das hab ich dem Kerl abgenommen", sagte er, blättert eine Folie auf und liest: „Jede Sonne im Universum stirbt eines Tages, ver-glüht oder verdichtet sich zu einem weißen Rie-sen, um dann schließlich zu explodieren."

Die Ruder quietschen über den Holzrand des Kahns.

„Was soll das heißen?"

„Ich glaube, das ist ein Vortrag oder so was."

Es wird dunkler.

„'Explodiert' ist gut, ich denke, meine Faust ist an seinem Kinn explodiert, das hat er nicht mehr gemerkt, so schnell kam das." Al Sti-letto grinst, lamentiert aber gleich weiter: „Bei so einem Wetter schickt man doch keinen Hund vor die Türe."

Luigi lässt sich nicht aus der Ruhe bringen.

„Hör mal weiter", sagt er und liest: „Je höher eine Intelligenz entwickelt ist, umso sorg-fältiger wird sie die Veränderungen an der Sonne registrieren."

„Ich will den Scheiß nicht hören", quen-gelt Al, während das brackige Wasser auf dem

Boden des Kahns über seine Füße schwappt.
„Meine Schuhe sind auch hin."
Luigi liest ungerührt weiter:

„Sie wird verhindern, dass über Jahrtausende gesammeltes Wissen und Kulturgut mit einem Schlag ausgelöscht wird."

„Ha, ha, auslöschen ist gut."

„Diese Intelligenz wird danach streben, den Bestand zu retten. Da soll mal einer sagen, wir hätten keinen intelligenten Job."
Al legt die Ruder ab:

„Jetzt reicht's aber."

„Ja, ich glaub, hier ist es tief genug."

„Es wird gleich dunkel."

„Umso besser, dann sieht uns keiner."
Beide erheben sich gleichzeitig. Das Boot beginnt zu schwanken.

„Vorsichtig!"
Sie beugen sich vor und heben etwas auf, das aussieht wie ein zusammengerollter Teppich, über den von jeder Seite ein Müllbeutel gezogen ist. Das ganze Paket ist mit Draht umwickelt. Die Aktion geschieht schweigend. Jeder Handgriff sitzt. Sie hieven die Last über die Bordwand. Mit einem Platschen, das bei dem Trommeln des Regens kaum zu hören ist, trifft das Paket auf das Wasser und wird durch das Gewicht sofort in die Tiefe des Sees gezogen. Nur einen Augenblick ist noch eine Blase aus grauem Plastik zu sehen, mit der Aufschrift *„Müllsack der Stadt Bochum"*. Dann verschwin-

det auch diese mit einem Glucksen. Selbst die Kreise, die entstehen, verlieren sich in dem bewegten Wasser schnell.

„Glaubst du, dass die Steine schwer genug sind?", fragt Al.

Beide schauen auf die Stelle, an der die Leiche verschwunden ist.

„Mach dir keine Sorgen."

„Ich glaube, er war wohl doch nicht so intelligent wie er gedacht hat. Hätte die Finger vom Glücksspiel lassen sollen."

„Ja, genau, all sein Wissen hat ihn nicht gerettet. Hätte seine Schulden bezahlen sollen." Luigi blättert immer noch in den Papieren herum. „Was steht hier? Das war ein Vortrag in der Sternwarte Bochum."

„Klar, du Idiot. An der Sternwarte haben wir ihn doch auch abgefangen."

„Stimmt." Luigi wirft die Unterlagen mit den Notizen wie eine Grabbeigabe auf das Wasser. „Hier hast du deinen Vortrag."

„Meinst du, der Boss ist zufrieden?", fragt Al.

Luigi nickt abwesend, knurrt etwas Zustimmendes und sagt:

„Ich bekomme immer Hunger bei solchen Aktionen."

Al meckert:

„Ich glaube, ich werde zu alt für so einen Job. Du ruderst zurück, haben wir gesagt." Sie tauschen die Plätze und Luigi legt sich für den Rückweg in die Riemen.

„Ja, gehen wir essen."

„Uuunnd … Cut! Das war's, glaube ich", sagt der Regisseur Dominik Wagner, ein ausgemergelter langer Lulatsch und Kettenraucher, der sich selbst sehr ernst nimmt, wie Tarne festgestellt hat. Und zu Tarne gewandt:

„Was meinst du?"

Robert Erich Tarne fühlt sich in dieser neuen Rolle als Berater für die Dortmunder Filmfirma „*Vision 2.1*" ziemlich gut. Für ihn als Privatdetektiv und Filmfan ist das eine willkommene Abwechslung bei guter Bezahlung. Auch wenn es nur um Werbung geht. Das ist endlich einmal etwas anderes als immer nur hinter jemandem her zu schnüffeln oder Geheimnisse aufzudecken. Zur Vorbereitung hat er noch einmal alle Folgen des „Paten" angeschaut und für seine Empfehlungen Anleihen bei Martin Scorsese gemacht.

„Also, wenn du meine Meinung hören willst, dann war der Scheinwerfer, der das Mondlicht rüberbringen soll, etwas zu stark. Das wirkt unglaubwürdig, unecht. Die Jungs waren gut."

„Meinst du wirklich? Man muss doch als Zuschauer noch etwas sehen. Außerdem ist es doch nur Werbung."

„Du bist der Regisseur. Ich bringe nur meine Erfahrung ein."

Dominik Wagner scheint einen Moment zu überlegen.

„Nein, ich sage, das war es. Wir drehen nicht noch einen Take. Ich werde das in der Firma klären. Also, hört alle mal her! Schluss für heute. Ihr könnt einpacken." Dann kommt noch ein Nachsatz, den er sich anscheinend nicht ersparen kann:

„Auch wenn unser Meisterdetektiv nicht zufrieden ist."

„Dafür werde ich bezahlt", sagt Tarne, „aber ganz ehrlich, wie das als Werbung funktionieren soll, ist mir unklar."

„Das lass mal unsere Sorge sein. Heute gibt es oft Werbekooperationen, das macht es für die Unternehmen günstiger. Die teilen sich dann die Kosten und unser Budget wird größer. Hier sind das eben die Sternwarte Bochum, Spielbank Hohensyburg und deren Gastronomie. Die lassen sich das schon was kosten. Du musst dir das so vorstellen, da kommen noch Standbilder dazu und Text aus dem Off und so weiter und so weiter. Du wirst sehen, wir haben uns das schon gut überlegt. Das ist nämlich *unser* täglich Brot."

Irgendetwas stimmt hier nicht. Tarne war es gewöhnt, auf die leisen Anzeichen seiner Intuition zu hören. „Wo ist eigentlich Johannes heute?"

105

Johannes Rehwinkel ist der Aufnahmeleiter der Produktion und in Tarnes Augen auch ein richtig netter Kerl. Er hatte ihn schon bei den heutigen Aufnahmen vermisst.

„Weiß keiner. Ist heute nicht erschienen."

„Was war eigentlich in dem Paket?", fragt Tarne den Regisseur.

„Nur Abfall und ein alter Teppich."

„Müsst ihr das nicht wieder rausholen?"

„Nicht, wenn du uns nicht verrätst. Das wollten wir uns eigentlich sparen."

Am nächsten Tag in aller Frühe schellt Tarne an der Tür bei Dominik Wagner in Bochum-Stiepel, in Begleitung einer Streifenwagenbesatzung und seines Freundes Kommissar Harald Hesse.

„Dominik Wagner?"
Der verschlafene Regisseur, die Augen noch vom Schlaf verklebt, steht im Pyjama in der offenen Tür und nickt.
Kommissar Hesse fährt fort:

„Sie sind verhaftet."
Noch in der Nacht hatten Taucher der Feuerwehr, auf Tarnes Hinweis hin, den Müllsack samt Inhalt geborgen und festgestellt, dass tatsächlich eine Leiche darin eingebettet war. Es handelte sich um den vermissten Aufnahmeleiter Johannes Rehwinkel, mit eingeschlagenem Schädel. Wie sich herausstellte, hatte

106

Dominik Wagner ein Verhältnis mit der Frau des Aufnahmeleiters und es war zwischen den Männern zu einer Rangelei mit blutigem Ausgang gekommen. Der Regisseur und seine Geliebte wollten die Tat vertuschen und heckten den Plan aus, die Dreharbeiten dazu zu nutzen, die Leiche verschwinden zu lassen.

Dominik Wagner wird zum Einsatzwagen geführt und hineingesetzt.

Tarne kann sich ein letztes Wort nicht verkneifen:

„Ach, Dominik, so etwas aufzudecken, ist übrigens *mein* täglich Brot."

Kiara

Es gibt nur wenige Geschichten, die einem so an die Nieren gehen, dass man in das Buch hineinsteigen und selbst eine Lösung herbeiführen will. Diese ist so eine! Wer also schwache Nerven hat, sollte auf keinen Fall weiterlesen!

Kiara lag ganz still im Dunklen und umkrampfte mit beiden Händen den Rand ihrer Bettdecke – die mit den lustigen bunten Märchenfiguren darauf. Sie zog sie bis zur Nase hoch. Sie spürte, wie die Schweißperlen über ihre Stirn rannen, riss die Augen weit auf und biss sich auf die Unterlippe. Wenn sie sich ganz ruhig verhielt, kam er vielleicht nicht. Verschonte sie heute. Sie nahm allen Mut zusammen, schlüpfte aus dem Bett, schlich auf Zehenspitzen zu ihrem Geheimversteck und löste das lose Stück Holz von der Fußleiste. Wenn er sich doch traute, würde sie ihn angemessen empfangen …

Es hatte alles begonnen, als die Familie damals meinte, sie müsste unbedingt ein Ferienhaus am Meer haben. Die Niederlande waren vom Ruhrpott aus schnell zu erreichen. In Zoutelande hatten sie eines passend zu ihrem Geldbeutel gefunden. Die Riviera der Niederlande!

Dann der erste Urlaub im eigenen Ferienhaus. Sie hatte mit einrichten dürfen, neue Möbel aussuchen dürfen. So viele neue spannende Eindrücke. Das war toll. Jeden Tag am Strand. Einfach nur über den Deich. Dann war alles ganz anders gekommen.

Das erste Mal war es beim Spazierengehen am Strand passiert. Es begann harmlos. Sie war gerade zehn oder elf. So genau wusste sie es nicht mehr. Sie war mit ihm vorausgelaufen. Mama und Sylvie, ihre kleine Schwester, waren langsam hinterher gebummelt. Da hatte er sie berührt. Sie war weinend zu Mama zurückgelaufen, hatte es ihr erzählt. Mama war wütend geworden. Hatte sie angeschrien und ihr eine Ohrfeige verpasst, die sie bis heute nicht vergessen hatte.

„Stell dich nicht so an! Du sollst doch nicht immer lügen! Alfred würde so etwas nie tun. Sei froh, dass wir ihn haben. Dein sauberer Vater hat sich ja aus dem Staub gemacht, bevor du richtig da warst."

Mamas Neuer hatte dann ein Fass aufgemacht.

„Wie kannst du mir so etwas zutrauen?", hatte er die Mama angeschnauzt, „das ist doch nur versehentlich beim Spielen passiert. Deine saubere Tochter ist eine Lügnerin, das weißt du ganz genau. Die kann mich sowieso nicht leiden. Ist nur eifersüchtig, weil wir uns lieben. Möchtest du, dass ich gehe?"

Es hatte einen riesen Krach gegeben. Mama hatte ihr nicht geglaubt.

„Du sollst nicht rumzicken! Wie oft muss ich dir das noch sagen! Du kannst nicht einfach so etwas behaupten. Du undankbares Geschöpf."

Ja, *Geschöpf* hatte sie sie genannt. Sie wusste gar nicht, was das war, damals, ein Geschöpf. Ihr wurde sehr schnell bewusst, dass sie mit diesem Problem alleine klarkommen musste.

Irgendwann kam er, der neue Freund der Mutter. *Der Neue,* sie dachte an ihn immer nur mit diesem Begriff: *Der Neue,* Abkürzung *DN,* das war für sie auch: *Die Nulpe, Die Nuss, Der Nachäffer, Die Nachgeburt.* Im Laufe der Zeit fielen ihr immer mehr Bezeichnungen für ihn ein. *Der Nässer. Der Nazi.* Als sie ihn *Papa* nennen sollte und es nicht tat, wurde er gemein. Erst nur verbal, dann immer mehr körperliche Gewalt. Sie war intelligent. Sie fand Wege, mit der Situation, mit ihm umzugehen. Er würde sie nicht unterkriegen. Das war ihre Überzeugung. Er, *DN,* schlug sie auch, weil sie von seinem Vorgänger war. Das machte ihn wohl eifersüchtig. Gründe fand er genug. Keine Widerworte geben, Mund halten, sonst gab es eine dicke Lippe. Je mehr

Gewalt er ausübte, desto härter wurde sie innerlich. Mama hatte immer zu ihr gesagt:

„Sei lieb zu ihm. Was wäre, wenn wir ihn nicht hätten?"

Das nächste Mal hatte nicht lange auf sich warten lassen. Die Situation würde sie nie aus dem Kopf entfernen können. Die ganze Familie hatte den Kauf des Wochenendhäuschens gefeiert. Dort in Zoutelande. Ein süßer Bau, zwei kleine Fenster mit weißen Rahmen und eine Tür mit alten roten Steinen drumherum wirkten wie ein friedliches Gesicht. Dazu gehörte ein ummauerter Hinterhof. Da waren sie ganz für sich und am Abend gab es Sekt. In dieser Nacht hatte es richtig angefangen. Am Strand, das hätte noch Zufall sein können. Aber sie wusste schon, dass es auch da Absicht gewesen war.

Sie durfte mit den Erwachsenen ein Glas von diesem süßen sprudelnden Sekt trinken. Er hatte es ihr gestattet. Sie war richtig stolz darauf gewesen. Später erst war ihr der Gedanke gekommen, ob das eine Versöhnung oder eine Belohnung für das Berühren am Strand gewesen sein sollte? Ihre Wangen hatten geglüht und sie hatte Angst, dass sie rot würde. Dann würde sie nicht für erwachsen gehalten werden. Sie wollte ja schon als groß gelten. Sie war auf dem Sessel eingeschlafen. Dass er sie ins Bett trug, hatte sie nur mit halbem Bewusstsein mitbekommen und sich sogar wohlig und geborgen gefühlt. Aber dann zog er sie aus. Sie wurde richtig wach, als er ihr in das Höschen griff und sie befingerte. Diesmal war ihr sofort klar, dass da etwas geschah, das ganz und gar nicht in Ordnung war. Lange Zeit hatte sie versucht, sich einzureden, dass das eben seine Art war, ihr Zuneigung und Liebe zu zeigen.

Er hatte gedroht, sie in ein Heim zu geben, wenn sie ihr süßes Geheimnis verraten sollte. *Süßes Geheimnis*, so nannte er es. Die Bezeichnung ließ sie immer noch schaudern.

In dem Häuschen waren alte Möbel und sie hatte auch einen ganzen Berg alter zerfledderter Taschenbücher, davon einige Krimis, gefunden. Die waren ihre Rettung gewesen. Darin hatte sie *Brigadier Rinus de Gier* und *Adjudant Henk Grijpstra* kennen und lieben gelernt. Von denen zu lesen war wie ein Trost. Sonst mochte sie eigentlich keine Krimis, aber diese Figuren waren so menschlich. Eine Welt, in der alles wieder in Ordnung gebracht wurde!

Die Belästigungen gingen jahrelang weiter. Sie hatte die ganze Zeit geschwiegen. Wie widerlich war es, wenn er immer nackt in der Wohnung herumlief. Oder sein Ding unter dem Unterhemd herumbaumelte. Ekelhaft. Sie hatte sich für ihn geschämt. Dann seine dummen Sprüche.

Sie solle nicht so prüde sein. Sie schämte sich am meisten dafür, dass es ihr in diesen Momenten nicht gelang, nicht rot zu werden. Sie hasste sich geradezu dafür. Er lachte sie dann aus.

Wenn sie badete oder duschte, musste er immer dringend etwas aus dem Bad holen oder die Toilette benutzen. Der Mistkerl. Er hätte ja auch auf das Gäste-WC gehen können. Es war absolut verboten, die Tür abzuschließen. Wie hatte sie ihn dafür verabscheut. Meist kam er herein, wenn sie gerade dabei war, sich abzutrocknen. Sie erschreckte sich jedes Mal wieder, obwohl sie es ja eigentlich gewöhnt war. Hielt sie sich das Handtuch vor, machte er sich über sie lustig:
„Gibt es da schon etwas zu sehen?"
Es war erniedrigend. Abschließen durfte sie nicht, mit der Begründung, das sei doch etwas völlig Natürliches.

Erst geschah es nur am Wochenende, in ihrem wunderschönen Domizil in Zoutelande. Sie musste mit, koste es, was es wolle, so sehr sie sich sträubte. Wenn sie ankamen, nach drei Stunden Fahrt, verdrückte sie sich sofort. Sie sagte dann, sie habe Hunger, müsse unbedingt eine Frikandel Speciaal oder Kibbeling oder eine Kroket aus dem *Automatiek* holen und hinterher Poffertjes. Ja, die liebte sie.

Jedes Wochenende ging es in das Refugium. In dem Häuschen waren sie so eng zusammen, da konnte sie sich nicht um die Nähe zu ihm herumdrücken. Immer wieder versuchte sie, an den Wochenenden nicht mitfahren zu müssen.

„Aber Kindchen. Es ist doch so schön da. Nun komm schon. Du kannst noch nicht allein zu Hause bleiben."

Irgendwann erkannte sie, dass *DN*, wenn er bekam, was er sich wünschte, ihr kleine Gefallen erwies. Dann nannte er das plötzlich einen ganz besonderen Tag und sie gingen zum Essen aus. Sie durfte dann eine ihrer Lieblingsspeisen wählen. Es war für sie immer schwer, sich zu entscheiden. Shoarma Broodje mit roter und weißer Soße oder Kip mit Pindakaas-Soße? Wie zur Belohnung wurde dann auf der Rückfahrt in Middelburg oder auch in Terneuzen gehalten und außer Kaffee und Zigaretten für die Erwachsenen für sie und ihre kleine Schwester Hagelslag und Vla eingekauft. Das reichte für die ganze Woche. Aber für sie war der Genuss immer bitter, gewürzt mit den Erinnerungen an anderes.

Mit den Belohnungen entdeckte sie aber auch etwas Neues. Es kam ein Gefühl dazu, als wenn sie ertappt worden wäre, als wenn sie etwas Verbotenes getan hätte, wie eine Schuld.

Wenn sie am Wochenende in Zoutelande waren, las sie wieder in den Krimis des Janwillem van de Wetering über die beiden ehrenwerten, liebenswerten Beamten und den *Herrn Commissaris*, der zur Kur musste oder wegen des Rheumas im heißen Wasser der Badewanne seinen Schmerzen entgehen wollte. Die waren so menschlich. Die würden sie verstehen und ihr helfen. Diese Personen waren für sie realer als das, was in ihrem Leben geschah. Irgendwie halfen die ihr, nur dadurch, dass sie da waren. Sie gaben ihr Hoffnung auf eine bessere Welt.

Im Laufe der Zeit wurde es immer schlimmer. *DN* trank mehr und mehr Alkohol. Es kam zu Schlägen, Beschimpfungen und immer wieder … das andere. Was in Holland in ihrem kleinen Ferienhaus angefangen hatte, war bald auch in Essen zur Gewohnheit geworden.

Und damit kam die schleichende Angst, dass er irgendwann auch ihrer kleinen Schwester Sylvie etwas antun könne. Einmal hatte er sie so schlimm verletzt, dass sie eine schwere Kopfverletzung davongetragen hatte. Es würden Narben zurückbleiben. Sie musste so lange zu Hause bleiben, bis es verheilt war, damit keiner etwas merkte. Dann wurde eine Geschichte erfunden und ihr die eingeimpft. Aus Angst, dass etwas herauskommen könnte, hatte er kurzfristig das Trinken eingeschränkt.

Ihr kleine Schwester war aber zu redselig. Vielleicht war das auch ein Schutz für Sylvie.
Sie selbst war ruhig und verschwiegen. Sie hatte versucht, ihm aus dem Weg zu gehen, ihm keine Gelegenheit mehr zu geben, aber er hatte immer einen Weg gefunden. Sie versuchte, nie mehr mit ihm allein zu sein. War ihm ausgewichen, immer in ein anderes Zimmer gegangen. Wenn sie mit ihm allein zu Hause bleiben sollte und Ausreden erfand, um dem zu entgehen, hatte es immer Druck gegeben. Bis sie klein beigegeben hatte. Die Mama hatte das nie verstanden. Wie sollte sie auch. Jedes Mal, wenn sie dann mit ihm alleine war, hatte er sie missbraucht. Irgendwann hatte sie gelernt, dass das das Wort dafür war. Aber es blieb ihr Geheimnis. Mama konnte sie nicht schützen. Sie hatte ja erfahren, dass von deren Seite keine Hilfe zu erwarten war.

Immer wieder betatschte er sie, am Po und an der Brust, beim Zu-Bett-Bringen oder wenn er morgens unbedingt derjenige sein wollte, der sie wecken durfte. Manchmal hatte sie mit aller Kraft seine Hand weggeschlagen. Sein Lachen daraufhin war so fies. Sie hatte keine Chance. Er war stärker. Egal, wie abweisend und kalt sie sich ihm gegenüber verhielt.

DN sicherte sich ab und erklärte Mama, sie sei kalt wie ein Fisch und hasse ihn, würde bestimmt Dinge über ihn erfinden. Wenn sie nicht das tat, was er wollte, schrie er sie an, in ihrem eigenen Zimmer, Mama stand oft dazwischen, aber hat nie etwas gesagt.

Bei den Hausaufgaben hatte er geholfen, seine Hand auf ihren Oberschenkel gelegt, nach oben gestrichen und gesagt:

„Du bist jetzt alt genug, ein wenig netter zu mir zu sein. Komm mir mal ein bisschen entgegen. Schließlich ernähre ich dich ja."
Da wurde ihr schlecht.
Bei Kritik ging er immer hoch. Egal, um was es ging, bei ihm waren immer die anderen schuld, nie er. Alle anderen seien ja sowieso unfähig. Einmal hatte die Mutter wohl doch einen Verdacht und vorsichtig nachgefragt. Da war er knallrot angelaufen und explodiert.

„Wenn du der glaubst, mache ich sofort Schluss und ziehe aus."
Sie hatte gar nichts gesagt, da ihr ja nicht geglaubt wurde. Aber es half nichts, dass ihre Mutter ihm entgegenhielt, dass Kiara sich nicht beschwert hatte. Er hörte das nicht oder wollte es nicht hören und rastete völlig aus.

„Deine Tochter, dieses Miststück. Die hat sich bei mir zu entschuldigen für diese … diese Verleumdung. Sie lügt. Bis morgen hat sie

117

sich zu entschuldigen! Oder soll ich ihr die Scheiße aus dem Kopf prügeln?"

Er rannte aus der Wohnung, verschwand für ein paar Stunden, kam besoffen wieder …

Im Fernsehen sah immer alles so harmonisch aus in den Familien. In den Serien und in den Filmen. Wenn sie abends vor der Flimmerkiste saßen, ruhten seine Blicke auf ihr und sie wusste, was er dabei dachte. Das Leben war einfach nicht so schön wie im Fernsehen. Was war das nur bei ihr zu Hause? Egal, was sie tat, es war falsch. Die Schwester wurde von ihm einmal an den Beinen über das Geländer des Balkons gehalten, als Bestrafung. Sie hatte ihm alles versprochen, wenn er Sylvie nur in Ruhe ließe. Das holte er sich gerne.

Wenn sie nicht tat, was er verlangte, suchte er sich einen Grund für eine Bestrafung und die sah so aus, dass er einfach nicht mehr mit ihr sprach. Er entzog ihr vollständig die Aufmerksamkeit. Oft wochenlang. *DN* handhabte das praktisch so, dass er in ihrer Gegenwart über sie sprach, als wäre sie nicht im Raum. Dann kamen ihr Zweifel, war sie überhaupt der Liebe wert? Sie hielt diesen Zustand nie lange durch. Sobald sie ihm wieder zur Verfügung stand, ihn dann freiwillig befriedigte, war sofort alles wieder in bester Ordnung. Es war ihr ein Rätsel, wieso ihre Mutter das nicht mitbekam. Vielleicht wollte sie es nicht sehen? Wer weiß, wahrscheinlich war sie froh, dass sie in dieser Zeit von ihm in Ruhe gelassen wurde? Manchmal hasste sie sie dafür.

Immer wieder sagte *DN* zu ihr:
„Du bist doof, du landest einmal in der Gosse. Aus dir wird nie etwas. Du taugst zu nichts."
Sobald sie ihn aber befriedigte, hörte das auf. Dann war sie plötzlich:
„Mein Augenstern, meine einzige Liebe …" Sie bemühte sich, perfekt zu sein, nicht zu versagen. Das war ihre Art, das Beste aus der Situation zu machen.

Wenn sie jetzt daran dachte, all die Jahre, die das so ging. Wie hatte sie das nur aushalten können! Erst das Anfassen. Dann hatte sie gelernt, es ihm mit der Hand zu machen, und als sie zwölf war, wurde es noch extremer. Anfangs hatte sie einen Würgereiz, das Gefühl, brechen zu müssen, dann Husten und dann war es vorbei.

Erst hatte sie gar nichts gefühlt, sich abgeschaltet. Dann ein andermal: Ekel. Dann irgendwann, noch ein anderes Mal: Lust. Obwohl sie es nicht wollte. Das kann, darf doch nicht sein, hatte sie gedacht. Wenn ich das so fühle, muss ich ein ganz schlechter Mensch sein. *Ich bin schlecht, schlecht, schlecht.* Hatte sie sich immer wieder gesagt und ihren Kopf vor die Wand gehauen, wenn niemand da war. So war der Schmerz realer als das, was sie mit ihm erlebte. Sie hatte erst aufgehört, als der Schmerz gar nicht mehr zu ertragen war.

In den Niederlanden am Strand, in der Sonne, sobald sie sich in die Krimis vertiefen konnte, wurde alles leichter. Natürlich waren das nur Helden aus einer Fantasie, aber der Autor, dieser Janwillem van de Wetering, der hatte diese lieben Menschen ja erfunden. Der würde ihr helfen. Bestimmt. Der hatte es drauf. Sie hatte gelesen, dass der Autor selbst Alkoholprobleme gehabt und die durch seine buddhistischen Erfahrungen in den Griff bekommen hatte. Als sie erfuhr, dass der gar nicht mehr lebte, war das für sie entsetzlich – als wenn eine Hoffnung zerbrach. Mit vierzehn Jahren wollte sie sich selbst umbringen, aber dann kam die Idee. Warum sich? Warum nicht ihn? Langsam war ein Plan gereift. Das musste von langer Hand vorbereitet werden. Wenn ihr sonst niemand half, dann musste sie das eben selbst regeln.

Wie hatte *DN* gesagt: Er habe nicht anders gekonnt, da sie so toll ausgesehen habe? Eine Seite gab es, da war sie auf sich stolz, dass sie das auslösen konnte, aber auf der anderen Seite hasste sie sich genau dafür. Wie konnte sie nur? Sie war es schuld. Wenn sie nicht dichthielt, würde *DN* Mama verlassen, und dann? Wo würde sie bleiben? Und ihre kleine Schwester? An Sylvie musste sie auch denken. Sie musste es weiter über sich ergehen lassen, sonst würde alles auseinanderfallen. Die Familie würde zerbrechen, sie wären verloren. Das wäre noch schlimmer.

DN ging häufig abends aus, kam besoffen nach Hause, drehte die Wohnung auf links und verprügelte die Mutter und kam dann zu ihr. Kiara zitterte schon, wenn sie seinen Schlüssel an der Türe hörte. Sie machte sich ganz klein, wenn *DN* nach Hause kam, besoffen wie immer, schwankend. Sie bekam alles mit, wann er kam und was er machte. In ihr stieg jedes Mal eine ohnmächtige Wut auf, da sie der Mutter nicht helfen konnte. Dann fing er auch an, sie aus dem Bett zu zerren. Da begann sie, die Mutter zu hassen. Es war, als wenn Mama froh wäre, wenn *DN* sie in Ruhe ließ und zu ihrer Tochter ging. Einfach die Augen verschloss, nach den zaghaften Versuchen, etwas zu ändern.
Aber lieber ich als Sylvie, dachte sie. Es gelang ihr, sich zurückzuziehen, den Körper zu verlassen, nicht mehr zu spüren, was er da tat. Am anderen Tag würde er wieder irgendeinen Scheiß mitbringen, um sein schlechtes Gewissen zu beruhigen. Später lernte sie, das zu ihrem Vorteil auszunutzen.

Ob es ihr gefiele, hatte er gefragt.

„Es gefällt dir doch, gib es doch zu. Du willst es doch auch", hatte er gesagt.

Sie verachtete ihren Körper, verabscheute sich. Von Schuld und Selbsthass getrieben, sagte sie sich immer wieder: Ich bin schlecht, verdorben, schuldig.

Sie fühlte sich schmutzig, schämte sich. Aber was hätte sie tun können? Was hätte sie anders machen können? Wie hätte sie das verhindern können? Konnte nicht verhindern, was er mit ihr machte. Was hätte sie tun sollen? Er war stärker. Keiner würde ihr glauben. Sogar Mama hatte sie geschlagen, weil sie glaubte, sie würde lügen. Sie fühlte sich schuldig, schmutzig, hatte Ekel vor sich selbst. Immer wieder quälten sie diese Gedanken.

Nachdem Vermeiden nicht möglich war, hatte sie begonnen, ihn zu erpressen. Sie hatte alles von ihm bekommen, was sie wollte: Geld. Immer wieder einmal fünfzig Euro oder auch hundert. Sie hatte gespart. In eine Ritze hinter der Fußleiste neben ihrem Nachttischchen. Sie bekam wirklich alles von ihm, eine tolle Lederjacke, Uhr, Handy, alles, was sie sich wünschte, und Geld, immer wieder Geld. Damit beruhigte er sein schlechtes Gewissen. Sie spürte manchmal so etwas wie berauscht zu sein, von der Macht, die sie über ihn nun hatte.

Ihren ersten Freund hatte sie mit Vierzehn. Es kam nur zu Küssen und Petting. Ihre Gefühle gingen drunter und drüber. Die Erfahrungen durch den Missbrauch lagen über allem. Der Junge wäre überfordert gewesen, wenn er gewusst hätte, was zu Hause bereits zu ihren ständigen Aufgaben gehörte. Als *DN* herausbekam, dass sie sich für Jungs zu interessieren begann, wurde sie von ihm noch mehr beschimpft. Er titulierte sie mit *Hure* und *Nutte.* Sie nahm an, er habe Angst, dass sie einem Freund von ihm erzählen könnte. Von dem, was er mit ihr anstellte oder sie mit ihm machen musste. Er befürchtete sicher auch, dass ein Freund ihr den Rücken stärken würde und sie sich gegen ihn stellen könnte. Wie sollte er auch ahnen, dass sie sich viel zu sehr schämte und es deshalb nie jemandem erzählte. Sie traute sich gar nicht, darüber zu sprechen.

Sie hielt es kaum aus. Wenn es zu hart wurde, schlug sie nachts auf ihr Kopfkissen ein, bis sie keine Luft mehr bekam und die Aggression etwas raus war. Nur kurz ging es ihr danach besser.

Es kam ihr vor wie der Kampf David gegen Goliath. Als sie diese Geschichte hörte, fasste sie irgendwie Hoffnung. Vielleicht gab es doch noch Hilfe für sie. Wenn David es schaffen konnte, dann sie vielleicht auch? Das Gefühl, nichts im Griff zu haben, es nicht steuern zu können, ging langsam verloren. Genau genommen stimmte das nicht mehr. Wenn sie mitmachte, tat, was er wollte, gelang es ihr immer besser, ihn zu manipulieren. Durchzusetzen, was sie wollte.

Sie musste ihn oft aus der Kneipe holen, *auslösen* nannte er es. Wenn er nicht genug Geld dabeihatte und sie es von zu Hause hinterhertragen musste. Da prahlte er mit ihr. Wie hübsch sie sei, wie schlau und so etwas. Es war ihr peinlich. Da nannte er sie immer seine Tochter. Sie dachte bei sich nur, wenn sie wirklich von ihm wäre, dann hätte sie sich längst umgebracht.

Ihr Selbsthass zwang sie, das Erlebte zu wiederholen, sich immer wieder in solche Situationen zu begeben, sich zu erniedrigen. Sie war ja dafür da, gequält, missachtet und verletzt zu werden. Das war ihre Aufgabe, der Sinn ihres Lebens.

Die Mama hatte es schließlich nicht mehr ausgehalten und mit Tabletten einen Suizidversuch unternommen. Das war, als sie gerade Vierzehn geworden war. Da hatte sie beschlossen, dass es an der Zeit sei, sich ein eigenes Leben aufzubauen. Freunde nach Hause einzuladen, kam nicht in Frage. Die sollten nicht sehen, wie es da zuging. Das sollte niemand erfahren. Also entfernte sie sich konsequent immer mehr von der

Familie, sobald nur die Gelegenheit dazu bestand. Jede freie Minute hielt sie sich draußen auf. Vor ihm weglaufen, sich verstecken. Sie beschloss, so früh wie möglich auszuziehen.

In Zoutelande, immer am Wochenende, ließ sie sich mit jedem niederländischen Jungen ein, der ihr über den Weg lief. Sobald sie das Haus verlassen, sich hatte hinausschleichen können. Meist traf man sich *Eetcafé de Babbel* oder in einem der anderen angesagten Cafés in der Langstraat, gleich hinter dem Deich. Sie fand immer einen, der alt genug für sie war, einen *De-Kuyper-Bessen*-Genever für sie zu bestellen. Den trank sie gerne, er war lecker süß. Es wurde leichter, wenn sie selbst Alkohol konsumierte. Auch wenn sie *DN* für sein Trinken hasste. Ihr half es zu vergessen. Sie kam gut an. Sie bekam Anerkennung. Wenn sie dann das Häuschen betrat, gab es erst Krach und dann holte er sich seine Befriedigung. In seiner Angst aufzufliegen und in seiner Eifersucht beschimpfte *DN* sie weiter als *Nutte*. Zur Strafe musste sie oft stundenlang in der Ecke stehen. Wie es ihm gerade passte, auch wenn sie nichts getan hatte.

Wenn sie wieder einmal mit den Jungs rumgemacht hatte, wenn der Alkohol ihr alle Hemmungen genommen hatte, sie sich hinterher an kaum etwas erinnern konnte. Dann verabscheute sie sich selbst. Sie kam sich vor wie der letzte

Mensch, als wenn sie der Mülleimer für andere wäre.

Eines Tages traf sie im *Eetcafé de Babbel* auf eine Gruppe Motorradfahrer. Sie hatte sich den ausgesucht, der am gefährlichsten aussah. Später hatte sie dem Mann wie selbstverständlich die speckige Lederhose heruntergezogen und sich vor ihn gekniet. Es war wie ein Zwang. Als wenn sie wiederholen musste, was sie so oft zu Hause erlebt hatte. Oder war das die Bestrafung?

„Bist du nicht ein wenig jung?", hatte er sie gefragt und sie hatte nur ein schiefes Lächeln gezeigt und den Kopf geschüttelt. Zumindest empfand sie es als Erleichterung. Auf die Art hatte sie für ihre Schuld gebüßt. Für sie war es keine Erniedrigung mehr, sondern ein Gefühl von Macht über diesen starken Mann. Doch es war auch ein ewiges Hin und Her, das sich in ihren Gedanken abspielte.

Die Idee war auch wieder da. Jetzt war die Zeit gekommen. Dieser Mann war der Richtige. Er wollte gerne etwas dazuverdienen. Sie hatte genug gespart. Er würde alles besorgen, was sie wollte. Sie hatte ihn in der Hand.

Er brachte ihr das Gewünschte, sogar bis nach Essen. Das ist bei dem Preis auch das Mindeste, dachte sie. Er erklärte ihr zudem die Funktion und Handhabung.

„Aber mach keinen Unsinn damit!", hatte er gesagt.

„Natürlich nicht. Nur zum Schutz."

In dieser Nacht durchdachte sie alles noch einmal, schlief nicht, wälzte sich hin und her.

Was wäre, wenn sie es der Mama sagen würde?

Was wäre, wenn sie kein Mädchen, sondern ein Junge wäre?

Was wäre, wenn Mama ihr geglaubt hätte?

Würde sie jemals wieder glücklich?

Wie sollte sie das schaffen?

Warum passierte gerade ihr so etwas?

Warum war bei allen anderen alles in Ordnung?

Was war an ihr oder mit ihr nicht in Ordnung?

Wie sollte es weitergehen?

Vielleicht verdiente sie nichts anderes?

Was war das für ein Gott, der so etwas zuließ?

Sie wollte, dass es endlich vorbei war!

Es konnte so nicht bleiben!

Sie hasste sich.

Sie hasste ihr Leben.

Sie verstand das alles nicht.

Wieso tat er das?

Wie konnte ein Mensch nur so sein?

Warum war sie nicht stärker und konnte sich wehren?

Warum traute sie sich nicht, anderen davon zu erzählen?

Aber sie kam zu keinem anderen Entschluss. Es blieb dabei, es gab nur eine Möglichkeit, sich zu befreien.

In dieser Woche, im Ruhrgebiet, in Essen, in ihrer Wohnung, kam *DN* grinsend in ihr Zimmer. Sie sah Urinflecken im Schritt. In der Hand hielt sie den alten Trommelrevolver, den der Motorradfahrer ihr verkauft hatte, handlich, glänzendes Metall, der Griff aus hellgrauem Holz, abgegriffen, matt, kein Lack mehr darauf. Sie richtete den Lauf auf seinen Unterleib, griff mit beiden Händen zu, um das Ziel beizubehalten. Genau dahin, wo die ekelhaften Flecken zu sehen waren, und drückte ab.

„Was?" Das Grinsen der Vorfreude erstarb auf seinem Gesicht. Der Knall war so laut, dass sie das Weitere nur noch gedämpft, wie taub, wahrnahm. Er wurde mitten in der Bewegung gestoppt. Ihr riss es den Arm hoch. Sie sah, wie aus dem Loch in der Hose Blut quoll. Er war einen halben Schritt zurück getaumelt, hatte sich zwischen die Beine gefasst, wie um alles zusammenzuhalten. Der Schuss war durch seine rechte Hand hindurch in den Unterleib gedrungen. Der dunkle Fleck breitete sich über die graue Hose und das weiße heraushängende Unterhemd aus. Er war rückwärts umgefallen, saß breitbeinig vor ihr, die Hände im Schoß verkrampft. Blutige Masse. Die Augen schreckgeweitet, der Mund geöffnet. Schrie er? Sie hörte nichts, hielt noch immer die Waffe in ihrem ausgestreckten Armen, auf ihn gerichtet. Sah nur seinen Blick.

Sich wehren, das tat gut. Mit einem Mal wurde alles besser. Wieso war sie nicht früher darauf gekommen? Wieso hatte sie so lange gezögert? Ihr Kopf war mit einem Mal kühl und klar. Zwar saß sie wie gelähmt da, aber innerlich fühlte sie sich völlig frei. Fast, als schwebe sie über allem.

Sie saß immer noch genauso da, als der von den Nachbarn gerufene Einsatzwagen erschien und ein junger Polizist ihr die Waffe aus der schlaff herunterhängenden Hand nahm.

„… und so fand ich sie, nur ohne Waffe, die hatte der fleißige Polizist ihr abgenommen, als ich ankam …", endete Hauptkommissar Harald Hesse seine Geschichte und kaute auf Käsebällchen mit Spinatfüllung herum, „… und wir können so etwas nicht verhindern. Meist erfahren wir es erst, wenn es zu spät ist, wenn überhaupt."
Es war einen Moment ruhig.
Tarne, der kantige, gerade Typ mit offenen blauen Augen, saß dem Hauptkommissar gegenüber, in einer Tapaskneipe in Bochum. Sein schlampiger Anzug und die fehlende Rasur unterstrichen das sportlich dynamische, kämpferische Erscheinungsbild.

Hesse war der Typ älterer Kollege bei der Kripo, der mit väterlicher Aufmerksamkeit über allem wachte. Seine schwarze Lederjacke, die sonst wie eine Pferdedecke seinen Körper mit beginnendem Bauchansatz bedeckte, hing fein säuberlich über der Stuhllehne.

Tarne schob sich ein Stück Lammfleisch in Minzsauce in den Mund.

„Wie oft lesen wir in der Zeitung, dass diese Kerle mit Bewährung und ganz kleinen Strafen davonkommen."

Hesse regte sich über die Behörden auf.

„Das ist schon eine Sauerei. Dass unser Rechtssystem so toll ist, dass einem solchen Mädchen nichts anderes übrig bleibt, als sich auf diese Art zu verteidigen."

„Aber Harald ... der Typ hatte eben ein schwere Kindheit."

„Der Typ? Sei nicht so zynisch."

„Stimmt doch. Das wird in solchen Fällen immer als Entschuldigung hervorgekramt. Und das Mädchen? Das wird sie doch ihr Leben lang nicht mehr los!"

„Aber irgendwie auch tough. Ich finde sie bewundernswert. Hat uns Arbeit und dem Staat Kosten gespart. Hat noch einige Zeit gedauert, bis der Typ verblutet war. Aber den Transport ins Krankenhaus hat er nicht mehr geschafft."

„Wer ist hier zynisch? Und die Mutter?"

„Die? Die hat natürlich wie üblich von nichts gewusst. Angeblich nichts mitbekommen."

„Unfassbar! Wie konnte der Typ ihr das antun?"

„Du glaubst es vielleicht nicht, aber der Typ hat darüber Buch geführt. Fein säuberlich, wann und was er mit ihr gemacht hat und wie oft sie gekommen ist. Wir haben seine Aufzeichnungen bei der Hausdurchsuchung gefunden. Ein extra Kalender dafür, jedes Jahr."

„Selbstjustiz ist ja immer fragwürdig. Kann man drüber diskutieren, ob gerechtfertigt oder nicht. Aber in solchen Fällen? Wie damals bei der Marianne Bachmeier, die den Mörder ihres Sohnes im Gericht in Essen erschossen hat. Ich kann das gut verstehen!"

Tarne schaute seinen Freund nachdenklich an.

„Da kommt doch noch etwas? Oder?"

„Du kennst mich schon ziemlich gut. Ja, da ist noch etwas."

Tarne tat gelangweilt und schaute in die Karte, welchen Nachtisch er wählen sollte. „Und? Bekomme ich den Rest zu hören?"

„Wir haben uns geeinigt. Die beiden Beamten und ich."

„Wie das?"

„Der Typ wollte seine Waffe reinigen …"

„… und da hat sich durch Zufall ein Schuss gelöst?", ergänzte Tarne.

Hesse nickte.

„Und das Mädchen?"

„Wir gehen davon aus, dass sie einfach aus Schuldgefühlen sich vielleicht falsch erinnern könnte. Aber ich glaube, das wird nicht geschehen. Sie weiß, dass diese Version ihre Chance ist."

„Und die Fingerabdrücke?"

„Der Typ hielt die Waffe. Ich habe sie ihm selbst in die Hand gedrückt."
Das Schweigen zwischen beiden hatte für Tarne etwas Erleichterndes. Es war das Richtige, was Hesse getan hatte.

Tarne als Kunsthändler

Hoffnung auf Veränderung, darauf, dass sich alles zum Guten wenden soll, hält uns oft aufrecht. Lassen wir uns überraschen, ob unser Held sein Ziel erreicht.

Der metallene Ventilator verwirbelte träge die Luft. Tarne legte seine Beine auf den Schreibtisch und fühlte sich wie Humphrey Bogart in den alten Filmen. Die Sonne knallte durch das Fenster herein und warf den Schatten der Firmenbezeichnung auf den Fußboden: *Robert Erich Tarne, Private Ermittlungen*. Das Telefon schellte und Tarne musste grinsen. Er ahnte, wer das war. Und schon keifte es aus dem Anrufbeantworter.

„Ich weiß, dass du da bist. Geh dran. Du bist jetzt drei Monate im Rückstand. Du hast wieder die Frist nicht eingehalten. Ich brauche das Geld jetzt. Du hast mir versprochen, wenn ich Rocco nehme, zahlst du das Futter."
Tarne nahm den Hörer auf.
„Hi Manu, wie geht's?"
„Ha! Dass du rangehst. Frechheit!"

„Beruhige dich mal, ist alles kein Problem."

„Was denn, keine Ausreden mehr? Was steckt da wieder dahinter?"

„Wie viel schulde ich dir noch? Du kannst alles haben. Ich glaube, ich werde mir jetzt ein neues Auto kaufen, vielleicht den neuen Ford Mustang oder ein Mercedes Cabrio, steht mir gut zu Gesicht, oder?"

„Du hast Nerven. Jetzt willst du mich noch auf den Arm nehmen?" Manu machte eine Pause und setzte nach, „oder spinnst du jetzt ganz?"

„Keine Angst, es bleibt genug für den Unterhalt übrig. Mama hat mir das Bild gegeben."

„Was für ein Bild?"

„Na, das Bild. Du weißt doch, dass meine Oma ein heißer Feger gewesen ist", begann Tarne genussvoll zu erzählen. „Im Krieg hat die mal bei einem Metzger Fleisch oder Wurst kaufen wollen, soweit es das noch gab, und hat da ein altes Ölbild schief an der Wand hängen sehen. Sie schaute sich das an und der Metzger fragte sie, ob es ihr gefiele, und hat es ihr dann geschenkt. Es stammte von einem armen Kerl, der es als Bezahlung für eine Wurst oder ein Stück Fleisch hergegeben hatte."

„Das hässliche Bild? Mit dem schweren Goldrahmen?"

„Genau. Mama hatte dann rausgekriegt, wie der Maler heißt und dass es einigen Wert haben soll. Dann hat erst Oma und dann Mama das Bild gehütet wie ihren Augapfel. Immer schön eine Schutzhülle drüber, damit die Farben nicht ausbleichen, und so. Ich habe mich erkundigt, was es bringen kann. Du weißt doch, in solchen Dingen bin ich gründlich. Ich habe es erst bei Christie's versucht. Für die war es nicht interessant. Dann hatte ich noch ein großes Auktionshaus in Köln, die versteigern nur noch wertvollere Bilder. Jetzt habe ich zwei Interessenten in Düsseldorf. Aus alteingesessenen Auktionshäusern. Die wollen es beide haben."

„Und? Was ist es wert? Nun sag schon", drängte Manu, klang aber gleich wieder desillusionierter. „Das ist doch wieder nur eine Ente, wie immer bei dir. Der *Schinken* ist bestimmt nichts wert. Das glaube ich erst, wenn ich das Geld sehe."

„Die wollen es mit Fünftausend ansetzen." Er ließ eine Kunstpause entstehen. „Aber sie glauben, dass sie bis Vierzigtausend erzielen können."

Von Manus Seite war nichts zu hören. Wie schaffte sie es nur, selbst ohne Ton ihre Skepsis auszudrücken, dachte Tarne.

„Das ist doch was?", hakte Tarne nach.

„Da bin ich aber gespannt", sagte Manu. „Ich kann nicht glauben, dass bei dir mal etwas klappen soll. Vor allem denk daran, dass du erst deine Schulden bei mir bezahlst, bevor du wieder alles zum Fenster hinauswirfst."

Tarne war völlig aufgedreht.

„Das ist wie das eine Bild auf der Caspar-David-Friedrich-Ausstellung. Das hatte einer irgendwo billig gekauft und dann, nachdem die Gutachter festgestellt hatten, dass es ein echter Caspar David Friedrich ist, hat er es für den fünfundvierzigfachen Preis wieder verkauft. Das ist mal was, oder?"

„Ist klar. Wenn du mich fragst, ist der Goldrahmen mehr wert als das ganze Gemälde." Tarne entschied sich, jetzt sofort das Auktionshaus anzurufen, um einen Termin mit dem Chef zu machen, vertröstete Manu und beendete das Gespräch abrupt.

Er fühlte sich wie in dem Wim-Wenders-Film *Ein amerikanischer Freund,* in dem Bruno Ganz ein Telefongespräch führen will, in dem er mitteilt, dass er sich entschieden hat, etwas zu tun, das ihm viel Geld einbringen soll. Bevor er den Hörer aufnimmt, legt er eine hauchdünne Folie aus reinem Gold auf seine Hand. Das wäre jetzt das Passende, dachte Tarne, bevor er den Hörer ergriff und die Nummer auf der Tastatur eingab. Der dafür zuständige Mitarbeiter war gerade in der Stadt, erfuhr er, und würde noch am selben Nachmittag vorbeikommen.

Tarne träumte von Reichtum. Hatte er nicht schon einmal gehört, wie ein unbekannter Picasso entdeckt und für vierzig Millionen veräußert wurde? So etwas kam vor. Er malte sich aus, was er mit dem Erlös der Versteigerung alles anfangen würde. Er rannte die ganze Zeit bis zum vereinbarten Termin hin und her, trank einen Kaffee nach dem anderen und schaute immer wieder aus dem Fenster. Endlich war es halb fünf. Der Mann des Auktionshauses stand vor der Tür und stellte sich als Gutachter vor. Nach der Begrüßungszeremonie kam er zum Zweck seines Besuches.

„Na, wo haben Sie denn das gute Stück?"

Tarne präsentierte voller Stolz das Gemälde, strich mit einer Hand liebevoll schon an das Geld denkend über die vergilbte Leinwand.

„Sie sehen, hier sind leichte Macken", führte Tarne aus, „da sollen Splitter im Krieg hineingeflogen sein. Irgendjemand hat daran herumgebastelt." Das Bild selbst glänzte und die ausgebesserten Stellen waren matt. „Da fehlt wohl die Firnis. Das wird doch den Wert nicht schmälern?"

„Ach was. So etwas ist für uns kein Problem, wir haben da Leute, die das ganz günstig machen. Das regeln wir auch. Für Sie entstehen keine Extrakosten", sagte der Gutachter und beugte sich über das Bild, das eine Jagdgesellschaft mit Pferden vor einem Anwesen zeigte, das mitten im Wald lag. Er strich vorsichtig mit der Hand über das Bild.

„Ich bräuchte mehr Licht, damit ich mir das genauer ansehen kann."

Tarne rückte einen Stuhl ans Fenster und stellte das Bild darauf, das nun im vollen Sonnenlicht stand. Der Gutachter rieb erneut mit der Hand über das Bild. Seine Finger tasteten die Oberfläche ab.

„Haben Sie mal eine Lupe?"

Tarne verneinte.

„Ist etwas nicht in Ordnung?"

„Tja, wissen Sie, ich glaube, Sie haben da eine Doublette."

„Doublette? Was soll das sein?"

„Ich fürchte, das ist einfach nur ein geprägter Druck, der auf eine Leinwand geklebt wurde. Mir erschien gleich der Farbauftrag zu glatt."

Die Dollarzeichen purzelten aus Tarnes Augen.

„Aber die Oberfläche ist ganz rau und sieht echt gemalt aus?"

„Das wirkt für einen Laien so. Schauen Sie hier, an diesem Riss kann man erkennen, dass es Papier ist. Wenn Sie das Bild aus dem Rahmen nehmen, werden Sie sehen, dass es auf die Leinwand geklebt wurde. Das Rauhe, das Sie spüren, wenn Sie darüber reiben, ist nur die Prägung des Papiers. Ich bedaure, für uns ist das nicht interessant."

139

So ein Mist, weg war das neue Auto. Wie sollte er das Manu beibringen? Wieso musste sie immer recht behalten?

Tarne in der Bar

Ein Detektiv ist immer im Einsatz. Auch wenn er nur Pause machen will, passieren Dinge, die ihm keine Ruhe gönnen. Nur mit Höchstleistung, unter Einsatz aller seiner Fertigkeiten, schafft er, das Böse zu besiegen.

Wie war er nur hierhergekommen, in diese kleine Bar, in Kettwig? Hier, in diesen Laden am Ende der Welt. In dem verträumten Stadtteil Essens. Er hatte sich einfach treiben lassen und dann etwas Hunger bekommen. Jetzt saß er an der Theke, geschafft vom letzten Auftrag. Es war später Nachmittag, die richtige Zeit, die After-Work-Partys zu beginnen. Nach einem herrlichen sonnigen Novembertag. Tarne gönnte sich eine Pause. Auszeit. Die Bedienung war eine Wucht. Große Augen, dunkle Locken, schulterlang. Jeans, schwarzes enges Top mit Spaghettiträger. Er hatte den Platz an der Theke gewählt, rechts von sich die Wand im Rücken, die Fenster mit einigen Stehtischen davor. Von hier hatte er den besten Blick auf ihre Beine, wenn sie hinter der Theke hin und her lief. Diese Beine.

„Gefällt Dir, was Du siehst?", fragte sie. „Ich bin Linda." Sie schenkte ihm ein unglaubliches Lächeln. Etwa wie Julia Roberts in den zauberhaftesten Augenblicken in ihren besten Filmen. Nur: Ihres war echt. Sie hat einen guten Geschmack, dachte Tarne.

Die chromblitzende Espressomaschine gab ein wohliges Zischen von sich, als sie seinen Kaffee produzierte. Der Löffel klimperte auf die Untertasse. Die wenigen Gäste erzeugten mit ihrem Gemurmel einen wohligen Klangteppich. Die Musik dudelte in einer Lautstärke, die eine Unterhaltung einfach machte. Es lief ein Stück von J. J. Cale.

Linda stellte ihm den Kaffee hin.

„Ist das ein Herz oder eine Blume, die du auf den Kaffee gezaubert hast?"

„Was wäre dir denn lieber?"

Hinter Tarne, an einem von mehreren Stehtischen, die vor dem Fenster standen, auf Barhockern zwei junge Männer. Einer um die neunzehn Jahre, sehr kurze Haare, schwarzer Rollkragenpullover, Ellenbogen auf den Tisch gestützt, Hände vor dem Mund gefaltet. Der andere trug ein helles Hemd über der Hose, schwarzes T-Shirt, Hornbrille. Konnte als Vierundzwanzigjähriger durchgehen, beide Hände nebeneinander auf dem Tisch zu Fäusten geballt, um seinen Argumenten volle Unterstützung zukommen zu lassen. Der mit dem Rollkragen blickte hin und wieder zu den beiden Mädchen hinüber, die Tarne gegenüber am anderen Ende der Theke saßen.

Die Mädchen hatten beide dunkle Haare, eine glatt, eine gewellt. Wenn überhaupt, waren sie gerade volljährig. Eine mit Notebook, die andere mit Tablet vor sich. Eine hielt sich die Hand vor den Mund, beide schüttelten sich vor Lachen. Über das Liebespaar, das weiter hinten saß? Oder etwas, was sie im Internet gefunden hatten? Etwas, das in der Schule jemand gesagt hatte? Weil sie die Blicke des jungen Mannes hinter Tarne entdeckt hatten? Was auch immer der Grund war, sie konnten nicht aufhören – wie zwei Schulmädchen eben.

Die beiden Männer hinter ihm hielten sich für sehr intellektuell, waren aus der Folkwangschule und hießen Thomas und Harald, wie Tarne den Gesprächsfetzen entnahm. Sie diskutierten angeregt darüber, ob oder wie man Malerei mit Musik vergleichen könne. Dass bei der Malerei eine Untermalung oder Grundierung ebenso stattfände wie es bei der Musik auch ein Grundthema gab. Es gehe in jedem Fall um Darstellung von Emotionen. Thomas, der Ältere, brachte als dritte Kunstrichtung die Literatur ins Spiel.

Tarne trainierte bei solchen Gelegenheiten seine analytischen Fähigkeiten. Wahrnehmung, Informationsaufnahme, Informationsverarbeitung und Kombinationsgabe. Ein Spiel aus reinem Vergnügen, das schon sehr oft sehr hilfreich gewesen war. Man wusste nie, was einen erwartete, wofür es gut war.

Eine Gruppe von vier Frauen, Büro, schätzte Tarne, hatte mächtig Spaß an dem Stehtisch, der als letzter vor dem Ausgang stand. Mehrere Sektgläser und der Rest einer orangefarbenen Flüssigkeit, in einem Longdrinkglas mit geringeltem Strohhalm, erklärten die gelockerte Stimmung der Damen. Gerecht aufgeteilt, waren zwei der Frauen blond und zwei dunkel, davon eine braun und eine kastanienrot. Die roten Haare waren zu Zöpfen geflochten. Alle waren gerade vom Rauchen wieder hereingekommen. Ein ständiges Gackern und Lachen schallte von diesem Tisch herüber. Die Wortführerin, dunkle Strähnen in ihren sonst superblonden Haaren, weiße Hose, weißes ärmelloses Oberteil mit angedeutetem Gepardenmuster in Grau, lachte schallend über ihre eigenen Witze. Dabei blinkte das Weiß ihrer Zähne. Die mit den Zöpfen gab ihr passende Stichworte. Goldglänzende Armreifen klimperten. Die anderen hörten mit ein wenig Bewunderung und Neid zu.

Von den fünf Tischen links, nach hinten in den Raum hinein, waren zwei besetzt. Das Liebespaar. Er wirkte wie ein Banker, dunkle leicht verwuschelte Kurzhaarfrisur, ein wenig wie Hugh Grant in seinen jungen Jahren. Weißes Hemd, ordentliches Jackett, nach dem Feierabend über den Stuhl gehängt. Gelbe Cordhose. Hosenträger, bunte Krawatte. Nach Tarnes Meinung der Typ Schnösel. Selbstgefällig. Seine Freundin konnte ebenfalls einem Modeblatt für schöne Menschen entnommen worden sein. Ein Blondchen, Haare hinten zusammengehalten und lockig, bis auf die Schultern. Sie hielt ihre Kaffeetasse mit beiden Händen. Er beugte sich zu ihr hinüber und legte seinen Kopf auf ihre Schulter. Sie schauten sich in die Augen. Sie vergaß, dass sie die Tasse zum Trinken erhoben hatte. So etwas gab es sonst nur in Rosamunde-Pilcher-Filmen.

An dem letzten besetzten Tisch, da saß jemand, den Tarne kannte. Leo, der Löwe. Leo Kaiser. Den Beiname verdankte er seiner Haarpracht. Einer der Kaiser-Brüder. Wenn in Essen irgendetwas Illegales lief, konnte man sicher sein, dass einer der Brüder beteiligt war. Bei ihm seine aktuelle ständige Begleitung, Anita, blondiert, die Ansätze kamen am Scheitel dunkel wieder zum Vorschein. Sommersprossen, ein wenig füllig, ihre Brüste quollen regelrecht aus dem zu engen Oberteil heraus. Tarne wusste, dass sie einen der

Gebrauchtwagenplätze Leo Kaisers leitete. Eine wirklich sehr interessante Begegnung. Was hatte der hier zu suchen? Ganz außerhalb seines üblichen Umfeldes? Rein privat? Oder hatte er hier irgendwelche Interessen? Die beiden saßen ganz gemütlich hier, unerkannt, und Leo Kaiser löffelte mit Genuss ein Süppchen.

Die letzten Sonnenstrahlen zauberten lange Schatten durch die Fensterfront. Die Glastüre wurde aufgestoßen und zwei Typen stürmten in den Laden. Ungeniert redeten sie so laut, als wenn sie alleine in einer Bar wären.

„Wo is 'n der Pott?"

„Da." Der eine deutete den Weg geradeaus durch, an den Tischen vorbei, nach hinten. Er selbst tänzelte zur Theke, schaute dabei hektisch hin und her, während er sich durch den Laden bewegte.

„Gib mir fix was zu trinken, Süße!"

„Was soll's denn sein?"

„Mann, Linda, das weißt du doch. Ich nehm Wasser, 'ne ganze Flasche. Ohne Blubber, wenn's geht."

Sieh mal an, die sind hier bekannt. Passen ganz und gar nicht ins Bild des Ladens.

Linda reichte die Flasche über den Tresen und sagte leise, aber doch so, dass Tarne es nicht entging:

„Was soll das, Gerd? Was wollt ihr denn hier?"

146

„Nu mach mich nich' an, ich kann doch hingeh'n, wo ich will. Bin doch 'n freier Mensch, oder wat?"

„Ihr wolltet euch doch hier nicht mehr sehen lassen."

„Hab's mir eben anders überlegt. Hatte so 'ne Sehnsucht nach dir." Er setzte an und stürzte die halbe Mineralwasserflasche hinunter. Zu Tarne zog eine Wolke aus Schweiß herüber. Gerd streifte die Kapuze seiner schwarzen Windjacke zurück und wischte sich über die Stirn. Sichtbar wurde eine kleine Insel längerer Haare und ein ansonsten rasierter Schädel. Ein Tattoo, ein Spinnennetz, zog sich aus dem T-Shirt den Hals hinauf. Mehrere Ohrstecker zierten eins seiner Ohren. Tarne sah, wie seine Augen hin und her zuckten, obwohl sie kaum in den tiefen, dunkel umschatteten Höhlen zu erkennen waren.

Der andere kam aus der Toilette, weißes langes Hemd mit großen roten Streifen, die Karos bildeten, hing ihm über die Hose. Unter der Baseballkappe, die er mit dem Schirm zur Seite trug, hingen ihm schmierige, schweißverklebte Haare in das mit unzähligen Pickeln übersäte Gesicht. Ein verfilzter Schnurrbart zierte die Oberlippe. Er versuchte mehrfach zu schlucken und rief schon von Weitem:

„Eh, ich musste echt kotzen!"

Die Mädels vom Vierertisch guckten angewidert.

„Was gibt's da zu glotzen, das ist mein Freund Billy, Mensch. Dem geht's eben schlecht. Kann doch jedem mal passieren."

„Is' schon besser. Ich brauch auch was zu trinken. Gib mal 'n O-Saft!"

Echte Dumpfbacken. Ein anderer Ausdruck fiel Tarne beim besten Willen nicht ein. Das traf es wohl auch am besten. Genau die Typen, von denen man einen Spruch erwartet, wie: *Öh, ich hau dich auf die Fresse.*
Was die wohl hier wollten?

Aus den Augenwinkeln bemerkte Tarne, dass der Folkwangschüler mit dem Rollkragenpullover hinter ihm die Arme vor der Brust verschränkte und starr vor sich hin in seinen halb gefüllten Bierkrug blickte. Auch sein Kollege schaffte es, sich so unsichtbar wie möglich zu machen. Das Gelächter der Frauen, die Gespräche und die üblichen Kneipengeräusche waren verstummt. Es war erstaunlich ruhig geworden.

Die Mädchen am anderen Ende der Theke wechselten ängstliche Blicke, die zwischen den Neuankömmlingen und Tarne hin und her irrten. Tarne lächelte ihnen zu, gestikulierte mit geöffneten Händen, Innenfläche nach unten, um ihnen Beruhigung zu vermitteln.

Die beiden Typen schienen nicht nur irgendwelche harmlosen Speedfreaks zu sein. Beide waren bewaffnet. Tarne erkannte es an der deutlichen Ausbuchtung, hinten im karierten Hemd, das Billy trug. Waffe im Hosenbund. Auch die tief über seine graue Cargohose herunterhängende rechte Tasche des Blousons, über die Gerd gerade mit seiner rechten Hand strich, ließ Tarne auf eine Waffe schließen. Was die wohl wollten? Hatten die sich im Laden geirrt? Es ging ihn ja nichts an. Aber Vorsicht war geboten. Immer gut, wenn man achtsam war. Einen Schritt voraus. Das konnte den Unterschied zwischen Leben und Tod ausmachen.

Billy hatte Gerd an der Theke abgelöst und schlürfte einen Orangensaft. Er wirkte nicht mehr ganz so desolat, mümmelte aber mit seinem Mund, als wenn er Speichel sammeln wollte. Er drehte sich um, stützte sich mit beiden Ellenbogen auf die Theke und schaute seinem Kumpel hinterher, der sich durch den Laden bewegte und sich ungeniert die Leute ansah. Bei dem Tisch, an dem Kaiser saß, blieb er stehen.

„Was haste überhaupt für 'ne Frisur? Mann, ist das etwa 'ne Perücke?"
Leo Kaiser hatte tatsächlich eine Frisur, die einer Löwenmähne nicht unähnlich war.

„So was ist doch völlig aus der Mode, Alter."

Er wollte gerade an den Haaren ziehen, als Billy von der Theke schrie:

„Mensch, lass doch den Opa in Ruhe!"

Tarne vermutete, dass der Typ, der Gerd genannt wurde, großes Glück gehabt hatte. Leo Kaiser war dafür bekannt, dass er schon Menschen wegen geringerer Gründe getötet hatte. Einmal, so ging die Mär, sogar nur, um auszuprobieren, ob eine Waffe geladen war oder nicht.

Gerd betatschte seine rechte Jackentasche, wie um sich durch das Fühlen der Waffe seiner Kraft zu versichern, und trieb es weiter.

„Lass mir doch meinen Spaß!"
Leo Kaiser sagte in aller Ruhe und betont leise:

„Sie machen einen großen Fehler. Das sollten Sie sich noch einmal genau überlegen. Wissen Sie nicht, wer ich bin?"

„Alter, das ist mir so was von scheißegal, das glaubst du gar nicht!"
Anita kreischte dazwischen.

„He Leo, das lässt du dir doch nicht gefallen? Hau ihm eine rein!"

„Halt die Klappe!", zischte Kaiser. Ansonsten blieb er ruhig. Er hielt immer noch den Suppenlöffel in der rechten Hand, die andere lag links neben dem Teller. Er verzog keine Miene. Nur weil Tarne Typen wie Kaiser kannte, konnte er die geballte Kraft und Gewaltbereit-

schaft hinter dieser Pose erkennen. Die Beherr-
schung musste ihn ungeheure Anstrengung kosten.

„He, Süße, was willst du mit so'm alten
Knacker? Is' doch 'n Rentner. Kriegt der überhaupt noch einen hoch? Du kannst doch Besseres haben."

„Etwa dich? Du Luschi."

Der Typ bekam den Blick nicht mit, den Leo
Kaiser ihm zuwarf, während er den Löffel hin-
legte und sich mit der Serviette in aller Ruhe die
Mundwinkel abtupfte. Dann legte er beide
Hände rechts und links neben seinen Teller. Er
saß kerzengerade.

„Wenn du was von ihr willst, rede mit
mir!"

„Whou, Opa, machste auf Held? Willste
mich verarschen, Alter?"

„Nein."

„Will ich dir auch raten. Kann sie nicht
für sich selbst sprechen?"

„Doch. Aber wenn du was von ihr willst,
das geht über mich."

Gerd, an alle gewandt:

„Seht euch den Alten an. Das gibt's doch
nicht. Hat der 'ne große Klappe."

Wieder zu Leo Kaiser:

„Alter, hast du überhaupt keine Angst
vor mir?"

„Nicht wirklich."

151

„Hör sich das einer an."

Gerd zog einen Teleskopschlagstock aus der linken Jackentasche, haute ihn sich in die andere Hand.

„Und jetzt, wie ist es jetzt?"

Es ging blitzschnell. Ein Reflex. Keiner kriegte es mit. Leo Kaiser hatte wieder beide Hände neben seiner abkühlenden Suppe liegen, nur dass sich der Totschläger jetzt in seiner Rechten befand.

Gerd sprang zurück.

Einen Moment lang sagte keiner etwas. Gerd riss hektisch an seiner rechten Jackentasche und hatte plötzlich eine Automatik in der Hand. Er richtete sie auf Leo Kaiser. Tarne identifizierte sie als ein *Beretta 92*, eine der meistverbreitetsten Pistolen, die ein Magazin mit 15 Patronen hatte. Dieser Typ wusste sicher auch, wie sie zu bedienen war. Er hatte in der Bewegung des Ziehens die Sicherung zwischen den beiden Sockeln unter dem Lauf betätigt. Tarne war sich sicher, dass auch Kaiser das bemerkt hatte.

„Wenn du mit mir spielen willst, musst du früher aufstehen", fauchte Gerd.

Die Augen in den tiefen dunklen Höhlen waren vor Wut eng zusammengekniffen. Der Kopf glitzerte feucht vor Schweiß.

„Ganz schön schnell für dein Alter, Mann. Aber gegen mich hast du keine Chance."

Anita kreischte.

„Leo, mach ihn alle. Das ist doch nur'n Turnschuh."

„Ich sag's nicht noch einmal. Anita, halt die Klappe", sagte Leo Kaiser.

Zu Gerd gewandt fuhr Kaiser leise fort.

„Soll ich dir die Waffe auch abnehmen?"

„Schaffst du nicht." Trotzdem wich Gerd einen weiteren Schritt zurück, tänzelnd, wie beim Ballett.

Von der Theke kam Billy seinem Kompagnon zu Hilfe.

„Alter, du willst wohl richtig Ärger haben, wat? Nerv ma' meinen Kumpel nich'!"

Tarne dachte bei sich: Und du solltest Leo Kaiser nicht unterschätzen.

„Ich komm schon klar, Billy", erwiderte Gerd und an Kaiser gewandt: „Pass auf, wenn ich nicht sofort den Totschläger wiederkriege, knall ich dir die Rübe weg!" Er schluckte und leckte sich über die Lippen.

„Das machst du?"

„Auf jeden Fall. Ich zähl bis drei, dann schieße ich."

Was wird Kaiser machen, fragte sich Tarne. Die beiden Burschen hinter ihm hielten hörbar die Luft an. Das Liebespaar hielt sich an den Händen und reckte sich die Hälse, bei dem Versuch, einen Blick auf den Disput zu erhaschen. Die Schulmädchen starrten mit offenem Mund auf die Szenerie.

„Eins …", zählte Gerd.

In der Totenstille im Raum erklang Lindas deutlich belegte Stimme aus dem Bereich hinter der Theke:

„Gerd, jetzt mach keinen Scheiß. Was soll denn das. Hier im Laden. Das kannst du mir doch nicht antun." Außer ihr traute sich keiner mehr, einen Ton von sich zu geben.

„Zwei …"

Gerds Gesicht glänzte vor Schweiß. Er rieb sich mit dem Ärmel über die Stirn und streckte den Waffenarm weiter vor. Tarne war sich nicht sicher, aber er meinte, ein leichtes Zittern zu sehen. Niemand rührte sich im Raum. Es war, als wenn alle die Luft anhielten. Nur Billys Schlucken und nach Spucke Mümmeln drang an Tarnes Ohr.

„Und …"

Leo Kaisers Augen hielten Gerds Blick fest. Gerd trat einen Schritt zurück, senkte den Blick auf Kaisers Brust.

„Drei!"

In die Stille klapperte die Stahlrute zu seinen Füßen auf den Boden. Es dauerte einen Moment, bis allen klar wurde, dass Leo Kaiser, für die meisten nur ein alter Mann, nachgegeben hatte und den Schlagstock hatte fallen lassen. Ein hörbares Aufatmen ging durch die Bar. Schuhe schabten über den Boden, Stühle wurden verrückt. Leise Stimmen waren zu vernehmen.

„Na, warum denn nicht gleich so?"

Pause.

„Hast wohl doch nicht so'n starken Sugardaddy, Kleine, was? Vielleicht willste ja mit mir kommen?"

Gerd hob den Totschläger auf, ohne Kaiser aus den Augen zu lassen, und bewegte sich langsam rückwärts. Leo Kaiser schien ihm nicht ganz geheuer zu sein. Er wandte sich den anderen zu.

Tarne wusste so einiges über die Kaiser-Brüder. Beide waren im Milieu eine große Nummer. Zum Schein betrieb Leo Kaiser einen Autohandel und eine Versicherungsagentur. Sein Bruder Reinhard finanzierte das aufwändige Leben ausschließlich durch illegale Geschäfte und seine Mädchen. Man sagte, jeder, der ihnen in die Quere komme, würde nicht mehr lange leben. Einer, der es mal versucht hatte, wurde am nächsten Tag gefunden, mehrmals überfahren, kaum noch zu erkennen. Unter einem Wagen der Kaiser-Brüder waren einmal menschliche Fleischfetzen gefunden worden. Tarne hatte sich seinerzeit überzeugen können, dass das kein Gerücht war. Sie waren nie dafür belangt worden. Diese Typen hier schienen das nicht zu wissen. Sie hatten keine Ahnung, auf was sie sich einließen. Man ging mit einem Kaiser-Bruder nicht so um!

Das Traumpaar, das vorher verliebt getuschelt hatte, beobachtete aus vor Angst geweiteten Augen die Entwicklung der Situation.

„Was gib's da zu flüstaaa'n?", fragte Gerd.

Die Wortführerin der Frauengruppe konnte sich nicht zurückhalten:

„Jungs, nun macht mal halblang. Der Tag ist viel zu schön für Zoff. Keiner will hier Stress."

Gerd drehte sich halb zu ihnen um, behielt aber Kaiser noch im Blick.

„Was wollt ihr denn, ihr Schnepfen? Was geht euch das an?"

Er näherte sich dem Tisch.

„He, tolles Rot. Ist das echt? Sieh mal, Billy. Ne Rothaarige. Du weißt ja, ich steh auf rote Muschis."

Gerd drängte sich an sie, drückte sein Knie zwischen ihre Schenkel und griff mit der freien Hand an ihre Brüste und drückte, knetete sie. Mit der anderen Hand fuchtelte er mit der Automatik über dem Kopf herum Richtung Kaiser.

„Ah, auch alles echt. Billy, schau mal. Die will es. Hier ist bestimmt noch eine für dich dabei."

Die betatschte Frau ließ es aus purer Angst geschehen. Anders die neben ihr sitzende Freundin:

„Du Schwein, was bildest du dir ein", schrie die Blonde neben ihr und schüttete ihm den Rest aus dem Longdrinkglas ins Gesicht.

„Ah, eine Wilde. So mag ich das. Wild und heiß. So eine will gebändigt werden." Mit dem Nachklang dieses Satzes knallte er der Frau, plötzlich wieder völlig angespannt, kontrolliert die Waffe an den Kopf. Sie flog vom Barhocker und blieb reglos liegen. Blut lief ihr aus Mund und Nase.

Tarne stand auf. Frauen hatten ihn schon immer zu unüberlegten Handlungen verführt. Aber in was war er hineingeraten? Das war keine Auftragsarbeit. Das Ganze ging ihn nichts an. Was machte er hier? Sicher, er liebte die Gefahr, das Abenteuer. Außerdem sah er es als sein Pflicht, sich für die Schwachen einzusetzen.

„Jetzt reicht es, Leute", sagte Tarne mit dominanter Stimme, „genug ist genug!"

Billy drehte sich zu Tarne um, stieg mit beiden Beinen auf den Fußlauf des Tresens, hob sich noch auf die Zehenspitzen und beugte sich über die Theke. Er griff von hinten unter das Thekenbrett und zog einen Baseballschläger hervor, als wenn er gewusst hätte, dass der dort deponiert war. Dabei ließ er Tarne keinen Augenblick aus den Augen.

„Wat is' dat denn hier?"

Er begutachtet den Schläger, machte schmatzende Geräusche und leckte sich die Lippen. Alt, oft gebraucht, viele Macken darin und der

Griff mit mehreren Schichten schwarzem Band umwickelt, das sich zum Teil wieder löste.

„Den hättste wohl gerne, was? Würdste gegen uns verwenden wollen", sagte Billy, „Gerd, sieh mal, was ich hier hab'. Was sagst du denn dazu? Ist das nicht witzig? Noch so ein Klugscheißer."

Beide gaben ein lautes, sehr gekünsteltes Lachen von sich. Billy wechselte den Griff zur rechten Hand und streichelte fast zärtlich den Schläger von der Spitze herunter. Er trat etwas zurück, holte aus und haute mit aller Kraft auf die Theke. Eine Tasse samt Untertasse, getroffen, zersprangen in tausende einzelne Splitter. Andere Gläser und Geschirr, die auf dem Tresen standen, flogen durch die Luft, stürzten um oder landeten auf dem Boden und zerschellten dort. Ein kleines Stück Porzellan traf Tarnes Hand und hinterließ einen kleinen Schnitt, der sofort zu bluten anfing. Billy drehte sich einmal um seine eigene Achse, wie um die Bewunderung aller Anwesenden für diese großartige Tat einzuholen, und wendete sich dann an Tarne:

Hast du eine Beschwerde, Alter?" Dabei hob er den Schläger wieder, eng an den Körper, hoch.

Die Frauen hatten durch diese neue Wendung die Aufmerksamkeit von Gerd verloren, der jetzt auch zu Tarnes Ecke der Theke kam.

„Wat hat der denn zu meld'n?", fragte Gerd.

„Weiß nicht" sagte Billy, „Noch'n alter Knacker. Will sich wichtigmachen. Lass mich mal machen."

Billy, stolz auf seine neue Waffe, stolzierte einmal durch den ganzen Laden. Näherte sich Kaiser.

„Und dir", sprach er ihn an, „will ich noch mal sagen, dass du so auf keinen Fall mit meinem Kumpel umzugehen hast, klar?"

Dabei hatte er den Baseballschläger mit beiden Händen gepackt und schlug damit bei dem letzten Wort mit aller Wucht auf den Tisch, direkt neben den Händen von Leo Kaiser. Der Teller sprang hoch. Suppe spritze in Kaisers Gesicht. Der wischte sie in aller Ruhe ab.

„Na, was sagste jetzt? Immer noch große Klappe?"

Billy, mit seinem von Akne zerfressenen Gesicht, bewegte sich in sicherem Abstand von Kaiser an den Tisch mit dem Liebespaar und gab weiter dumme Sprüche von sich.

Gerd fuchtelte Tarne mit der *Beretta* vor der Nase herum, wechselte die Waffe in die linke Hand und fühlte mit der rechten in seine Jackentasche.

„Siehst du, was das hier ist? Ja? Dann setz dich wieder. Und beruhige dich, Okay?"

Das tat Tarne.

„Super, bist ja doch 'n Schlauer."

Er setzte sich auf den vor ihm stehenden Barhocker. Tarne saß in der Ecke an der Wand, mit etwas Abstand links daneben Gerd, der seine Waffe links neben sich legte. Außerhalb Tarnes Reichweite.

„Siehst du. Alles fein. Ich lege sie hier hin und du bleibst schön da sitzen, klar?"
Gerd saß jetzt genau zwischen Tarne und Billy, beide Hände glatt auf dem Tresen. Seine Rechte neben Tarne und neben seiner Linken die Waffe. Unerreichbar für Tarne. Billy war die Sicht auf Tarne verdeckt.

„Na, siehst du. Doch kein Held, was? Lieber überleben als ehrenvoll sterben! Ist ja auch vernünftig. Bist eben wie alle Spießer. Deshalb macht uns das Leben so viel Spaß. Uns kommt keiner dazwischen. Wir sind die Größten, was, Billy?"

„Genau!"
Da hatte er Tarnes schwachen Punkt angesprochen. Die Ehre! Ja, Ehrenvoll war es, wenn er solches Gesindel von der Erde vertilgen könnte. Aber das durfte man ja nicht. So etwas hieß in unserem Lande Selbstjustiz. Aber in seinen Augen hatten sie es ohne Frage verdient.

Gerds Blick fiel auf die beiden Schulmädchen gegenüber.

„Hallo. Ihr seid ja zwei hübsche Küken …" Die weiteren Worte blieben ihm im Hals stecken. Tarne hatte den Moment der Ablenkung genutzt. Ohne dass irgendeiner etwas mitbekommen hatte, so schnell war es gegangen, hatte Tarne Gerds rechtes Handgelenk umfasst und hielt es wie angenagelt an der Theke fest.

„Eh, wat soll dat?" Gerd ruckte an seiner Hand, aber nichts rührte sich. Erstaunen.

„Wat ist los?", schrie Billy aus dem hinteren Bereich der Bar.

„Der Blödmann hier hält mich fest."

„Na, hau ihm eine!"

„Geht nicht."

Gerd griff mit seiner linken Hand nach der *Beretta* und zielte damit auf Tarne.

„Lass sofort los, Alter. Sonst spritzt gleich dein Hirn an die Wand."

Tarne war die Gefahr, die von dieser Waffe, Kaliber 9 mm *Parabellum*, ausging, bewusst. Wenn der Typ Vollmantelgeschosse verwendete, war die Durchschlagskraft so hoch, dass die Kugel ihn wie durch Butter durchdringen würde und dann als Querschläger weiteren Schaden anrichten konnte. Sein Abstand zur Waffe war momentan zu groß. Ein Zugriff würde zu viel Zeit beanspruchen, um gefahrlos ablaufen zu können. Es ging dabei um Bruchteile von Sekunden. Das Risiko wollte er nicht eingehen. Es würde sich eine bessere Gelegenheit ergeben. Darauf setzte er.

„Na, wenn das so ist." Tarne löste langsam seinen Griff. Gerd riss seinen Arm zurück, sprang auf, blieb einen Meter weiter stehen und

161

schüttelte erst einmal das Handgelenk. Mit dem Ballen der anderen Hand, mit der er die *Beretta* hielt, rieb er über sein Handgelenk.

Linda wischte die Theke an der Stelle ab, an der Gerd eben gesessen hatte, und sprach mit leiser Stimme auf ihn ein:

„Komm, lass gut sein."

„Gib mir noch 'n Wasser", keifte Gerd, schluckte wieder, kratzte sich mit der freien Hand im Gesicht und setzte sich wieder neben Tarne. Mit ruhiger Stimme, ganz leise, sagte Tarne:

„Wie lange wollt ihr die Show hier noch abziehen?"

„Wat soll dat denn heißen?"

„Was ich sage. Hast du was an den Ohren?"

Gerd starrte Tarne einen Moment sprachlos an, sprang auf, trat einen Schritt auf Tarne zu und hielt ihm die Waffe auf Bauchhöhe entgegen. Tarne sah das Zucken der Augen, das ihm Anspannung verriet. Tarne hob die Arme, nicht zu hoch. Gerd war immer noch nicht nahe genug. Er brauchte ihn auf Armeslänge.

„Du traust dich doch nicht, kratz dir lieber dein Gesicht, kriegst auch Pickel, wie dein Partner."

Gerd mümmelte und schluckte, zog die Nase kraus, öffnete und schloss den Mund wieder.

Kochte. Schweißperlen liefen ihm über das ganze Gesicht.

„Du … du … Wichser … was bildest du dir ein …", und tat einen weiteren Schritt auf Tarne zu. Das reichte. Wie er es wieder und wieder trainiert hatte, schnellte Tarnes linker Arm nach vorne und umfasste Hand und Lauf kurz hinter der Mündung und drückte Gerds Waffenarm von ihm weg nach unten, Richtung Theke. Gleichzeitig drehte Tarne sich selbst aus der Schusslinie und fasste mit seiner rechten Hand unter die Waffe, drückte sie nach oben und zu Gerd hin. Der schrie vor Schmerz auf.

„Wat is?", rief Billy aus dem Hintergrund, näherte sich, konnte aber nicht erkennen, was mit Gerd gerade passierte. Tarne hatte Gerd die Waffe vollständig aus der Hand gedreht. Egal, ob er ihm den Zeigefinger oder das Handgelenk dabei gebrochen hatte, jetzt hielt er die *Beretta* in der Hand, fünfzehn Kugeln im Magazin, entsichert, schussbereit. Mit der linken Hand hatte er die billige Ballonseidenjacke des Angreifers kurz unterhalb des Kragens gegriffen. Er drehte und zog den Stoff so hoch, bis er Gerd damit unter dem Kinn strangulierte. Gerds Kopf ruckte zurück, er bekam nur noch ein Gurgeln heraus und ließ sich widerstandslos als Schutzwand zwischen Tarne und Billy halten. Tarne sah in die Augen, die Gerd aus dem Kopf zu quellen drohten, und drückte ihm mit der rechten Hand die Waffe in den Bauch.

Billy hatte während dieser Rangelei lange gezögert und kam jetzt aus der Ecke mit den Tischen wieder bis zur Mitte des Lokals. In einer fast eleganten Bewegung, die ihm Tarne nicht zugetraut hätte, zog er nun auch seine Waffe aus dem Hosenbund hinter sich hervor. Der Baseballschläger polterte gleichzeitig zu Boden. Billy umfasste die Waffe mit beiden Händen, richtete sich breitbeinig aus und schwenkte sie in Richtung auf Tarne, der immer noch dicht hinter Gerd in Deckung stand.

„Das würde ich nicht tun. Nimm sie einfach runter", sagte Tarne mit aller Ruhe, die er aufbringen konnte.

Kaisers Blick hing an dem auf dem Boden liegenden Baseballschläger. Ohne ein Geräusch zu verursachen, erhob er sich mit geschmeidigen Bewegungen und näherte sich Billy, geduckt im toten Winkel. Er achtete darauf, nicht in Tarnes Schusslinie zu geraten.

Billy leckte sich über die Lippen, trat von einem Bein aufs andere und bewegte hektisch seine Waffe, eine *Smith & Wesson Model 41. 22LR* mit Holzgriff. *LR* stand für *Long Rifle*. Aufgrund des langen Laufs war sie Tarne im Hosenbund unter dem Hemd schon beim Betreten des Ladens nicht entgangen. Woher hatten diese

Kerle nur solche Waffen? Tarne war sich nun sicher: Das waren auf keinen Fall nur einfache Speedjunkies.

Billy pendelte hin und her. Von einem Bein auf das andere. In der Hoffnung, rechts oder links an Gerd vorbei Tarne ins Visier zu bekommen. Wir stehen uns wie zum letzten Gefecht in einem alten Western gegenüber, dachte Tarne. Nur hatte er den Vorteil, dass er Gerd als Deckung vor sich hatte. Egal, wie der zappelte und sich mit seinen Armen versuchte, aus Tarnes Griff zu befreien. Völlig lächerlich. Wenn diese Typen nur nicht so unberechenbar wären in ihrem Amphetaminrausch. Speed gaukelte ihnen vor, dass sie die Größten waren, unverletzbar.

Wenn man schießen muss, dann, um zu töten. Tarne hatte jede einzelne Trainingsstunde im Kopf. Wieder und wieder hatte Sagatzki ihm das in seinem Studio eingepaukt. Mit dem Wissen, dass sein Überleben davon abhängen konnte. Man sollte es nur tun, wenn es nötig war. Wenn, dann mit dem Ziel, zu töten. Auf die Beine schießen, nur verletzen, nur kampfunfähig machen, war alles eine Farce. Viel zu gefährlich. Beine waren ein zu kleines Ziel und zu beweglich. Wenn Gefahr bestand, dann auf den Brustkorb zielen. Die größtmögliche Fläche. Wenn man den anderen nur verletzte oder ihn nicht

traf, dann war man selbst dran. Also, *no way*.
Wenn, dann immer aufs Ganze. So hatte Tarne
es gelernt. Es hieß: Er oder ich.

Immer noch stand Tarne hinter Gerd in
Deckung.

„Gerd, geh zur Seite, ich baller ihm eine
über!", schrie Billy und drückte ohne Rücksicht
ab. Tarne spürte, wie Gerd zuckte, als er getroffen wurde, und in seinen Armen erschlaffte.
Billy schoss weiter, in der Hoffnung, Tarne zu
treffen. Hörte gar nicht auf. Tarne hielt den
Leichnam, dessen Kopf haltlos in seine Richtung kippte, vor sich aufrecht. Gerds gebrochene
Augen waren starr zur Decke gerichtet. Tarne
feuerte zwei Kugeln an seinem Kugelfang vorbei. Alle zwei trafen. Billy sackte wie in Zeitlupe in sich zusammen. Er war tot, bevor er auf
den Boden aufschlug. Auf dem weißen Hemd
mit den roten Streifen breiteten sich große
dunkle Flecken aus. Tarne ließ Gerds leblosen
Körper, der die Kugeln, die für ihn bestimmt
waren, aufgefangen hatte, los. Rauch und Pulverduft hingen in der Luft. Einen Moment war
es, als wenn die Welt den Atem angehalten hätte
und nun wieder Luft holte. Einige Frauen
schrien, einige weinten. Leo Kaiser richtete sich
zu seiner vollen Größe auf. Er hatte den Baseballschläger nicht mehr erreicht. Es war alles zu
schnell gegangen.
Alle redeten durcheinander.

Tarne legte die erbeutete Pistole auf die Theke, zog sein Handy hervor und wählte die Nummer des Polizeipräsidiums. Es dauerte etwas, bis er zu seinem Freund, Oberkommissar Hesse, durchgedrungen war.

„Schick mal ein Team, hier sind zwei Leichen abzuholen."

„Nein. Du schon wieder! Was hast du diesmal angestellt?"

Tarne erklärte ihm die Sachlage und gab die Adresse durch.

„… und bring auch jemanden von der Drogenabteilung mit. Ich denke, die werden hier auch fündig."

In weniger als zwanzig Minuten waren sie da. Hesse und weitere Kollegen stürzten in die Bar. Die Anwesenden hatten sich in einer Gruppe zusammengefunden. Teils noch bleich im Gesicht redeten sie sich den Spuk von der Seele, so weit wie möglich von den Leichen entfernt. Diese waren inzwischen mit großen Handtüchern aus der Küche zugedeckt worden.

Hesse überblickte die gesamte Szenerie, ging zu den Leichen, hob die Handtücher an und sah sich, gemeinsam mit dem Kollegen von der Drogenfahndung, die Gesichter an. Nachdem die beiden miteinander konferiert hatten, steuerte er auf Tarne zu.

„Das sind", er verbesserte sich: „das waren Wilhelm Trode, der, den sie Billy genannt haben, und Gerhard Holtz. Die sind uns in der Szene bekannt. Kleindealer. Mehrfach vorbestraft. Einschlägig. So ziemlich alle Sozialisierungsmaßnahmen durchlaufen, die du dir vorstellen kannst. Ohne sichtliche Veränderung. Da hast du wirklich den Abschaum des Ruhrgebiets entsorgt. Aber sag es keinem, dass ich das gesagt habe."

„Ich habe mich die ganze Zeit gefragt, was die eigentlich hier zu suchen hatten. Jetzt weiß ich es. Schau einmal hinter die Theke, in die Küche. Ich glaube, die liebe Linda vertreibt hier das Zeug im großen Stil. Ich gehe auch davon aus, dass Kaiser da mitmischen wollte."

„Du glaubst, deshalb ist der hier?"

„Ich nehme es an. Aber nachweisen wirst du ihm nichts können."

Sie standen nebeneinander und blickten noch einmal über das ganze Chaos.

„Meinst du, du kannst mich aus der Presse heraushalten? Wäre echt schlecht fürs Geschäft, wenn sich herumspräche, dass ich einer bin, der Selbstjustiz übt."

„War doch eindeutig Notwehr. Zwei Schüsse, also bitte! Da gibt es kein Problem, ein Zucken des Fingers und schon ist eine zweite Kugel aus dem Lauf. Schwierig wäre es, der Staatsanwaltschaft eine Notwehr zu erklären, wenn du dreimal abgedrückt hättest. Dann wür-

168

den die eher eine Tötungsabsicht unterstellen. Aber wem sag ich das. Also, Presse – die ist eine gute Werbung für dich!"

„Sicher, aber du kennst doch unsere Medien. Die werden sowieso wieder spekulieren, wie man diesen armen Kreaturen das antun kann. Die waren doch nur fehlgeleitet. Alles lag nur an ihrer schlimmen Erziehung. Und dass man ihnen doch eine Chance geben sollte. Du kennst den Tenor. Darauf kann ich verzichten."

„Die Aussagen der Leute hier sind eindeutig. Aber, unter uns, warum hast du geschossen?"

„Er hat mich beleidigt. Es war eine Frage der Ehre."

„Was hat er denn gesagt?"

„Nicht wichtig."

Leo Kaiser, dessen Aussage gerade abgeschlossen war, kam auf die beiden zu. Man kannte sich.

„Herr Oberkommissar, ich würde gerne mit dem Meisterschützen einmal sprechen. Unter vier Augen."

„Sieh an, sieh an, Leonhard Kaiser", sagte Hesse, „Ganz Gentleman, wie immer. Sicher. Nichts dagegen einzuwenden." Hesse zog sich zu seinen Kollegen zurück.

Tarne fragte sich, was nun noch kommen sollte.

„Ich habe schon von Ihnen gehört. Wenn Sie das heute nicht erledigt hätten, hätten wir das

übernommen. Ich hatte leider nicht die Gelegenheit. Aber so haben Sie etwas gut bei mir."

Eine Kugel löst manchmal doch mehr Probleme
als jedes gesprochene Wort. Dafür, dachte
Tarne, war das heute ein gutes Beispiel.

Tanz auf der Straße

Was führt den Privatdetektiv Robert E. Tarne aus dem Ruhrgebiet nach Hamburg? Gelingt es ihm, seinen Fall zu lösen und vielleicht auch noch das Nützliche mit dem Angenehmen zu verbinden?

Schwarze, lange gewellte über die Schulter fallende Haare rahmten ihr Gesicht ein, das ein einziges Versprechen darstellte.

„Lass uns etwas trinken gehen", sagte sie.

Ein Lächeln unterstrich ihre Worte.

Noch streichelte sie nicht über sein stoppeliges Kinn, aber er war sich sicher, sie würde es bald tun.

Er hielt sich schon seit einer Woche in Hamburg auf und hatte genügend Erkundigungen über sie eingezogen, war ihr unauffällig gefolgt. Er wusste bereits, wann sie sich wo am liebsten aufhielt. Mit welcher Freundin sie an welchem Tag das Nachtleben unsicher machte oder wann sie einfach allein unterwegs war.

Mit seinen Vorinformationen war es ein Leichtes, einen geeigneten Moment abzupassen. Sie hatte sofort seinen Blick registriert und signalisiert, dass sie einem ersten Schritt, zumindest einem Kennenlernen nicht abgeneigt war.

Er kannte seine Wirkung auf Frauen, speziell auf diese Art Frauen. Die genug Geld hatten und einem Abenteuer in ihrem langweiligen Leben nicht abgeneigt waren. Sie mochten sein kantiges Gesicht, die teure Kleidung und darin das leicht Verwegene, das er selbst als etwas verkommen bezeichnete. Sie versprachen sich ein wenig Aufregung in ihrem Alltag, wenn sie das jungenhafte Strahlen in seinen hellblauen Augen sahen.

Hin und wieder strich sie sich mit den Händen durch die Haare und schüttelte den Kopf ein wenig nach hinten. Verlegenheit? Nein, es war nur Ungeduld. Sobald sie ins Gespräch gekommen waren, hatte sich das gelegt.

Sie schlenderten von einem Lädchen zum anderen.
„Einen Kaffee vielleicht?
„Ja, Latte Macchiato!"
„Kann man da –", sie wies auf eines gegenüber hin, „besonders gut trinken."
„Immer so viel los hier?", fragte er.

„Am Wochenende schon. Kommen viele aus dem Umfeld und auch Reisende von weiter her. Was treibt eigentlich dich her?"

„Ich könnte jetzt sagen, du …"

„Du kanntest mich doch gar nicht."

„Deshalb kann ich das ja auch nicht sagen."

Ein Grinsen zog über sein Gesicht. Beide mussten lachen.

„Nein, im Ernst?"

„Geschäfte."

Er erzählte über seinen Beruf. Irgendetwas. Es schien nicht wichtig zu sein, was er sprach.

Sie achtete auf den Klang seiner Stimme, sah in seine Augen, beobachtete seine feingliedrigen Hände, mit den männlich wirkenden Haaren auf den Handrücken. Seine Worte waren für sie wie Musik.

Hamburg
Regennasse Straßen
Kopfsteinpflaster
Schanzenviertel
Leute vergnügten sich in und vor Kneipen, Wochenendstimmung
Samstagabend

Das Viertel wurde abgeriegelt. Die Feiernden ließen sich nicht stören. Eine Horde Autonomer, schwarz gekleidet, vermummt, stürmte die

Straße hinunter zwischen den trinkenden und quasselnden Besuchern hindurch, gefolgt von einem Trupp der Polizei. Mit ihren mannshohen Schutzschilden umgeben wirkten sie wie die römischen Kohorten in den Asterix-Comics.

Man machte Platz für diesen Auftritt. Das Publikum blieb rechts und links eng neben den gastronomischen Einrichtungen. Man konnte jederzeit in ein Lokal flüchten, wenn es zu brenzlig werden sollte. Das Trinken und das Gerede gingen weiter, keiner störte sich daran.

Sie lief ein Stück vor, drehte den Kopf, schenkte ihm ein Lächeln, war sich ihrer Wirkung bewusst.

Sie ließen sich treiben.

„Weiß eigentlich irgendjemand, was diese Autonomen gerade bestreiken?"

„Letzte Woche war es wegen irgendwelchen Hausbesetzungen, glaube ich. Oder Räumungen von besetzten Häusern. Kampf gegen PEGIDA oder so? Wen interessiert das denn."

„Hast recht."

Wieder ein Blick. Tief in ihre Augen, ein verräterisches Funkeln von Interesse? Er hatte ein sicheres Gefühl. Spätestens in zwanzig Minuten hätte er sie so weit, dass sie Händchen halten würden.

Die Einheit der uniformierten Polizisten zog sich zurück, kam rückwärts langsam den Berg wieder hoch, Steine und Flaschen flogen ihnen hinterher. Sie wehrten die Geschosse mit ihren Schilden ab. Die Gruppe der Autonomen folgte, ein eher aufgelöster Haufen, in schwarzem Outfit. Das Ganze wirkte wie ein Stummfilm. Man hörte kein Schreien, keine Geräusche, die zu den Szenen passten. Alles ging unter in Unterhaltungsmusik, Stimmengemurmel, dem Schmatzen beim Verzehr von Pizza.

Einige Zeit später tauchten erneut fliehende schwarze Gestalten auf, ihre Hoodies über die Köpfe gestülpt, die Gesichter hinter Tüchern versteckt, ebenfalls wie Uniformen. Wasserwerfer folgten und dahinter wieder die wohlgeordnete Reihe der Ordnungshüter. Diesmal wieder die Straße hinunter.

„Lass uns lieber hier hineingehen. Wenn die mit dem Wasser anfangen, wird's ungemütlich!"
Sie saßen am Fenster, tranken ein Bier und schauten hinaus. Lachen und Schwatzen umgab sie. Sie beobachteten ein knutschendes Liebespaar. Er fasste ihre Hand. Sie bestätigte durch ein Drücken.

Wo das Wasser zufällig den abendlichen Gastronomiebetrieb gestört hatte, wurde der schon bereitgestellte Gummischieber ergriffen und die

Lachen wieder aus den Eingängen des Etablissements gefegt. Der Betrieb lief weiter. Die untergehende Sonne malte goldene Kanten auf die Glasscheiben.

Man arrangierte sich. Es war wie ein Ballett, ein Straßenballett. Eine Showeinlage für die Touristen am Wochenende. Was wäre ein Staat ohne Autonome? Ohne Gegenbewegung bräuchte es keine Ordnungsmacht.

Wie, diese Straße war gesperrt? Sollten sie etwa einen Umweg in Kauf nehmen, weil hier jemand protestierte? Ihren Samstagabend-Kneipenbummel unterbrechen? Einen Umweg in Kauf nehmen? Wo gab es denn so etwas?

Hinter den Absperrbaken gaben freundliche Mitarbeiter der Stadt Auskunft an die Touristen.

„Ah, nur so kommt man raus? Ok, dann gehen wir da lang. Worum geht's hier überhaupt? Weiß das jemand? Sie auch nicht? Na, sieh mal an."

„Ein Tipp noch, Sie sollten aufpassen, wo Sie parken. Manchmal, wenn's ganz heiß hergeht, stecken die auch schon mal ein Auto an oder schmeißen es um."

Es war spannend. Das leichte Kitzeln einer unbestimmten Bedrohung im Nacken ließ die Getränke noch besser schmecken.

Zwischendurch kam wie eine große Welle ein erneuter Vor- und Rücklauf der streitenden Feldmächte.

Sie bummelten von Kneipe zu Kneipe, wichen hin und wieder dem Kampfgetümmel aus, mit einem Hüftschwung, fast wie ein Matador dem angreifenden Stier. Sie ging das Ganze nichts an. Wie ein absichtlich inszeniertes Programm für die Besucher. Ein unsichtbarer Dirigent schickte die streitenden Gruppen wieder in die andere Richtung.

Lauer Sommerabend. Und wieder zurück, wie ein Stück, das aufgeführt wurde, wie einstudiert, einer Choreographie folgend. Die beginnende Dunkelheit brachte die vielen Lichter der Neonreklamen zur Geltung.

Später, als sie das Viertel verlassen hatten, schauten sie noch auf einen Sprung ins Indra. In dem die Beatles auch einmal gespielt hatten, berichtete sie stolz, als wenn sie dabei gewesen wäre. Vor langer Zeit. Noch ein Blick, wie ein Vorschlag, und beide wussten, wo der Abend hinführte.

Wie würde es wohl sein, wenn seine Hand unter ihr Shirt rutschen, die Brüste von ihrem BH befreien würde? Würde sie stöhnen, schreien? Ge-

hörte sie zu denen, die einem den Rücken zer-
kratzen?

Sie schaute ihn genau an. Seine blauen Augen,
so hell strahlend, der Klang seiner Stimme,
seine nicht zu bändigenden Locken. Der Drei-
Tage-Bart zu dem lässigen, wie üblich leicht
zerknautschten Anzug. Bestimmt würde er eine
Lederjacke genauso leger tragen. Wie zufällig
und gleichzeitig wie selbstverständlich strich
ihre Hand über seinen Unterarm.

Er war sicher, dies würde ein erfolgreicher
Abend werden. Er fühlte es voraus. Diese Frau
ließ nichts anbrennen. In diesem Fall, sagte er
sich, würde er heute die positiven Seiten seines
Berufes genießen. Er lächelte in sich hinein. Sie
wusste nicht, worin seine tatsächliche Arbeit bestand. Er, Robert Erich Tarne. Private Ermittlungen. Aus Essen im Ruhrpott. Sie kannte nicht
seinen eigentlichen Auftrag: Nachzuweisen,
dass sie untreu war! Er tat eben, was er zu tun
hatte.
Ihr Mann, der sich die meiste Zeit im Ruhrgebiet
aufhielt und sich um seine Filialen kümmerte,
würde nicht glücklich darüber sein.

Sunshine[2]

Manchmal kann man in den hard-boiled Storys kaum unterscheiden, was ist Realität und was ist Fantasie? Wie in dem Film Shutter Island von Martin Scorsese. Wer Sex nicht mag, sollte nicht weiterlesen.

Ich fuhr an der Ampel vorbei und sah ihr Lächeln. Eine blonde Locke fiel ihr ins Gesicht, sie warf den Kopf zurück. Habe ich geträumt, nein, sie hat mir tief in die Augen geschaut. Genau in dem Moment wusste ich, dass sie die Frau war, die ich mein Leben lang gesucht habe. Ein Blick, der alles versprach. Ich verdrehte den Kopf, wollte noch mehr von ihr erhaschen. Dieser Hintern hatte die perfekte Rundung. Genau das bisschen Mehr, das mich nicht mehr loslässt. So knackig, dass er fast den engen Rock sprengte. Diese Frau weiß, was Männern gefällt. Diese Frau war der Inbegriff des Weiblichen, sie hatte etwas Toughes, Selbstbewusstes, fast Männliches in Bewegungen und Kleidung. Ich

---

[2] Erstveröffentlichung in: Elke Bockamp (Hrsg.): „Miri Modun, Erlesene erotische Kurzgeschichten: Band 1" (2015)

musste zurück. Alle schmutzigen Gedanken, die ich je hatte, schien sie erfüllen zu können. Hinter der Haltestelle. Mit quietschenden Reifen wendete ich verkehrswidrig und erntete böses Hupen. Wie könnte ich sie ansprechen? Was sollte ich sagen?

„Hallo", sagte ich, „ich habe Sie im Vorbeifahren gesehen und Sie haben mich fasziniert." Ich rief durchs offene Fenster über den Beifahrersitz. „Ich muss Sie kennenlernen." Erst jetzt konnte ich ihre Brüste sehen. Mir wurde heiß. Es kostete eine unglaubliche Anstrengung, nicht auf diese ausladenden, faszinierenden, kaum von einem Top verborgenen Rundungen zu starren. Ich versuchte mich auf die Sommersprossen ihrer süßen kleinen Nase zu konzentrieren. Was mache ich hier?

„Ja", sagte sie, „mir ging es auch so."
Ich konnte es kaum glauben.

„Ich habe es mir gewünscht. Ich bin Sunshine."
Es klang so einfach, so selbstverständlich.

„Würden Sie mir Ihre Nummer geben?", erwiderte ich. Wie plump. „Oder darf ich Sie auf einen Kaffee einladen?"
Sie lächelte und schüttelte den Kopf:

„Ich war gerade auf dem Weg nach Hause. Vielleicht können Sie mich heimbringen?" Sie öffnete einfach die Tür und setzte sich zu mir in den Wagen. Dabei warf sie stolz den Kopf zurück, die blonden Locken flogen wie in

Zeitlupe. Die Sonne spielte darin und ich sah winzige helle Härchen an ihrem Nacken. Ein Strahlen aus ihren Augen gab mir das Gefühl, als ob ich sie von Anbeginn der Zeit kannte. Auch sie schien zu wissen, was in meinem Kopf vorging.

Das biologische Gedächtnis. Es hatte mich eingeholt. Das Fortpflanzungs-Gen zur Erhaltung der Art hatte zugeschlagen. Ich starrte zu ihr. Der kurze Rock rutschte noch ein wenig höher, mein Blut fing an zu pulsieren und der Anblick ihrer Schenkel löste ein Kribbeln in meinem Körper aus, das an den unmöglichsten Stellen zu spüren war. Der Geruch ihres süßen schweren Parfums erfüllte den Wagen, hinter uns hupte ein Auto. Sie ließ ein glockenhelles Lachen ertönen und sagte:

„Fahr geradeaus."

Sie duzte mich! Ich schluckte und meine Stimme klang heiser:

„Ich heiße Tarne."

„Das macht nichts", neckte sie.

Ich grinste und suchte nach einer passenden kleinen Frechheit, die ich zurückgeben konnte, aber Worte schienen nicht wichtig zu sein. Sie fuhr sich mit der Zunge über die Lippen, die leicht geöffnet blieben, als wollte sie noch etwas hinzufügen. Ihr Top war wie durch Zufall von der Schulter gerutscht, ich blickte auf einen schwarzen BH-Träger. Für diesen Anblick könnte ich sterben, für diesen Anblick würde ich töten. Er brachte einen Mann um den Verstand. In meinem Rückenmark meldeten sich geheime Atome, die jegliche Konzentration auf den Straßenverkehr unmöglich machten. Wie kann der Anblick eines BH-Trägers, allein die Farbe Schwarz, solch einen Einfluss haben?

„Nächste rechts." Zur Unterstützung ihrer Worte legte sie wie zufällig eine Hand auf mein Knie. Ein Zittern durchfuhr meinen Oberschenkel. Bis zur Mitte hinauf. Es war so stark, dass es nicht zu einer Erektion kam. Es war die Art von Erregung, die weiter innen stattfindet. Unglaublich, dachte ich, was passiert hier eigentlich?

„Du kannst hier parken." Es folgte eine kleine Pause, dann setzte sie hinzu: „Kommst du mit hinauf?" Auf mein ungläubiges Schauen sagte sie: „Du wolltest doch Kaffee."
Wir gingen auf ein Mehrfamilienhaus zu. Sie umarmte mich, ihre Hand glitt unter mein Hemd und über meine Brust. Mein Körper wurde heiß an den Stellen, an denen sie mich berührte.

„Ich mag Männer mit Haaren auf der Brust", sagte sie und presste wie zufällig ihren Körper gegen meinen. Ich spürte ihre Brüste, schwer und weich zugleich.

„Nicht, dass du glaubst, ich mache das immer so", flüsterte sie in mein Ohr, „du hast das in mir ausgelöst." Ihr Atem prickelte. Diese glänzenden Lippen waren ganz nah bei mir, ein Schaudern durchlief meinen Körper.

Während sie die Haustür aufschloss und sich leicht vorbeugte, berührte ich sie zum ersten Mal. Ich griff mit beiden Händen gleichzeitig nach ihren Schultern und tastete mich hinunter bis zu ihren Hüften. Ich spürte ihre heiße Haut durch den Stoff und schob sie durch die Tür. Sie wandte sich, ohne die Hände zu lösen, um, und streckte mir ihren Unterleib entgegen. Erst jetzt spürte ich meine Erektion. Wir landeten vor einer Reihe Briefkästen, die Tür fiel ins Schloss. Sie klammerte sich an mich. Ihr Blick glitt zu meinem Mund. Unsere Lippen suchten sich, ließen sich los und berührten sich erneut. Zwei Verhungernde, die sich nicht trauten, den ersten Bissen zu nehmen. Ein vorsichtiges Tasten der Zungen, ein drängendes, verlangendes Eindringen in den Bereich des anderen. Wir stöhnten. Gleichzeitig. Sie umfasste mit beiden Händen meinen Hintern und drückte sich mit aller Kraft an mich. Meine Erektion hatte schmerzhafte Ausmaße angenommen. Ich schob mein Bein zwischen ihre Schenkel und sie begann ihren Unterleib fordernd an meinem Schwanz zu reiben. Um den Halt nicht zu verlieren, griff ich mit beiden Händen in die Briefkästen.

Schweißperlen glitzerten auf ihrer Stirn, atemlos stieß sie zwischen Stöhnen und Luftholen hervor:

„Lass uns –", unterbrochen von einem weiteren Kuss, „hochgehen."

Sie drehte mir, immer noch an mich gepresst, ihren Rücken zu. Ich schob den ohnehin schon nach oben gerutschten Rock ganz hoch und knetete mit den Händen die von einem Tanga geteilten Rundungen ihres Pos. Meine Erektion stand wie eine Lanze zwischen uns. Ich schob den Tanga beiseite und drang ein. Langsam, ganz langsam, in die enge dunkle Tiefe. So langsam, dass ich glaubte, es würde nie zu Ende gehen. Die Vorhaut schob sich zurück und ich spürte eine Kraft bis ins Rückenmark. Ihre feuchte Enge umschloss mich, ihre warme Nässe tropfte an den Schenkeln herab. Der Geruch benebelte mich, brachte mich um den Verstand. Mit jedem Stoß kam ich tiefer. Hoffentlich kommt niemand durchs Treppenhaus, dachte ich.

In diesem Moment hielt ich vor unserer Haustüre an und parkte ein. Ich schloss die Tür auf und hörte Manu rufen:

„Zieh die Schuhe aus, Robert Erich Tarne. Du schleppst wieder den ganzen Dreck mit rein. Hast du das Brot mitgebracht?"

„Ja und nein", sagte ich und musste grinsen. Meine Erektion ließ langsam nach.

„Wie, ja und nein?"

„Ja zu den Schuhen und nein, es tut mir leid, das Brot habe ich vergessen. Zu viel los bei meiner Arbeit als Detektiv."

„Es ist immer dasselbe mit dir, du hörst mir nie richtig zu."

Ich begann wieder zu stöhnen, dachte an Sunshine. Vielleicht würde ich sie morgen wieder treffen? Ein letztes Mal sah ich ihre hübschen Sommersprossen auf Nase und Schultern.

Schatten der Vergangenheit

Wieder einmal kann Tarne nicht dem Wunsch einer jungen Frau widerstehen. Steckt mehr hinter ihren Vermutungen? Lange zweifelt auch Tarne, bis er die ganze Wahrheit erkennt und vor einer wichtigen Entscheidung steht. Nichts ist, wie es scheint.

Prolog

Es war 23:30 Uhr und er lag auf einem kleinen Hügel, als Deckung in einem Gebüsch direkt neben der A40, kurz vor der Abfahrt Gelsenkirchen-Süd, und hatte ein hervorragendes Schussfeld in Richtung Essen. Das Zielobjekt hatte er zwei Wochen lang bei seinen Tagesabläufen beobachtet. Immer am Dienstag kam der Mann, auf den er es abgesehen hatte, um diese Zeit aus Bochum von einem Weiterbildungskurs, um seine Freundin in Gelsenkirchen zu besuchen. Da es unauffällig geschehen sollte, war das die Möglichkeit, für die er sich entschieden hatte. Was wäre besser geeignet als einen Unfall zu inszenieren? Er hatte sein Nachtsichtgerät mit einem Adapter auf das Gewehr montiert. Die

Konstruktion nannte sich Nachtzielgerät und war in Deutschland verboten. Ihm hatte es kein Problem bereitet, die entsprechenden Teile zu besorgen. Bei der verwendeten Technik wurde das noch vorhandene Dämmerlicht mit einem Restlichtverstärker erfasst, elektronisch verstärkt und so umgewandelt, dass das Ziel für sein Auge besser zu fixieren war. Er arbeitete gerne nachts, daher war er es gewöhnt, mit den Gegebenheiten umzugehen. Es dauerte immer einen Moment, bis sich seine Augen angepasst hatten, die Pupillen sich in der Dunkelheit weiteten und er durch das verstärkte Restlicht sein Ziel anvisieren konnte. Das Brausen des nächtlichen Verkehrs umhüllte ihn. Er war geduldig. Die Position stimmte. Er musste nur noch warten.

Teil I

Robert E. Tarne, Privatdetektiv in Essen, besuchte seinen Freund Kriminalkommissar Harald Hesse auf dem Gelände der ehemaligen Polizeischule in der Norbertstraße. Der Pförtner hatte, nachdem er sich telefonisch bei Hesse vergewissert hatte, den Schlagbaum geöffnet und Tarne auf das Gelände gelassen. Damit alles seine Ordnung hatte, musste er sich mit Uhrzeit und persönlichen Daten in die Anwesenheitsliste eintragen. Auf dem Gelände konnte man sich verfahren. Mit der an der Pforte erhaltenen Wegbeschreibung fand er das entsprechende Gebäude. Hesse fing ihn am Eingang des KK 11 ab. In dieser vorsintflutartigen Behausung der Essener Kripo waren die langen Gänge bis zur halben Höhe mit dunkelgrünen Fliesen gestaltet – aus der Zeit, als Fliesen noch Kacheln genannt wurden. Die Abschlussleiste bestand aus einer ockerfarbenen kunstvoll verzierten Keramikborte. Tarne kam sich wie in einem antiken Schwimmbad vor.

Hesse deutete seinen Blick richtig.

„Ist wie in einem Museum hier, ich weiß. Steht unter Denkmalschutz. Wir sollen bald umziehen, in das ehemalige Karstadt-Hauptgebäude."

Sie nahmen in Hesses Büro Platz. An den Wänden standen simple schmucklose Metallregale, wie sie für schwere Lasten verwendet wurden. In ihnen stapelten sich Pappkartons, Akten und aller möglicher Krempel. Auf der Fensterbank gammelte ein Kaktus vor sich hin.

„Wir haben hier kaum Bürgerkontakt", sagte Hesse, wie zur Erklärung für die Unordnung. „Willst du einen Kaffee? Die Kaffeemaschine funktioniert."

Hesse hantierte mit Pappbechern herum und versorgte sie mit Getränken. Tarne hatte Donuts mitgebracht.

„Was kann ich für dich tun?"

188

„Bei mir ist eine junge Frau aufgetaucht. Hübsches Gesicht und süße Nase, Kindchenschema, noch einen Hauch füllig, Reste vom Babyspeck, nehme ich an, dunkle Haare, netter Typ, wenn man auf dieses Alter steht", erzählte Tarne, „sie war in Tränen aufgelöst. Ihr Freund sei vor einer Woche bei einem Motorradunfall auf der A40, Abfahrt Gelsenkirchen-Süd, umgekommen. Sie ist mit eurer Meinung und Vorgehensweise nicht zufrieden."

„Ich weiß. Annika Ludwig. Ich habe sie bei der Identifizierung erlebt", sagte Hesse.

„Also, was kannst du mir sagen?"

„Was ich ihr auch schon erklärt habe. Es war ein Unfall. Vermutlich selbst verschuldet."

„Wie das?"

„Alkohol."

„Er hatte getrunken? Wie viel Promille?"

„0,68."

„Das ist nicht viel."

„Aber es hat gereicht."

„Er soll ein guter Motorradfahrer gewesen sein. Fuhr seit zwölf Jahren, meinte sie."

„Ja. Was soll ich sagen? Einmal erwischt es jeden."

„Allgemeinplätze sind hier fehl am Platz."

„Jetzt komm mir nicht so. Für uns ist der Fall eindeutig. Es hat ihn völlig zerlegt. Er war alkoholisiert, zu schnell und es hat ihn aus der Kurve getragen."

„Die Kurve, Ausfahrt Gelsenkirchen-Süd? Die ist doch moderat. Um da die Kontrolle zu verlieren, muss man schon ziemlich schnell sein, oder?"

„War er."

„Trotzdem irgendwie komisch."

„Bei der Geschwindigkeit kann ein Stein im Weg schon ein Problem darstellen. Nur einen Moment abgelenkt sein ..."

„Oder ein Reifen platzt?", sinnierte Tarne. „Hat sie irgendetwas gesagt, warum sie glaubt, dass es mehr als ein Unfall gewesen sein soll?"

„Sie habe so ein Gefühl, das ist alles. Ich glaube eher, sie will es nur einfach nicht wahrhaben, und bastelt sich einen Strohhalm, an den sie sich klammern kann. Aber selbst wenn ..."

„... das würde ihr den Freund auch nicht zurückbringen", ergänzte Tarne.

„Du sagst es. Also, für uns ist es ein Unfall, egal, was die Frau denkt oder dir gesagt hat. Nimm sie nicht aus. Das ist nicht dein Stil."

Teil II

Hesse hatte Tarne einen Abschleppdienst in Frohnhausen genannt, der sich um die Reste des Motorrades gekümmert hatte. Sichergestellt.

Das Wrack, das Tarne nun begutachtete, hatte keine Ähnlichkeit mehr mit einem Motorrad. Ein Klumpen Metall, abgerissene und verbogene Rohre, die ehemals den Rahmen darstellten, und ein Haufen zerfetzter Plastikteile waren auf dem Hof des Abschleppunternehmens eingelagert. Mit den Worten: „Das ist schon freigegeben", hatte ein Mann in Arbeitskittel ihn zu einem mit Maschendraht umzäunten Platz gewiesen, auf dem die Reste der ehemals stolzen Maschine vor sich hin zu gammeln begannen. Der Vorderreifen war zerrissen, klemmte aber noch als ganzes Stück in der zerquetschten Felge. Vom Hinterreifen existierten noch einige größere Fetzen, die mit eingesammelt worden waren und in einer durchsichtigen Plastiktüte steckten. Wenn Tarne es genau bedachte, Hesse meinte also, es sei ganz klar ein Unfall gewesen? Die Reifenstücke. Reifen geplatzt. Gut möglich. Was konnte er noch tun? Irgendetwas brachte ihn dazu, die schwarzen Gummistücke herauszunehmen und zusammenzusetzen. Es ergab keine vollständige Rundung, kein ganzer Reifen. Tarne schätzte, dass noch mindestens zwei Drittel fehlten. Kein Ding, die konnten so weit verstreut sein, dass sie nicht gefunden worden waren. Er beschloss, sich den Unfallort anzusehen, bevor er entscheiden wollte, ob es ein hoffnungsloser Fall sei.

Tarne parkte hinter der Abfahrt Gelsenkirchen-Süd auf dem Seitenstreifen, schaltete die Warnblinkanlage ein und ging die Ausfahrt entlang, entgegengesetzt der Fahrtrichtung. Die Unfallstelle war nicht zu verfehlen. Das verbogene Metall der Leitplanke war mit einem im Wind flatternden rot-weißen Absperrband gesichert. Das Rasenstück dahinter war an mehreren Stellen, an denen das Gefährt und der Fahrer aufgeschlagen waren, aufgewühlt. Es hatten sich viele Menschen hier aufgehalten, zur Untersuchung der Unfallursache und zum Abtransport der Leiche und der Wrackteile. Die Pflanzen waren im großen Umfeld niedergetreten. Tarne achtete nicht auf die Autos, die an ihm vorbei die Ausfahrt benutzten. Manch einer ließ als Warnung die Hupe erklingen.

Tarne nutzte einen Moment, in dem niemand vorbeifuhr, überquerte die der Ausfahrt und bewegte sich am Rand der A40 in Richtung Bochum, den Blick auf den Boden gerichtet. Die entgegenkommenden Wagen brausten in einem ständigen Strom neben ihm her. Auf den ersten fünfzig Metern fand Tarne Zigarettenschachteln, Kippen, Kronkorken, Bubblegum-Reste, Papierfetzen, eine Plastiktüte mit Werbeaufdruck, platt gefahrene Bier- und Coladosen zwischen Steinchen und einen alten Turnschuh. Zwischen all diesem Müll, der mit grauem Staub überzogen war, stachen beiderseits der Fahrbahnbegrenzung mehrere schwarze Gummistücke hervor. In diesem weiten Umfeld hatten die Beamten wohl nicht den Unfallort abgesucht. Das hier hatten sie übersehen. Dann musste hier schon der Reifen geplatzt sein, nahm Tarne an. Vorsichtshalber steckte er alle Einzelteile ein und machte sich gerade auf den Rückweg, als neben ihm ein silberner BMW Kombi mit den blauen Aufklebern der Polizei hielt. Rotierendes Warnlicht. Der Beifahrer stieg aus.

Jetzt sollte er sich schnell etwas Plausibles einfallen lassen! Sollte er sagen, dass ihm etwas aus dem Wagen gefallen sei? Täuscht er eine Panne vor? Sollte er sagen, er suche ein Meldetelefon, sei direkt hinter der Ausfahrt liegen geblieben? Ich dachte, ich hätte hier, bevor ich abgefahren bin, eines gesehen.

„Steigen Sie ein!" Der Beamte schien nicht begeistert zu sein. Sie wollten ihn so schnell wie möglich vom Fahrbahnrand der A40 kurz vor der Abfahrt Gelsenkirchen-Süd herunter haben.

Tarne saß kaum auf der Rückbank, als sein Handy ging. Er drückte es weg. Gut, dass er nichts von einer Panne und einem nicht funktionierenden Handy erwähnt hatte!

Am Ende der Ausfahrt sahen sie seinen Wagen, hielten, fragten nach seinen Papieren und glichen die Daten mit der Zentrale ab. Seine Erklärung: „Ich dachte, ich hätte da im Vorbeifahren etwas glänzen sehen, da wollte ich einmal schauen, was das ist", rief bei den beiden nur skeptische Blicke hervor.

„Sie können doch nicht einfach auf der Autobahn spazieren gehen. Wissen Sie eigentlich, dass Sie schon im Radio erwähnt wurden? Die Durchsage, *auf der A40 im Bereich Gelsenkirchen bewegen sich Personen auf der Fahrbahn, bitte fahren Sie vorsichtig*, die haben Sie ausgelöst. Andere Verkehrsteilnehmer haben sofort angerufen. Verantwortungsvoller als Sie!"

Es entstand eine Pause. Sie waren inzwischen ausgestiegen und standen neben seinem Wagen. Der Fahrer reichte Tarne die Papiere zurück.

„Wir wollen jetzt keine große Sache daraus machen. Normalerweise müssten wir eine Anzeige schreiben. Sind Sie mit einem Verwarngeld einverstanden?"

Ja, das war er.

Nach dem Spruch, dass er sich so etwas nicht noch einmal einfallen lassen sollte, waren sie wieder verschwunden.

Tarne setzte sich in seinen Wagen, wurstelte die einzelnen Reifenteile aus seiner Jackentasche und sortierte sie zu einem passenden Muster auf dem Beifahrersitz.

Am nächsten Morgen. Tarne saß wieder bei Hesse im Büro, auf dessen Schreibtisch lag ein Puzzle aus schwarzem Gummi.

„Ich wollte es nicht glauben, aber das …“, sagte Hauptkommissar Hesse und deutete auf den Tisch, schüttelte den Kopf und begann neu. „Ich habe die Reste des Hinterreifens, die wir schon sichergestellt haben, herbringen lassen, nachdem du angerufen hast.“

Sie hatten die Teile mit denen zusammengestückelt, die Tarne mitgebracht hatte. Das Reifenprofil passte und wies ein Loch auf.

„Also wenn ich dich richtig verstehe, glaubst du, der Fetzen Gummi mit dem Loch hätte dich davon überzeugt, dass ein Anschlag auf den Jungen verübt worden ist?“

Hesses Stimme waren seine Zweifel anzumerken.

„Genau“, bestätigte Tarne daher mit besonderem Nachdruck.

„Das kann doch nicht dein Ernst sein.“

„Ich informiere dich, damit ihr etwas unternehmt“, sagte Tarne.

„Was sollen wir deiner Meinung nach tun? Wir müssten schon etwas mehr haben, Hintergrund der Person, welche Gründe sollte es geben, die deine Vermutung rechtfertigen? Für uns bleibt es ein Unfall.“

„Die Umstände?“

„Da gibt es keine Umstände.“

Tarne ließ nicht locker.

„Ich meine, rein hypothetisch, nur mal angenommen … Ich dachte, das könnte ein Hinweis auf ein Verbrechen sein.“

„Ich sehe da nichts. Lass es einfach. Ich will damit nichts zu tun haben. Wir haben hier bei der Polizei auch so schon genug Arbeit und zu wenig Personal. Du weißt, der Stellenabbau ...“ Hesse schüttelte den Kopf. „... außerdem passt das doch nicht zu deinem Geschäftsprinzip, sich in etwas zu verbeißen, wo offensichtlich nichts ist. Du solltest das wirklich beenden. Ist das klar?“

Tarne deutete eine Bewegung mit dem Kopf an, die nur mit sehr viel Wohlwollen als Zustimmung einzustufen war, erhob sich und griff nach der Türklinke. Innerlich kochte er. Sein Freund sollte ihn gut genug kennen, dass er nicht so einer war. Immerhin war er sich sicher, dass mehr als ein Unfall dahintersteckte.

„Das ist mein voller Ernst“, rief Hesse ihm hinterher. Und sag der Frau nichts davon, das macht ihren Verlust für sie nur schlimmer!“

„Das geht nicht.“

„Tu, was du nicht lassen kannst. Treib dich aber nicht wieder auf der Autobahn herum. Zumindest lass dich dabei nicht erwischen.“

In einer kleinen Wohnung in Gelsenkirchen saß Tarne der siebenundzwanzigjährigen Annika Ludwig gegenüber. Die Wohnung war gepflegt und wirkte auf ihn sehr gemütlich.

„So leid es mir tut, aber es scheint so, als wenn Sie recht hätten.“

Sie schaffte es, die Tränen zurückzuhalten. Die Neugierde war größer.

„Was haben Sie herausgefunden?"

Tarne berichtete ihr von seinem Fund und der Reaktion der Polizei.

Sie staunte mit großen Augen

„Aus meiner Sicht könnte es ein Einschussloch sein."

„Da muss die Polizei doch etwas unternehmen!"

„Das sind nur Indizien, die ihrer Meinung nach keine Mordermittlung rechtfertigen."

„Ich habe in deren Arbeit verständlicherweise kein Vertrauen mehr."

„Wenn ich weiter ermitteln soll …?"

Sie nickte mehrfach.

„Das wirft jetzt naturgemäß viele Fragen auf", sagte Tarne. „Warum? Wer hat davon etwas? Motiv? Rache? Habgier? Die Professionalität der gesamten Durchführung legt nahe, dass es ein Auftrag war – jemand mit Geld, dem er im Wege war? Fällt Ihnen dazu etwas ein?"

Sie sah ihn an, die Tränen mühsam unterdrückt, bereit, sich auf das Frage- und Antwortspiel einzulassen.

„Also, um es noch einmal klar zu sagen, wir müssen sein Leben und auch Ihres genauestens unter die Lupe nehmen, in der Hoffnung, dass wir einen Ansatzpunkt finden. Es ist keine Schikane und ich will Ihnen nichts."

„Ja", kam kleinlaut die Antwort.

„Fühlen Sie sich bereit, darf ich Sie fragen? Es kann Ihnen vorkommen, als wenn ich Sie in die Mangel nehme. Haben Sie das verstanden?"

Sie nickte.

Tarne bewunderte, wie tapfer sie sich hielt.

Als sie einmal begonnen hatte, flossen die Informationen nur so aus ihr heraus. Ihr Bericht, von Tarnes Nachfragen unterbrochen, ergab ein deutliches Bild des Verunglückten. Ihr Freund und sie waren drei Jahre zusammen. Niklas Rost war gelernter Einzelhandelskaufmann und hatte sich unzufrieden mit seinem Beruf in verschiedenen Jobs versucht, unter anderem hatte er als Chauffeur gearbeitet oder als Dozent auf selbständiger Basis im Webdesign. Aufgrund der Vorliebe für alles um den Computer herum hatte er sich zu einer Umschulung entschieden. Die Weiterbildung zum Programmierer besuchte er in Bochum. Als sie ihn kennengelernt hatte, litt er wohl unter Stimmungsschwankungen, hatte ihrer Aussage nach etwas Selbstzerstörerisches. Doch selbst in den dunkelsten Zeiten hätte es immer einen Hoffnungsschimmer gegeben. Sie hätten sich gegenseitig motiviert, und seit er in der Weiterbildung sei, sei es nur bergauf gegangen. Sein Vater sei ein Erfolgsmensch, der sich vom kleinen Schlosser zum Aufsichtsrat hochgearbeitet hätte. Die Mutter, Hausfrau, habe in der Familie ihren Teil erledigt. Es sei eine perfekte Familie gewesen. Ihrer Meinung nach idealisiere er sein Elternhaus. Der Bruder sei zwei Jahre älter, er selbst habe sich immer als der Kleine gesehen, war aber wohl so etwas wie Vaters Liebling. In der Schule wäre er immer der Lustigste gewesen, wollte im Mittelpunkt stehen, habe sich aber wohl eher zu den schrägen Typen hingezogen gefühlt.

„Er hat immer gesagt, eigentlich fände er sein Elternhaus zu langweilig und das, was die sich an Leistung von ihm vorstellen würden, könne er sowieso nicht erfüllen", sagte Annika Ludwig.

„Gibt es denn irgendetwas Auffälliges? Etwas, weshalb Sie sich vorstellen könnten, dass es jemand auf ihn abgesehen hätte?"

„Also, er trinkt …"

„Ja?"

„So zwei bis drei Flaschen Bier am Tag. Ich fand das nicht so toll. Außerdem kiffte er auch fast täglich und …", sie stockte und errötete.

Tarne wartete. Aus Erfahrung wusste er, man musste Geduld haben. Wenn jemand einmal so weit war, würde auch noch der Rest kommen.

„Als wir uns kennenlernten, spielte Kokain noch eine Rolle. Dann aber nur noch Marihuana." Wieder Pause, als wenn sie wartete, wie Tarne das auffassen würde. Als keine Reaktion kam, die sie hätte verschrecken können, fuhr sie fort:

„Sex ist ihm – uns – sehr wichtig. So eher sado-maso. Sie verstehen? Zeitweise hat er davon gesponnen, ein Domina-Studio aufzumachen." Wie um sich selbst zu beruhigen, kam dann: „Aber wir haben uns gut verstanden. Es war alles in Ordnung. Wir haben uns hervorragend ergänzt."

„Danke für Ihre Offenheit, Frau Ludwig. Das hilft, sich ein Bild zu machen und vielleicht Ansatzpunkte zu finden. Wie ist es mit Ihnen selbst? Was sollte ich über Sie wissen? Was gibt es bei Ihnen, das uns einen Hinweis geben könnte?"

„Ich war von Beruf Erzieherin, habe phasenweise in der Altenpflege ausgeholfen, mich dann entschieden zu studieren. Sozialpädagogik. Aktuell keinen festen Job. Meine Mutter ist Deutsche, mein Vater Spanier, er war als Gastarbeiter hier. Sie sind getrennt, ich besuche ihn manchmal in Barcelona. Er ist Elektriker. Meine Mutter hat nie gearbeitet. Ich habe zwei Brüder und eine Schwester."

„Drogen?"

Sie zögerte. Dann kam ein langgezogenes „Jaaa. Auch schon ein bisschen." Sie hielt den Kopf schief, der Mundwinkel verzog sich zu einem Lächeln und ihre Blickrichtung verschob sich in Richtung Fußboden. „Nicht ständig. Eher so zwischendurch schon mal."

„Irgendwelche größeren Aktionen, wo es um Drogen geht? Hatte Ihr Freund etwas in der Richtung vor?"

„Nein, wir haben zusammen gekifft. Ich fand eher, dass es ein wenig zu viel war. Eigentlich haben Niklas und ich, seit wir uns kannten, alles reduziert. Wir hatten uns gegenseitig Hoffnung gemacht auf eine bessere Zukunft."

„Hatte er Feinde? Fühlte sich jemand von ihm auf die Füße getreten? Rache, hat er irgendetwas getan? Eifersucht? Hat er jemanden betrogen … der ihn so hasst, dass … Denken Sie nach!"

„Freunde, Bekannte, die wir hatten, alles normal. Waren sowieso nicht so viele."

„Beruflich? Ein Projekt, das jemandem nicht gefallen hat? Etwas Größeres, das ein Grund dafür sein kann, ihn aus dem Weg zu räumen?"

Sie schüttelte zweifelnd den Kopf.

„Obwohl..." kurze Pause, „Wir hatten vor, eine Gastwirtschaft zu übernehmen. Das war das größte Projekt. Darauf haben wir alles gesetzt. Sozusagen."

„Klingt nicht wie ein Grund für einen Mord. Ein Motiv ist oft Geld. Erwarten Sie größere Summen? Eine Erbschaft?"

„Verstehe ich nicht."

„Ich meine, wenn er nicht mehr da ist, würde dann ein anderer einen Vorteil haben, zum Beispiel durch eine Erbschaft oder so etwas? Bei dem Motiv *Erbschaft:* Könnte er der Einzige sein, der einem Erbe im Weg stünde?"

„Ach so." Sie überlegte, „nicht, dass ich wüsste. Sein Vater wollte die Gastwirtschaft finanzieren, ja. Anschubfinanzierung nannte er es. Der freute sich, dass Niklas etwas unternahm und nicht mehr nur abhing. Aber so viel war es nicht und wer hätte davon etwas? Wer würde so etwas tun?"

„Neidische Familienmitglieder, die sich zu kurz gekommen fühlen?"

„Nein. Sein Bruder ist selbst viel erfolgreicher als er. Der würde ihn eher auch finanziell unterstützen. Für die paar Kröten? Ich wüsste keinen."

„Was ist mit dem Sexbereich? Kontakte, in denen Eifersucht eine Rolle spielen könnte?" Sie errötete wieder, schüttelte den Kopf.

Tarne nickte und dachte einen Augenblick nach. „Kommissar Hesse meinte, Sie seien sich so sicher gewesen, dass das nicht nur ein Unfall gewesen sei. Klären wir doch noch einmal grundsätzlich etwas. Was macht Sie so sicher, dass es nicht doch nur ein einfacher Unfall war? Wenn Sie noch einmal in sich gehen, wie kommen Sie darauf? Lassen Sie sich ruhig Zeit. Manchmal fällt einem doch noch etwas ein."

Tarne konnte sehen, wie die Zahnräder in ihrem hübschen Kopf arbeiteten.

„Ich weiß es einfach. So glauben Sie mir doch. Ich fühle das, als wenn er zu mir spräche.

So, wie er Motorrad fahren konnte, ist das völlig unmöglich."

Aus ihren Worten sprach eine Überzeugungskraft wie Tarne sie selten erlebt hatte. Dann zögerte sie, begann erneut, diesmal mit vielen Unterbrechungen.

„Wenn ich so zurückdenke … das mit den vielen Drogen … das hat mir von Anfang an nicht so gefallen, aber … als ich ihn kennenlernte, da hatte ich immer so das Gefühl, er verstecke sich, laufe vor etwas davon. Außerdem … das mit dem Sex …" Sie errötete wieder, „… ich fand das für meinen Geschmack schon etwas zu übertrieben, wissen Sie? Aber das ist alles viel besser geworden, seit wir uns gefunden haben und jetzt so viel Pläne für die Zukunft hatten."

„Dieses *Verstecken*, wie Sie es nennen, kann das heißen, es ist irgendein früheres Projekt, etwas aus der Vergangenheit, bevor Sie sich kennengelernt hatten, das noch offen war?"

„Kann sein. Es stimmt schon, Niklas hat mal gesagt, er könne mir beim besten Willen nicht alles aus seiner Vergangenheit erzählen. Aber er würde dafür sorgen, dass uns das nicht einhole."

„Eine Vermutung, um was es dabei gehen könnte?"

„Nein. Ich wollte da auch nicht in ihn dringen. Es lief so gut bei uns. Ich wollte das nicht gefährden durch mein Misstrauen."

Tarne strich sich gedankenverloren mit zwei Fingern über die Stirn.

„Okay, nehmen wir das an", sinnierte er laut, „aber ohne Ansatzpunkt kommen wir nicht weiter. Wenn wir davon ausgehen, dass der Täter einfach ein Psychopath ist, der sich nach Zufall jemanden herausgreift, wo sollten wir dann einhaken?"

Sie schaute ihn mit weit aufgerissenen Augen an.

„Wie meinen Sie das?"

„Jemand, der sein Opfer durch Zufall aus dem Telefonbuch auswählt oder nach dem Motto, heute nehme ich den zehnten, der mir über den Weg läuft. Ein Mensch, der tötet, weil es ihm Spaß macht oder um sich zu zeigen, dass er es kann. Ich will Ihnen nichts vormachen. Aber ich sehe in diesem Fall nicht wirklich eine Chance."

„Versuchen Sie es bitte weiter!" Tränen kullerten aus weit aufgerissenen Augen. Heulen. Schniefen.

„Die Behörde hat mehr Möglichkeiten zur Verfügung."

„Aber die tun nichts. Sehen Sie doch, jetzt haben Sie die Reifenstücke gefunden und die Polizei bewegt sich immer noch nicht."

Sie holte tief Luft und schob ein herzerweichendes „Bitte!" hinterher.

Tarne kam sich schäbig vor, beschloss aber, noch einmal alles zu durchdenken, einen letzten

Versuch zu unternehmen, und beruhigte sein Gewissen, indem er sich vornahm, auf sein übliches Honorar zu verzichten, wenn er kein Ergebnis liefern konnte.

Tarne war früh schlafen gegangen, hatte sich aber lange ärgerlich herumgewälzt in Gedanken daran, wie sein Freund Hesse ihn so falsch hatte sehen können.

Am anderen Morgen, nach einem ausgiebigen Frühstück mit Eiern und Speck, beschloss er, noch einmal den Tatort abzusuchen und den Tathergang, wie er ihn vermutete, zu rekonstruieren. Diesmal näherte er sich der Autobahn über die Felder und blieb in Deckung durch Bäume und Gehölz. Er schaute sich um, von wo der Schuss erfolgt sein konnte. Er kraxelte den Hügel hoch, wand sich durch das Gebüsch, bis er die vorbeifahrenden Fahrzeuge sehen konnte, vor denen er aber verborgen blieb. Hier schlich er sich gebückt parallel zur Fahrbahn auf die Ausfahrt zu. Immer wieder kniete er sich hin, um die ideale Schusslinie zu finden. Es musste nah an der Fahrbahn sein, er musste unsichtbar bleiben und trotzdem zwischen den Zweigen und Ästen ein freies Schussfeld haben. So stellte er es sich vor, so müsste der Täter vorgegangen sein. Dann fand er den Platz. Gar nicht weit vor der Ausfahrt. Fußspuren vom Hügel hoch. Hier war jemand hochgeklettert – ebenso wie er vor wenigen Minuten weiter hinten. Er folgte den Spuren, leicht versetzt, um die Fährte nicht zu zerstören, und fand einen Platz, an dem die Abdrücke zeigten, dass hier jemand auf dem Bauch gelegen haben konnte. Sogar die Vertiefungen des Ständers, auf dem das Gewehr aufgelegen hatte, waren zu erkennen. Na also. Er hatte es doch gewusst. Verdreckt wie er war setzte er sich daneben auf die Erde, versuchte den Lehm und die Erde mit einem abgeknickten Zweig von seinen Schuhen zu streichen, zog aber mit der anderen Hand bereits sein Handy heraus, um Hesse zu informieren. Jetzt musste der doch ein Einsehen haben!

„Ich hab dir doch gesagt, du sollst dich heraushalten", sagte Hesse sofort, offensichtlich hatte er Tarne auf dem Display erkannt. „Na komm, lass hören!"

„Ich bin hier an der A40 und jetzt kann ich dir meine Theorie beweisen. Hier gibt es Spuren, die das eindeutig belegen."
Nachdem Tarne die näheren Umstände erklärt hatte, gab Hesse nach und versprach, die Spurensicherung zu schicken.

„Ich habe mir Gedanken gemacht", begann Tarne erneut.
Hesse stöhnte und fragte:

„Hast du irgendwelche Gründe für Mord gefunden?

„Nein."

„Persönlichkeit des Opfers?"

„Nichts."

„Persönlichkeit der Frau, Vorteile, die sie dadurch hat. Wollte sie ihn loswerden? War sie es selbst? Gab es eine Lebensversicherungen zu ihren Gunsten?"

„Nein. Warum sollte sie mich dann beauftragen?"

„Wollte sie ihn verlassen?"

„Nein, gehe ich nicht von aus."

„Hatte er eine Lebensversicherung zu Gunsten einer früheren Ehefrau?"

„Er war noch nie verheiratet."

„… früheren Freundin? Bevor er die Versicherung ändern konnte? Was machen wir hier bei der Polizeiarbeit? Das weißt du doch. Zuerst: niedere Beweggründe."

„Was soll man darunter verstehen?" Tarne beantwortete sich diese Frage selbst: „sich einen Vorteil verschaffen, Geld, Position, Macht, ist es das?"

„Genau", bestätigte Hesse, „steht er jemandem im Weg? Bei irgendetwas? Wusste er etwas über jemanden? Hat er jemanden erpresst? Oder geht es darum, einen Zeugen loszuwerden? Hat er irgendetwas gesehen, was gefährlich sein könnte? War sich vielleicht der Tragweite seiner Entdeckung nicht bewusst?" Die Leitung war einen Moment ruhig. Beide dachten nach.

„Unabhängig von den Motiven", begann Hesse wieder, „wenn es ein Auftrag war, wer beauftragt wen? Wem war er so wichtig, dass eine Ermordung angeordnet wurde? Wobei war er im Weg? Wie kam der Kontakt zustande? Hast du daran gedacht?"

„Natürlich", Tarne fasste seine Gedanken zusammen: „aus meiner Sicht gibt es zwei Möglichkeiten. Erstens, es war ein Auftrag, dann sind diese Fragen relevant, oder zweitens, es war ein Psychopath, der aus Lust, Machtgefühl sich ein zufälliges Opfer sucht. Nur um sich zu beweisen, dass er das kann."

„Im ersten Fall müssen wir das Motiv finden. Wie du sagst, hast du die persönlichen Umstände der Beteiligten untersucht, kein Motiv gefunden. Sonst könnten wir denjenigen, der etwas davon hat, zumindest ins Verhör nehmen", sagte Hesse.

„Im zweiten Fall", sagte Tarne, „wenn überhaupt denkbar, sind wir auf Zufall angewiesen. Gibt es Hinweise in der Umgebung der Tat? Hat dort jemand etwas gesehen oder gehört, in irgendeiner Form mitbekommen?"
Hesse lachte.

„Erst soll ich dir bei deiner Arbeit helfen und jetzt willst du Infos von unseren Ermittlungen abgreifen?"

„Ja, schon. Habt ihr dort einen braven Bürger gefunden, der etwas beobachtet hat? Diese Leute, die auf ihren Beobachtungsposten sitzen und über die Nachbarn genauestens Bescheid wissen, die gibt es doch sonst auch überall?

„Da wohnt doch gar keiner. Außerdem haben wir nicht so viele Mitarbeiter, um so fantasievollen Ideen nachzugehen. Das ist doch so eine Art Niemandsland, zwischen den Städten. Es wäre schon ein außerordentlicher Zufall, wenn dort jemand, vielleicht im Vorbeifahren, etwas gesehen hätte. In der Gegend, aus der vermutlich der Schuss abgegeben wurde, hat es zur Tatzeit keine Lärmbelästigung oder irgendetwas Auffälliges gegeben. Bei uns liegt nichts vor. Nichts. Rein gar nichts."

Tarne kam eine neue Idee.

„Ist in Deutschland registriert, wer für einen so exakten Schuss in Frage käme? Gibt es so etwas? Also, ich spinne mal herum, so als Zusatzverdienst eines GSG9-Mannes oder so? Das muss ja schon ein Könner sein. Ein fahrendes Motorrad, im Dunklen, den Reifen zu treffen? Mannomann!"

„Du meinst, eine Datei, in der die besten Scharfschützen verzeichnet sind? Nicht zu ermitteln. Sind zu viele."

„Also, es bleibt ein Rätsel. Wer war denn der Typ? Schießt der nur aus Spaß oder war er beauftragt?"

Tarne wollte ihre Freundschaft nicht weiter strapazieren. Aber ihm kam wieder eine Idee.

Teil III

Frohnhausen, Grenze Mülheim, ein Ladenlokal, in dem ein Bentley Coupé, ein Maserati und zwei größere Mercedes in AMG-Ausführung standen. Auf der Straße waren weitere abgemeldete Luxuskarossen verteilt. Normalerweise wären die Nachbarn gegen das Besetzen ihrer Parkplätze vorgegangen. Bei den Kaiser-Brüdern, die hier residierten, würde sich keiner wagen, etwas zu sagen. Offiziell machten sie Versicherungen und in Gebrauchtwagen. Dahinter dominierten sie den Bereich der Prostitution. Man munkelte, dass auch Drogen und Waffen zu ihren Geschäftsfeldern gehörten.

Tarne stellte seinen Wagen gut sichtbar gegenüber der Ladenfront ab. Ließ sich Zeit, sein Fahrzeug zu schließen, und ging langsam über die Straße auf den Eingang zu. Er ließ dabei seine Arme herunterhängen, die Hände sichtbar. Langsam und vorsichtig schob er die Glastür auf.

„Alles richtig gemacht, Junge", sagte der Wortführer der beiden bulligen Typen, die ihn an der Tür in Empfang nahmen. Einer lehnte lässig an der Wand, der andere stieß Tarne mit übertriebener Gewalt vor sich her, dirigierte ihn um die eigene Achse und drückte ihn gegen die zugefallene Eingangstür.

„Hände an die Tür, Beine zurück", sagte er und hakte seinen Fuß vor Tarnes Schienbein, zog seine Beine zurück und tastete ihn ab.

Tarne kam nicht in Feindschaft, ließ das also über sich ergehen. Er konnte sich aber eine Bemerkung nicht abkneifen:

„Locker, Jungs. Ich werde noch gebraucht."

Keiner der beiden hielt es für notwendig, darauf zu antworten. Unvorsichtig von dem Typen, ihn so nahe an sich heran zu lassen. Wenn Tarne es darauf angelegt hätte, wäre es ihm ohne Weiteres möglich gewesen, die beiden zu überwältigen. Aber er war nicht hier, um Leo Kaisers Bodyguards auf ihre Tauglichkeit zu überprüfen. Vielleicht zu einem anderen Zeitpunkt, da konnte ihm dieses Wissen einmal von Nutzen sein. Heute sollte Kaiser sich in Sicherheit wiegen.

Leo Kaiser war normalerweise nicht der Typ, zu dem man einfach vorgelassen wurde. Bei dem vorausgegangenen Telefonanruf hatte Tarne sich vergewissert, dass Kaiser sich an eine frühere Begegnung erinnerte, in der er Tarne zugesichert hatte, sich einmal zu revanchieren. Tarne hatte seinerzeit in Kaisers Gegenwart einen Speedjunkie erschossen, der Kaiser in miesester Art und Weise beleidigt hatte. Vorhin am Telefon hatte Kaiser sich sogar erfreut gezeigt, von Tarne zu hören. Tarne war gespannt, inwie-

weit jetzt auf Leo Kaisers Aussagen auf das Zu-
gesagte, *er hätte etwas gut bei ihm*, Verlass war.
„Euer Chef erwartet mich."
Sie sagten nichts. Tasteten ihn ab und winkten
ihn durch, als sie ihn für sauber befanden. Er
wurde zum Chef vorgelassen.

Leo Kaisers Bruder Reinhard war auch da, saß
am Tisch und schaute von den Papieren auf, in
denen er herumgewühlt hatte. Tarne wunderte
sich, er hatte tatsächlich eine Brille auf. Sah älter
und verbrauchter aus als sein Bruder. Eher eine
Art graue Eminenz. Er war derjenige, der im
Hintergrund die formale Organisation regelte,
Bücher führte, Verträge schrieb, wohingegen
Leo als Aushängeschild auftrat und ihm diese
Rolle auch viel besser gefiel. Von Leo Kaiser
wusste Tarne, dass er ohne Bedenken sehr brutal
vorgehen konnte. Obwohl er seinen Bruder nach
außen hin nicht so ernst zu nehmen schien, waren die beiden als Team wie zusammen-
geschweißt.
Leo Kaiser nickte mit einem Blick, der seine
Vermutung ausdrückte, dass Tarne kam, um
eine Schuld einzufordern.
„So sieht man sich wieder."
Als er sich erhob, um Tarne mit einem Hände-
druck zu begrüßen, wirkte alles um ihn herum
plötzlich so klein wie eine Puppenstube. Mit einer weiteren Kopfbewegung bedeutete er seinen

Wächtern, dass sie nicht gebraucht wurden. Die beiden bulligen Gestalten verließen den Raum.

Leo Kaiser strich seine blonde Mähne, die einem Löwen alle Ehre machte, zurück. Es wirkte, als wenn er sich vorsehen müsste, nicht an die Zimmerdecke zu stoßen.

„Was verschafft mir die Ehre?"

Sie tauschten ein paar Freundlichkeiten aus, dann erklärte Tarne den Hintergrund seines Besuches.

„Es gibt einen Killer, aus Rumänien."

Nach einer langen Pause, in der er vermutlich überlegt hatte, wie viel er Tarne anvertrauen durfte, sagte er: „ein Killer, der zu einem solchen Schuss fähig ist. Das ist der Einzige, der mir einfällt. Der wird kurzfristig eingeflogen und verschwindet danach sofort wieder."

„Wie bekommt man Kontakt zu ihm?"

Reinhard Kaiser schaute über den Rand seiner Brille zu Leo, der den Blick erwiderte.

Tarne meinte in diesem Austausch eine stille Übereinkunft zwischen den Brüdern zu erkennen, ein Abwägen: Wie viel können wir ihm anvertrauen?

„Zwei Bedingungen stelle ich."

Tarne nickte.

„Keiner erfährt, von wem die Information ist, und wir sind quitt und ich sehe dich nie mehr wieder in meinem Umfeld. Ist das klar?"

Tarne stimmte zu.

Reinhard Kaiser senkte sein Haupt und sein Bruder sprach:

„Vermittler ist ein Anwalt aus einer Kanzlei auf der Kö", sagte Leo Kaiser, „und tschüss!"

Als Tarne die vierunddreißig Kilometer nach Düsseldorf über die A52 brauste, ging ihm der alte Spruch aus dem *Playboy* durch den Kopf, *das Beste am Essener Nachtleben ist die Autobahnauffahrt nach Düsseldorf.* Daran hatte sich einiges geändert. Seiner Meinung nach passte das heute nicht mehr. Er ließ seinen Wagen im Parkhaus unter einem der Hotels auf der Kö zurück und betrat den schmalen, mit Marmor, Glas und Stahl verkleideten Eingang, der mit einer Spiegelwand versuchte, imposanter zu erscheinen als er war. Rechtsanwalt Hartmuth Kalkhoffs Kanzlei befand sich in der dritten Etage. Eine Empfangsdame im Vorraum war für vier Unternehmen auf dieser Ebene tätig. Zwischen der Annahme verschiedener Gespräche über Headset für eine Import-Export-Firma und Terminvereinbarungen für den Schönheitschirurgen klimperte sie mit ihren extrem langen Wimpern und stellte die Frage:

„Haben Sie einen Termin?"
Tarne wunderte sich, wie sie es schaffte, sich gleichzeitig ihre blonden Locken aus der Stirn zu schieben und mit ihren langen unterschied-

lich lackierten glitzernden Fingernägeln die Tastatur zu bedienen.

„Nein. Aber er wird mich sehen wollen. Entweder mich oder die Polizei."

„Dann nehmen Sie einen Moment im Wartebereich Platz. Ich frage nach."

Tarne bemerkte, wie diese zurechtgemachte Titelbildschönheit ihn trotz seines zerknautschten Anzugs taxierte. Er strahlte wohl viel Energie und Tatandrang aus. Er grinste sie an.

Hochglanzmagazine lagen für die Wartenden auf Beistelltischen aus durchsichtigem Plexiglas bereit. Zwei gestylte Schönheiten unterhielten sich darüber, dass die eine die Form ihrer Waden dem momentan aktuellen Schönheitsideal in einer Operation bei dem ach so hippen und süßen Doktor anpassen lassen wollte.

Nach einigen Minuten erhob die Telefonistin ihren blonden Schopf über die Theke.

„Er empfängt Sie jetzt. Die zweite Tür dort rechts."

Tarne lächelte und winkte ein Dankeschön, als sie schon wieder ihr Sprüchlein für einen neuen Anruf aufsagte.

Er klopfte und betrat, ohne eine Antwort abzuwarten, das Büro. Ein Schreibtisch, dessen Platte so groß war, dass darauf Tischtennismeisterschaften ausgetragen werden konnten, dominierte eine Seite des Raumes. Eine eingebaute Bücherwand, eine lederne Sitzecke und auf der anderen Seite ein Konferenztisch. Die vierte

Raumseite nahm vollständig die Fensterfront zur Kö ein. Das Ganze war darauf ausgerichtet zu beeindrucken, verfehlte aber seine Wirkung, wie Tarne befand, da sofort klar war, dass es sich nur um ein Ein-Mann-Unternehmen handelte und der Anwalt hinter dem Schreibtisch einen eher mickrigen, ungepflegten Eindruck hinterließ. Graue kurze Locken, zurückweichender Haaransatz, der Frisör war längst überfällig. Selbst von seinem Standort aus sah Tarne auf Anhieb, dass die Brille, ein metallglänzendes Kassengestell, verschmiert war. Auch der blaukarierte Anzug hätte einer Reinigung bedurft. Daran konnte auch das Einstecktuch nichts ändern.

Keinerlei Akten waren sichtbar. Auf der riesigen Arbeitsfläche herrschte gähnende Leere, bis auf zwei Notebooks und vier Handys, die recht voluminös wirkten. Tarne erkannte, dass es sich um Modelle handelte, die sich nicht abhören und nicht orten ließen.

Rechtsanwalt Hartmuth Kalkhoff nahm die Brille ab, hielt sie an einem der Bügel und lehnte sich erwartungsvoll zurück.

„Ich nehme mir die Freiheit", sagte Tarne, rückte sich einen der Ledersessel für Besucher zurecht und setzte sich.

„Zwischen Essen und Bochum ist ein Motorradfahrer tödlich verunglückt."

„Das las ich in der Zeitung", sagte Rechtsanwalt Kalkhoff.

„Nicht darin stand, dass der Unfall, wenn man es so nennen will, durch einen geplatzten Reifen ausgelöst wurde."

„Und?"

„Ursache war ein sehr gut gezielter Schuss."

„Das stand nicht in der Zeitung."

„Richtig. Aber die Untersuchung läuft."

„Was habe ich damit zu tun?"

„Sagen Sie es mir!"

Der Anwalt zuckte mit den Schultern.

„Soweit ich informiert bin, vermitteln Sie Kontakte zu entsprechenden Spezialisten", fuhr Tarne fort.

Kalkhoff zog eine Schublade auf und putzte seine Brille. War ihm aufgefallen, dass sie dreckig war, oder wurde er nervös? Er ließ sich Zeit dabei, verstaute das Tuch anschließend wieder im Schreibtisch und schaute dann hoch.

„Woher haben Sie so einen Schwachsinn?"

„Das spielt keine Rolle. Sagen Sie mir einfach, wer der Auftraggeber war."

Kalkhoff setzte seine Brille wieder auf. „Ich denke, Sie gehen jetzt besser."

„Sonst was?"

„Es gibt nichts zwischen uns zu besprechen und so einen absurden Quatsch höre ich mir nicht an."

Tarne erhob sich, warf Kalkhoff noch einen Blick zu, verließ den Raum und schloss demonstrativ langsam sie Tür. Etwas anderes hatte er auch nicht erwartet.

Genau das hatte er mit seiner Vorgehensweise, seiner Provokation beabsichtigt.

Vor der Tür steuerte er auf die junge Lady zu, die weiter zwischen ihren verschiedenen Anrufern hin und her switchte, und lachte sie an.

Trotz ihrer Beschäftigung nahm sie sich Zeit, ihn ebenfalls mit einem Lächeln und einem Klimpern ihrer langen Wimpern zu beglücken.

„Kann ich noch etwas für Sie tun? Einen Termin für das nächste Mal?"

„Wann haben Sie Feierabend?"

Sie schien nicht abgeneigt zu sein, wurde rot und suchte nach einer passenden Antwort, zu der sie aber nicht kam.

„Oh verdammt, ich habe etwas vergessen", sagte Tarne und eilte schnellen Schrittes zurück, riss die Tür des Anwaltsbüros auf, stürmte hindurch und schlug sie hinter sich wieder zu. Rechtsanwalt Hartmuth Kalkhoff schaute erschreckt auf. Das Handy, das er an sein Ohr hielt, fiel ihm fast aus der Hand.

„Was …?"

Weiter kam er nicht, da stand Tarne bereits neben ihm und entriss ihm das Handy. Ziffer für Ziffer prägte er sich die Rufnummer ein.

Der Alte schrie und keifte:

218

„Was erlauben Sie sich? Geben Sie das Handy wieder her!", und lauter, um die andere Seite der Verbindung zu warnen: „Er hat das Handy, sagen Sie nichts!"

Tarne hielt Kalkhoff mit der linken Hand den Mund zu und drückte ihn zurück, dass der Sessel in seinen Federn quietschte. Den Zeigefinger der anderen Hand, in der er das Handy hielt, spreizte er ab und legte ihn auf den eigenen Mund, um ein Schweigen anzudeuten. Dann führte er das Handy an sein Ohr und lauschte. Die Verbindung stand noch. Ein Atmen verriet ihm, dass sich noch jemand an der an der anderen Seite befand. Erst nach ein paar Sekunden klickte es. Tarne warf das Handy auf den Tisch und verließ das Büro endgültig.

Als er erneut bei der Blondine vorbeikam, schob sie ihm einen Zettel über den Counter zu.

Tarne winkte freudig lachend ab:

„Ein andermal, ich melde mich."

Ihm war klar, dass er mit der Handynummer nichts erreicht hatte, da die SIM-Karte in diesem Moment sicher schon vernichtet war. Aber er hatte im ersten Moment, als er die Tür wieder aufgerissen hatte, einen Namen gehört. Wenn seine Wahrnehmung richtig gewesen war, hatte er diesen Namen bereits vor ein paar Tagen in der WAZ gelesen.

Teil IV

Tarne nahm die Abfahrt Essen-Süd von der A52, als sein Handy schellte. Er nahm die Verbindung über die Freisprecheinrichtung an. Es war Annika Ludwig.

„Ich habe etwas rausgekriegt." Sie wirkte aufgeregt, hektisch, war kaum zu verstehen.

„Beruhigen Sie sich erst einmal. Hallo? Durchatmen. Jetzt das Ganze noch mal zum Mitschreiben. Also?"

„Der Kurt, das ist ein Freund von uns, der sollte bei uns mit einsteigen, für die Küche, wenn wir den Laden aufmachen, sagt, er hätte gehört, wie der jetzige Inhaber sich mit einem Kollegen unterhalten habe, das sei ein Russe, Makarow oder so ähnlich –"

„Timur Makarowitsch Nowikow!"

„Ja genau. Woher wissen Sie?"
Tarne strich sich mit zwei Fingern über die Stirn, eine Geste, die ihn bei Stress beruhigte.

„Später. Das ist eine lange Geschichte."

„Auch egal. Ich stehe hier vor der Tür. Ich gehe da jetzt rein. Diese Schweine."

„Nein, nicht! Warten Sie draußen. Ich komme zu Ihnen. Ich gehe mit Ihnen hinein und wir klären das zusammen."

„Die übernehmen jetzt unseren Laden, bauen den um."

„Das sind gefährliche Leute. Das muss Ihnen doch klar sein. Schließlich vermuten Sie, dass die Ihren Freund haben umbringen lassen?"

„Keine Sorge, ich bin bewaffnet."

Das konnte doch nicht wahr sein.

„Wie kommen Sie an eine Waffe?"

„Niklas hatte immer einen Revolver in einer Stahlkassette. Er sagte, zur Sicherheit, man wüsste ja nie. Er hat mir gezeigt, wie man damit umgeht. In einem alten Steinbruch bei Ratingen."

„Lassen Sie das! Das ist zu gefährlich. Ich komme zu Ihnen und dann sehen wir zusammen weiter."

Aber die Leitung war schon tot. Sie hatte wohl mehr drauf als Tarne gedacht hatte, und sie war nicht aufgeregt, sondern wütend.

Ohne die Geschwindigkeit zu verringern, bretterte Tarne über die Ampel am Ende der Abfahrt. Einen kurzen Moment hob er ab und landete unsanft auf der Richard-Wagner-Straße. So schnell war Tarne noch nie in Richtung Innenstadt gedonnert, Helbingstraße unter der Eisenbahnbrücke, unter dem City Center hindurch, Schützenbahn entlang, dann Viehofer Platz links, am Nord vorbei. Links an der Ampel in die verkehrsberuhigte Zone auf den Weberplatz zu. Tarne sprang aus seinem Wagen, quer vor dem Eingang des Gastronomiebetriebes, die Fahrertür blieb offen. Nach drei Metern stoppte er. Die Stühle und Tische des Biergartens waren aufeinandergestapelt und mit Stahldraht und Vorhängeschloss gesichert. Die Glasfront, sonst offen, war von innen mit Rigipsplatten zugestellt, Baumaterial lag überall herum. Tarne erspähte die Glastür, stolperte über Zementsäcke und zog an dem silbernen Bügel, der als Griff diente.

Die Tür ließ sich gerade so weit öffnen, dass er hindurchschlüpfen konnte. Seine Augen benötigten einen Augenblick, um sich an das schummerige Licht zu gewöhnen. Wie eine Halle erstreckte sich das Innere bis zu einer spärlich erleuchteten Theke im Hintergrund. Bis auf einige der Gartenstühle aus dem Außenbereich, die zu einem lockeren Kreis geordnet waren, Holzbalken, Bretter und eine Werkbank war alles leer. Die Handwerker waren ausgeflogen, der Boden zu einem Viertel mit neuen Fliesen belegt, die passenden Pakete mit Mörtel und Fugenfüller lagen herum. Auf einem der Sitze hockte Annika Ludwig, die Füße auf der Sitzfläche, die Beine angezogen und mit ihren Armen umfasst, als wenn sie sich nur so noch halten konnte – das Gesicht zwischen den Knien begraben. Ein Häufchen Elend, das unter Schluchzen zitterte.

Tarne stürzte auf sie zu.

„Was haben Sie sich nur dabei gedacht? Sie können doch hier nicht einfach so eindringen."

Als seine Augen sich an die Dunkelheit gewöhnt hatten, erkannte er, dass neben ihr noch jemand saß, und eine Bewegung im Hintergrund verriet ihm, dass sich dort eine dritte Person aufhielt.

Er sah noch mehr. Vor der Theke lag ein Bündel auf dem Boden, das Tarne bei genauerem Hinsehen als Mensch identifizierte. Den Weg zum Stuhlkreis blockierte ein wie zum Schlafen auf dem Boden hingestreckter Mann in einer Blutlache, die rechte Hand umklammerte selbst im Tod noch eine Automatik. Tarne identifizierte sie als *Udav* mit dem neu entwickelten Kaliber 9 mm x 21, das sogar Schutzwesten durchschlagen sollte. Sieh mal einer an, die schienen nur das Beste und Neueste an Ausrüstung zu haben!

„Man muss sie nicht anfassen, um zu wissen, dass sie bereits kalt werden", sagte der Mann, der zwei Stühle neben Annika Ludwig saß. Lässig ausgestreckt, eine Zigarre in der Hand. Er machte eine Pause, schaute Tarne an, um sich dessen ganze Aufmerksamkeit zu sichern, und fuhr dann fort:

„Sind Sie der, der nur Tarne genannt wird?"

Tarne nickte.

„Mein Name ist Nowikow, Timur Makarowitsch Nowikow."

„Ich habe von Ihnen gehört."

Diese Worte lösten ein dröhnendes Lachen aus.

„Siehst du Pjotr, mein Ruf eilt mir voraus."

Aus dem Hintergrund erklang ein respektvolles Lachen.

Jetzt professionell bleiben, dachte Tarne. In unüberschaubaren Situationen war eine seiner wichtigsten Regeln: Nichts tun, wenn es nicht absolut notwendig ist.

„Mein lieber junger Freund, setzen Sie sich doch zu uns."

„Ich bleibe lieber stehen."

„Ganz wie Sie wollen."

Nowikow hatte den Körperbau eines Bullen. Seine ehemals schwarzen Haare, inzwischen grau durchzogen, an den Seiten bis auf die Kopfhaut rasiert, stachen nur obendrauf etwas länger und wild in der Gegend hervor. Eine enorme Nase mit passenden Nasenlöchern zierte sein Gesicht. Den Kopf hielt er leicht, den Unterkiefer noch mehr vorgeschoben. Der fleischige Stiernacken verschwand in einem perfekten Maßanzug. Eine Freisprecheinrichtung zierte sein rechtes Ohr. Man traute ihm ohne Weiteres zu, jedes Familienmitglied zu verkaufen, wenn nur der Preis stimmte.

Nowikow zog an seiner Zigarre und vernebelte den Raum.

„Ich glaube, wir haben hier ein kleines Problem", sagte er jovial, als wenn er jemandem auf die Schulter klopfen würde, „unangenehm, sagen wir, ein wenig unangenehm." Er ließ ein Lachen folgen. „Lassen Sie mich raten. Sie waren das am Telefon bei Kalkhoff?"

„Was ist hier passiert?"

Annika hob den Kopf und ließ die Hände sinken. Jetzt sah Tarne die Beule an ihrer linken Schläfe und verschmiertes Blut, das dort heruntergelaufen war.

„Kurt ist tot", stieß sie zwischen ihrem Schluchzen hervor.

„Die Kleine hat sich wie eine Furie aufgeführt. Wir mussten sie beruhigen. Sie hat hier leider einiges angerichtet. Sie wollte mich doch tatsächlich erschießen. Stellen Sie sich das vor, mich!" Nowikow unterstrich seine Rede mit weit ausholenden Armbewegungen, „da hat sich Oleg dazwischengeworfen. Ich bin sehr stolz auf ihn, aber leider weilt er nun nicht mehr unter uns. Das hätten Sie sehen müssen, die ist hier rein, hat geschrien, die Waffe aus der Handtasche gerissen …"

„Und der andere?", fragte Tarne.

„Das ist Kurt." Annika Ludwigs Schluchzen wurde wieder lauter.

„Tja, bedauerlich, der Schuss galt Ihnen, Frau Ludwig, um zu verhindern, dass Sie mich töten." An Tarne gewandt sprach Nowikow weiter: „In dem Handgemenge war es eher Zufall, dass er getroffen wurde. Obwohl er es verdient hatte. Schließlich hat er mich an diese Kleine hier verraten."

„Wie soll ich mir das vorstellen, den Ablauf?"

„Ich erkläre es Ihnen." Nowikow schien es Freude zu bereiten, so genussvoll berichtete er den Hergang: „Die Kleine kam rein, sah uns nicht hier sitzen, sondern lief durch, auf das Licht an der Theke zu, hinter der Kurt hervorkam und in unsere Richtung deutete. Darauf drehte sie sich um, sah mich, fummelte den Revolver aus der Handtasche –", dabei deutete Nowikow mit der Hand, in der er die Zigarre hielt, auf die *Ruger*, *357 Mag* mit kurzem Lauf und sechs Schuss, die auf dem Tisch lag, und zog dabei Rauchschwaden durch die Luft, „und zielte auf mich. Oleg und ich waren aufgestanden und als er sah, dass sie auf mich anlegte, sprang er dazwischen und schoss gleichzeitig auf sie. Der Schuss aus ihrer Waffe, der mir gegolten hatte, streckte Oleg nieder und Oleg traf mit seiner Pistole Kurt, der neben ihr stand. So war es." Er nickte beifällig.

Irgendwie war es mit diesen Typen immer das Gleiche, wenn sie einmal angefangen hatten, hörten sie sich gerne reden. Vielleicht konnte Tarne auch etwas über den Hintergrund erfahren?

„Und warum wollte Frau Ludwig Sie erschießen? Was für einen Grund sollte sie haben?" Tarne bewegte sich während des Gespräches langsam auf die Theke im Hintergrund zu, vor der die Leiche des Küchengehilfen lag und neben der Pjotr stand. Nowikow musste aus seiner Sitzposition nur leicht den Kopf drehen, um ihn im Blick zu behalten. Annika saß so, dass sie ihn beobachten konnte, ohne ihre Sitzhaltung verändern zu müssen.

„Also, Tarne, was wissen Sie?"

„So, wie ich das sehe, haben Sie den Freund dieser Dame, Niklas Rost, sehr professionell beseitigen lassen oder wie immer Sie das nennen. Aber warum?"

„Hört hört. Der junge Mann, um den es hier geht, wollte diesen gastronomischen Betrieb hier übernehmen, aber ich wollte ihn auch. Ist das nicht genug?"

„Und da haben Sie die Rumänische Lösung gewählt."

„Ha ha. Das ist gut. Rumänische Lösung! Früher bezeichnete man die Schwarzarbeit im Baugeschäft als Polnische Lösung, aber Rumänische Lösung, das klingt auch gut." Er lachte. „Das hat mich eine Stange Geld gekostet. Vor allem unauffällig sollte es sein. Verstehen Sie? Un – auf – fäl – lig!" Dabei lief er rot an.

227

Tarne näherte sich wieder einen weiteren Schritt dem Mann im Hintergrund.

Pjotr wirkte auf Tarne nicht wie ein Kämpfer, dazu war er zu fett. Wahrscheinlich war er nur mit der Waffe gut. Aus einem weit offenen, blau gestreiften Seidenhemd schwabbelten seine Brüste hervor. Seine schwarzen Haare waren zu einem Pferdeschwanz zusammengebunden.

Als Tarne an der Theke angekommen war, stieß Pjotr wie auf Kommando einen Fuß unter den Körper der am Boden liegenden Leiche, die Tarne erst nur als Bündel wahrgenommen hatte, und drehte ihn auf den Rücken.

Tarne hockte sich hin und fühlte am Hals nach Kurts Puls. Erwartungsgemäß war da nichts mehr zu spüren.

Pjotr ging einen Schritt zur Seite, lehnte sich mit dem Rücken an die Theke und stützte lässig einen Ellenbogen auf. Die andere Hand blieb unter dem schwarzen Jackett. Die Erfahrung hatte Tarne gelehrt, dass solche Typen gefährlich waren. Sie kannten keine Hemmungen, ihre Waffe zu gebrauchen, um ihre körperliche Schwäche auszugleichen.

„Also haben Sie das auf Ihre Art geregelt", ergänzte Tarne in Richtung zu Nowikow und stand wieder auf, den toten Kurt am Boden zwischen ihm und Pjotr, „nur wegen einer Kneipe? Das kann doch nicht wahr sein?"

„Wenn ich das durchgehen lasse, dass sich mir jemand in den Weg stellt, das ist gefährlich, dann macht das Schule und alle versuchen so etwas. Deshalb kann ich so etwas nicht erlauben. Wo soll das hinführen? Dann habe ich wirklichen Ärger." Nowikow ließ eine dramaturgische Pause entstehen. „Aber Sie haben recht. Es gab da noch etwas anders. Eine alte Rechnung."

Wie Tarne vermutet hatte, würde Nowikow sich jetzt mit seiner Cleverness brüsten.

„Dieser Typ, Niklas Rost, ist vor Längerem durch Zufall an eine Information gekommen, die ihn nichts anging. Wir hatten eine Kooperation mit Vietnamesen, die containerweise Zigaretten ohne Steuerbanderole organisierten. Wir haben die normalerweise übernommen. Aber Rost hat dann einen Container gegen Provision an einen anderen Interessenten vermittelt. Wo der Container hingegangen ist, haben wir nie herausbekommen."

Das, dachte Tarne, sah ganz nach den Kaiser-Brüder aus.

Nowikow fuhr fort:

„Ich konnte so etwas nicht auf mir sitzen lassen. Wegen des Respekts. Zu holen war ja bei Rost nichts. Es ist jetzt etwas länger her, aber damit setzen wir ein Signal. Man hintergeht uns nicht. Irgendwann trifft es den, der das versucht."

„Wenn das Ganze der Abschreckung dienen sollte, warum dann so im Geheimen?"

„Wir wollen hier offiziell mit einem sauberen Gewerbe Fuß fassen. Die, die es angeht, wissen auch so, was dahintersteckt. Es sollte nur auf keinen Fall Aufsehen erregen, keine Aufregung geben, damit die aktuellen Geschäfte nicht beeinträchtigt werden."

Nowikow ließ wieder einen Moment Ruhe einkehren. Tarne spendete ihm nicht den erwarteten Applaus und sprach so gelangweilt wie es ihm möglich war:

„Tja, was machen wir jetzt?"
Der Chef der russischen Mafia im Ruhrgebiet, Timur Makarowitsch Nowikow, lehnte sich zurück und überlegte. Seine Stimme nahm einen Klang von schleimiger einschmeichelnder Intimität an.

„Mir erscheint es wie eine Pattsituation. Sie meinen, Sie wüssten jetzt alles, aber wie wollen Sie mir das je nachweisen? Und das hier? Dieses Schlamassel? Das bringt wohl die junge Frau in arge Schwierigkeiten. Das ist aber auch schon alles."
Er zog wieder an seiner Zigarre und ließ den Rauch entweichen. „Aber wie Sie wissen, will ich jedes Aufsehen vermeiden. Das würde nur dem Geschäft schaden, daher schlage ich vor, Sie gehen einfach und ich lasse das hier beseitigen. Damit ist wohl jedem gedient."

„Und wir müssen uns verpflichten, Verschwiegenheit über das alles hier einzuhalten?"

„Das ist mir doch völlig egal, Tarne. Sie würden doch nur sich und vor allem der Lady schaden." Wieder ließ er sein altbekanntes dröhnendes Lachen hören, dem Pjotrs Echo, neben Tarne, unweigerlich folgte.

Jetzt schlug Nowikows bisher einschmeichelnde, verbindliche Art um und er sprach weiter mit schneidender, befehlsgewohnter Stimme:

„Jetzt nehmen Sie die Schlampe und sorgen Sie dafür, dass sie von hier verschwindet und uns nicht wieder unter die Augen kommt. Wir wischen hinter Ihnen auf. Alles klar?"

Tarne hatte weder den Tisch mit Nowikow und Annika noch Pjotr in der ganzen Zeit aus den Augen gelassen.

Wenn es einen geeigneten Moment gab, etwas zu unternehmen, dann war es jetzt so weit. Er hatte bemerkt, dass Annikas Schluchzen immer weniger wurde und ganz versiegte. Tarne sah, dass sie ihre Beine vorsichtig wieder auf den Fußboden stellte. Je mehr Nowikow sich in seine Geschichte hineingesteigert hatte, umso konzentrierter bereitete sie sich auf ihren Einsatz vor. Sie nutzte die Ablenkung, die Nowikows Enttäuschung und sein darauf folgender Ärger darstellten, und erkannte ihre Chance. Als Nowikow sich zurücklehnte, schnellte sie vor und ergriff die auf dem Tisch liegende *Ruger*.

„Nein", schrie Tarne, „nicht!" Er spürte, wie ihm der Schweiß in die Augenwinkel lief. Sekunden dehnten sich in seiner Wahrnehmung zu Minuten. Seine Blicke rasten zwischen Annika, Nowikow und Pjotr hin und her. Er spürte seine eigene Hilflosigkeit, die Situation nicht beeinflussen zu können.

Pjotr schaute zu Annika und wollte seine Waffe unter der Jacke hervorziehen. Der Sekundenbruchteil, den er nicht auf Tarne achtete, reichte aus. Tarne umfasste den Arm, mit dem Pjotr die Waffe herausziehen wollte, wie mit einem Schraubstock und landete gleichzeitig einen Haken auf dessen Solarplexus. Pjotr war ebenfalls mit einer *Udav* ausgestattet, der neuen Waffe der russischen Streitkräfte. Aber er kam nicht mehr dazu, sie einzusetzen. Sie entglitt seiner Hand, klapperte nutzlos zu Boden. Pjotr knickte nach vorne ein und schnappte nach Luft.

Tarne warf einen Seitenblick auf die Szene, die sich um den Tisch am Eingang des Lokals abspielte. Nowikow saß zurückgelehnt auf seinem Stuhl, beide Hände auf den Lehnen abgestützt, als wenn er sich gerade erheben wollte, Augen und Mund weit geöffnet. Selbst ihm fehlten jetzt die Worte. Er hatte sich wohl zu sicher gefühlt. Selbstgefälligkeit zahlt sich eben nicht aus.

Annika Ludwig stand vor ihm auf der anderen Seite des Tisches, die Beine auseinander, leicht versetzt, die *Ruger* auf Nowikow gerichtet, mit beiden Händen umfasst, wie es Niklas ihr wohl beigebracht hatte.

Tarne nutzte das Vorbeugen des Gegners und rammte Pjotr sein Knie gegen die Nase. Es ertönte ein Knirschen und ein Stöhnen. Pjotr rutschte an der Theke herunter und glitt zu Boden, neben den toten Kurt. Blut sprudelte aus der malträtierten Nase.

Tarne ergriff die Pistole, drehte sich zur Hälfte und stand nun Annika frontal gegenüber. Aber sie benötigte keine Hilfe. Ihre Körperhaltung zeigte, dass sie zu allem entschlossen war. Die Waffe hielt sie auf Nowikow gerichtet. Sie drückte ab, der Rückstoß riss den Revolver aus der Richtung. Der Donner ließ Tarnes Inneres erzittern. Er sah, wie Annika die Waffe neu ausrichtete und erneut abdrückte. Sie zielte noch einmal und schoss. Wieder und wieder. Sie schoss weiter, als auch nur noch ein Klicken erscholl. Rauch quoll aus dem Lauf. Der Schmauchgeruch war beißend. Tarne hatte einen pfeffrigen Geschmack auf der Zunge. Es war für ihn in solchen Augenblicken immer wieder erstaunlich, dass er innerlich völlig ruhig blieb. Fünf Patronen waren in dem sechsschüssigen Revolver übrig gewesen. Sie hatte alle abgefeuert. Er hatte mitgezählt. Sie alle hatten Annika Ludwig unterschätzt.

Langsam ging er zu ihr. Sie betätigte immer noch den Abzug. Wie in Trance. Es klickte und klickte. Bis er seine Hand auf ihre legte und ihr den Revolver abnahm.

„Dieses Schwein", sagte sie und wäre zusammengeklappt, wenn Tarne sie nicht aufgefangen hätte.

Neue Tränen hatten Spuren in ihrem mit Blut und Dreck verschmierten Gesicht hinterlassen.

Nowikow lag zusammengesunken auf dem Stuhl. Eine Patrone hatte ein Loch in seiner rechten Wange hinterlassen, eine die Halsschlagader getroffen. Die anderen waren im Brustkorb eingeschlagen. Das Blut hatte sein Hemd verfärbt und sprudelte noch weiter aus der Halsschlagader. Nowikows Mund stand immer noch auf, die Augen starrten mit einem Erstaunen ins Leere. Er rührte sich nicht mehr.

Tarne stieß mit dem Fuß einen Stuhl vom Tisch weg, auf den er Annika Ludwig gleiten ließ, mit dem Rücken zu dem grauenvollen Bild und dem Blick zur Eingangstür. Er redete beruhigend auf sie ein.

„Wir müssen jetzt genau überlegen, was zu tun ist. Ich weiß, das geht alles zu schnell. Aber es geht nicht anders."

Es dauerte eine geraume Zeit, bis er sie einigermaßen beruhigt, alles erklärt und so weit ihr Gesicht gereinigt hatte, dass sie sich unter Menschen bewegen konnte, ohne direkt aufzufallen.

„So ist es gut. Jetzt durch die Tür hinaus und in mein Auto. Es steht genau vor der Tür. Der Schlüssel steckt. Sie fahren auf dem schnellsten Weg zu sich nach Hause und warten dort, bis ich zu Ihnen komme. Ist das klar?"

Sie nickte.

Tarne hörte, wie sie seinen Wagen startete und davonfuhr. Er zog sein Handy heraus und klickte im Menü *Anrufliste* auf den vorletzten Gesprächspartner. Kriminalkommissar Harald Hesse meldete sich sofort.

„Hesse, ich habe hier etwas für dich. Ein größeres Paket liegt zur Abholung bereit. Genau genommen mehrere Pakete."

Teil V

Kriminalkommissar Hesse hatte Tarne zu einem Abschlussgespräch, einer Art Resümee, wie er es nannte, zu sich ins Büro gebeten.

„Wenn ich dich richtig verstanden habe, hattest du einen Tippgeber, der dir diesen Anwalt genannt hat. Über den bist du auf den Namen Timur Makarowitsch Nowikow gekommen, dem Chef der russischen Mafia für den Bereich Ruhrgebiet, wie wir wissen. Da hast du auch gehört, dass der diese Gaststätte übernimmt, und bist da hingefahren. Ohne deinen Wagen?"

„Genau, der sprang plötzlich nicht an. Muss mir wohl irgendwann einen neuen zulegen."

Hesse nickte.

„Du hast ein Taxi genommen, das dich zum Weberplatz gefahren hat, kannst dich aber an die Firma nicht mehr erinnern. Dann hast du, während du vor der Tür standest und überlegt hast, ob du hineingehen solltest, Schüsse gehört? Bist nachsehen gegangen, hast das Schlachtfeld vorgefunden und mich benachrichtigt?"

Tarne nickte.

Hesse nickte, „Ähem", räusperte sich und ließ eine längere Pause. „Deine ganze Theorie …", fuhr er dann fort, „… zu Hintergrund und Ablauf … hört sich schlüssig an. Nachweisbar ist nichts davon. Wir werden den Rechtsanwalt, wie hieß er …", Hesse wühlte in einigen Papieren auf seinem Schreibtisch herum, „ah, da ist es, Kalkhoff, genau. Wir werden den natürlich im Auge behalten. So. Kommen wir zu der Situation in dem Ausflugslokal: Da haben wir drei Leichen. Kurt, ein Aushilfskoch, Oleg und natürlich Timur Makarowitsch Nowikow. Kurt hat einen Revolver Marke *Ruger* in der Hand, aus dem alle sechs Patronen abgefeuert wurden, davon hat der Pathologe fünf aus Nowikow gepult und eine aus Oleg. Oleg hatte eine extrem seltene, weil verhältnismäßig neue russische *Udav* in der Hand, aus der ein Schuss abgegeben wurde. Die dazu gehörende Kugel haben wir in Kurt gefunden. Das sieht so aus, als wenn Kurt, aus welchen Gründen auch immer, Nowikow erschossen hat. Er muss aber schon einen guten Grund gehabt haben. Sieht nach viel Wut aus. Dann kommt Oleg dazu, erwischt Kurt, der aber noch genug Zeit und Kraft hat, wiederum Oleg umzulegen. Dann haben wir noch Blut von einer weiteren Person gefunden, neben Kurt. Das deckt sich mit deiner Aussage, dass du noch gerade so eben jemanden hast wegrennen sehen. Liege ich so weit richtig?"

„Ich vermute, dass es so gewesen sein könnte."

„Ist ja letztlich auch egal, wenn die Mafia sich selbst umbringt. Wird es eben ruhiger hier. Den Tippgeber, durch den du auf den Anwalt gekommen bist, willst du uns nicht verraten. Wer weiß, ob dieser Informant – ich habe so meine Vermutung, wer das gewesen sein könnte –, ob der nicht etwas davon hat, wenn Timur Makarowitsch Nowikow auffliegt. Wenn es der ist, den ich meine, ist er ja so etwas wie die direkte Konkurrenz für Nowikow in einigen Bereichen. Denke ich zumindest."

„Tja, wer weiß das schon."

„Eine Frage bleibt aber offen: Kurts Fingerabdrücke waren zwar auf dem Abzugsbügel, aber er hatte keine Spuren an seiner Hand, die darauf hindeuten, dass er überhaupt eine Waffe abgefeuert hat. So etwas können wir ja überprüfen, wie du weißt. Hast du dafür eine Erklärung?"

Tarne bemühte sich, einen möglichst überraschten, ungläubigen Ausdruck zu zeigen.

„Das is ja'n Ding! Nee, keine Ahnung!"

„Na, vielleicht der, der weggelaufen ist, was meinst du?"

„Kann gut sein."

Sie schwiegen eine Weile.

In Gedanken ging Tarne alles noch einmal durch. War es in Ordnung, was er getan hatte? Die Typen hatten es allemal verdient. Wenn sie vor Gericht gekommen wären, hätten sie sich mit ihren Verbindungen und irgendwelchen Rechtsverdrehern aus allem herausgewunden. Annika Ludwig den Mühlen des Gesetzes ausliefern? Wäre das wirklich eine Alternative gewesen? Was hätte das gebracht? War sie nicht belastet genug durch den Verlust ihres Geliebten? Aber vielleicht redete Tarne es sich auch nur schön? Zumindest hatte er aber versucht, das Richtige zu tun.

Tarnes Trauma

Der Privatdetektiv aus dem Ruhrgebiet begegnet einer alten Flamme. Als wäre die Zeit nicht vergangen, steht sie wieder vor ihm. Verlockend wie eh und je. Schafft er es diesmal, sie zu überzeugen, dass er sich verändert hat?

„Norma Jean kommt auch", sagte Klaus am Telefon. Die ganze alte Clique wollte zum Kochen kommen. Das war immer nett, bis auf die Witze, die sie regelmäßig über seinen Beruf machten. Private Ermittlungen, wie sich das anhörte!

„Welche Norma Jean, doch nicht *die* Norma Jean?", fragte Tarne.

„Doch, genau die. Sie hat Schluss mit ihrem Freund. Sie müsste gleich schon vor der Tür stehen. Ich konnte sie nicht erreichen. Wir kommen später. Erklär ihr, warum wir noch Zeit brauchen. Du weißt, sie ist empfindlich."

Tarne vernahm das Klicken, das das Ende des Gesprächs anzeigte, bevor er antworten konnte. Norma Jean, vielleicht gab es doch eine zweite

Chance? Sie hatte ihm schon damals gefallen, aber da hatte es nicht geklappt.

Bevor er den Einkauf auf dem Küchentisch ausgebreitet hatte, klingelte es. Das Erste, was er sah, waren ihre blonden Locken, die ihr schon früher wild vor dem Gesicht hingen, und dann diese blauen Augen mit den winzigen goldenen Punkten darin. Es verschlug ihm den Atem. Sie eröffnete die Runde, um ihre Unsicherheit zu überspielen.

„Hi, sind die anderen schon da?"

„Das ist eine Begrüßung! Traust du dich allein nicht?" Tarne hatte sich schnell gefasst.

„Wieso, muss man bei dir aufpassen?"

„Kann nie schaden. Nein, du nicht. Ich finde es toll, dass du hier bist." Tarne erklärte ihr die Lage und bemühte sich, nett zu sein. Bloß diesmal vorsichtig angehen lassen!

„Klaus sagte, ihr habt Schluss? Ich dachte, bei euch sei es für die Ewigkeit." Das war klar, dass ich mit der Tür ins Haus falle. Wie immer zu direkt, verfluchte Tarne sich selbst. „Bei mir hat es auch nicht gehalten", schob er nach.

Ob sie diese neue Seite an ihm sah? Merkte Norma Jean, dass er sich verletzlich zeigen konnte?

Bei allem Necken waren beide bemüht, vorsichtig miteinander umzugehen. Sie fingen an, die

Tomaten zu schnibbeln, und waren sich einig, dass eine Trennung ihre Zeit brauchte. Sie würden sich nicht wieder schnell binden. Irgendwann schellte es und die anderen liefen ein.

„He, ihr habt ja schon angefangen", sagte jemand. Die beiden bemerkten es kaum. Klaus versuchte noch einmal zu erklären, warum sie später gekommen waren. Norma Jean und Tarne standen am Herd, Geschirrtücher als Schürzen umgebunden. Tarne blickte sie bewundernd von der Seite an. Sie erwischte ihn dabei und lächelte. Er stieß sie mit einem Hüftschwung an und versuchte seine Verlegenheit zu überspielen.

„Wir sehen gut aus mit unseren Schürzen."
Sie pustete sich die widerspenstigen Locken aus dem Gesicht.

„Nicht überheblich werden", kam es zurück und wurde von ihr ebenfalls mit einem Hüftschwung begleitet. Tarne rührte mit dem Holzlöffel um und probierte. Den anderen Arm legte er um ihre Schulter, schaute tief in ihre Augen und hielt ihr den Löffel hin.

„Was meinst du, Schatz? Noch Salz?"
Sie spielte mit und umfasste seine Hüfte.

„Nicht zu viel, es heißt, wenn es versalzen ist, sei der Koch verliebt. Oder hat Liebeskummer. Wie war das?"

„Wann ist das Essen fertig?", kam es aus dem Hintergrund. Die beiden registrierten das kaum.

„Hört mal mit dem Flirten auf, wir haben Hunger."

Tarne ließ Norma Jean nicht los und sagte in Richtung der anderen mit verstellter Stimme:

„Da steht man den ganzen Tag in der Küche und was ist der Dank?"

Alle lachten.

Er fuhr, an Norma Jean gewandt, fort.

„Hier gilt eher, dass viele Köche den Brei verderben. Nächstes Mal laden wir die nicht mehr ein, oder, Schatz?"

Norma Jean strahlte ihn glücklich an. Wieso war ihr früher nie aufgefallen, wie nett er war? Sie lehnte sich noch einmal fest gegen ihn, bevor sie sich wieder von ihm löste. Könnte ein Mann sein, der einem Halt gibt. Er ist nicht mehr so aggressiv wie früher, mit seinen Kumpels.

Tarne nahm allen Mut zusammen und raspelte weiter:

„Es macht Spaß, mit dir zu kochen. Macht alles so viel Spaß mit dir?" Den Frechen gehört die Welt.

„Wer weiß." Sie unterstützte ihre Antwort mit einem alles versprechenden Lächeln. Tarne versuchte das alte Bild, das er von ihr hatte, mit dem neuen in Einklang zu bringen.

Früher war er unsicher in ihrer Gegenwart. Da erschien sie ihm als ein Rührmichnichtan. Arrogant und abweisend. Sie hatte sich als cool und wichtig dargestellt. Heute war sie eine Frau, bei der er das Gefühl hatte, angenommen zu werden, mit der man glatt die Welt erobern könnte. Er fühlte sich in ihrer Gegenwart nicht mehr so unsicher wie früher. Auch sie schien das aufgesetzte Getue nicht mehr nötig zu haben.

„Habt ihr noch Zeit für uns?", kam es von irgendjemandem aus der Runde.

Für Tarne und Norma Jean war es das perfekte Timing. Die ideale Mischung aus Necken und gezeigter Wertschätzung.

Sie wollte am liebsten bleiben, als der Abend zu Ende ging, hatte aber Angst, was er dann von ihr denken könnte. Und sie wusste, dass er es wusste. Sie verabredeten sich für das nächste Wochenende.

Für Tarne verlief die Woche wie ein Traum. Sie telefonierten häufig und er konnte das Wiedersehen kaum erwarten. Am Samstag trafen sie sich, um essen zu gehen. Die Weichen waren gestellt. Kerzen funkelten auf dem Tisch. Jedes Thema, das sie ansprachen, ließ ihre Herzen weiter zusammenwachsen. Zumindest kam es Tarne so vor. Je mehr Gemeinsamkeiten sie feststellten, umso klarer wurde es Tarne, dass er bereit war, wieder eine Beziehung einzugehen. Immer wieder trafen sich ihre Hände auf dem Tisch. Die Glückshormone waren freigesetzt und dann kam die alles verändernde Frage von ihr.

„Was macht Reinhard? Du hast doch mit ihm zusammen gewohnt?"
Tarne begann entspannt zu erzählen, schaute hoch und entdeckte genau diesen Reinhard drei Tische weiter.

„Das gibt's nicht, Reinhard sitzt da? Das ist ja unglaublich", sagte Tarne völlig überrascht. Er merkte, wie hohl seine Stimme klang und wie unwirklich die ganze Szenerie wirkte. Und er sah, wie bei Norma Jean die Stahlrollos heruntergingen und ihre altbekannte Fassade hochgefahren wurde.

Die Kerzen auf dem Tisch waren fast heruntergebrannt, Norma Jean zerpflückte die Wachsstumpen zwischen ihren Fingern. Eine Unruhe hatte sich in ihrem Innern breitgemacht. Er hat sich doch nicht verändert, dachte sie enttäuscht. Er ist derselbe Aufschneider wie früher. Da führt der mich hier seinem Kumpel vor, nach dem Motto, die kriege ich rum. Nicht mit mir. Das ist das Letzte. Gut, dass ich das noch rechtzeitig gemerkt habe.

Der Rest des Abends verlief frostig. Tarne konnte beteuern, wie er wollte, dass es ein Zufall sei, dass Reinhard dort aufgetaucht sei. Sie glaubte ihm nicht. Er fuhr sie nach Hause und überlegte fieberhaft, was er noch sagen könnte, um die Situation zu retten. Sobald er hielt, sprang sie sofort aus dem Wagen.

„Man sieht sich", rief sie ihm zu, winkte noch einmal und lief auf die Haustüre zu. Für ihn klang es wie ein Abschied für immer.

Die ganze nächste Woche versuchte er sie mehrfach zu erreichen, aber er sah sie nie wieder. Sie war genau die eine Richtige, die er sich immer ausgemalt hatte. Sie hätte die Mutter seiner Kinder werden sollen. Warum musste Reinhard von allen verdammten Restaurants der Welt ausgerechnet in dieses kommen?

Die große Verschwörung

Diese Geschichte entstand nach dem Lesevergnügen der Trilogie Illuminatus! *von Robert Shea und Robert Anton Wilson. Ist es alles eine einzige große Verschwörung oder was geschieht hier? Sind es die Gedanken einer paranoiden Persönlichkeit, die alle Informationen zusammenbringt und interpretiert? Ist das die versteckte Realität hinter dem alltäglichen Wahnsinn?*

ROBERT ERICH TARNE
ERMITTLUNGEN

… stand auf einem Schild neben der Haustür. Es glänzte neu. Ich hatte es vor Kurzem angebracht. Die Erlaubnis war beim Hausbesitzer mit erheblichen Überredungskünsten meinerseits und einer 10 % Mieterhöhung verbunden.

„Und wenn das Schild entfernt wird, haben Sie die Wand in ihren ursprünglichen Zustand zu überführen!"

Ich hatte förmlich gesehen, wie ich die Wand an die Hand nahm …, na ja. Jetzt existierten also ein Firmenschild und ein Büro in meiner Wohnung. Nicht sehr repräsentativ. Aber alle meine bisherigen Aufträge waren sowieso über das Telefon gekommen. Eigene Firma, Ein-Mann-Betrieb, aber dafür keine Freundin mehr. Ich wollte mich gar nicht an gestern erinnern.

Im ersten Moment dachte ich, packe ich sie und schmeiß sie aus der Wohnung und ihre Klamotten hinterher. Aber man ist ja wohlerzogen. Und blöd.

„Bleib ruhig heute hier, dann helfe ich dir morgen früh, deine restlichen Sachen wegbringen." Ich habe ja Verständnis, ich bin ja so großmütig. Scheiße, Mann, ich hätte sie rechts und links ohrfeigen und wirklich handgreiflich hinauswerfen sollen. Wie im Kino! Zu ändern ist sowieso nichts. Aber dann würde es mir bestimmt besser gehen.

Als sie dann endgültig die Treppe runterging: nochmals umarmen, sie drückte sich noch eine Träne ab.

Ich wieder:

„Dann pass gut auf dich auf!"

Wie in einem schlechten Film. Ha, verreck doch, du dreckige Kuh! Wie kannst du mich hier sitzen lassen? Anschließend rief ich alle Leute an, die wir kannten, um mich auszuheulen. Dabei rief ich bevorzugt Frauen an, von denen ich wusste, dass sie nur auf so eine Gelegenheit warteten. Die mich gerne trösten wollten. Mal sehen, was sich so ergibt, wenn sie wissen, dass ich wieder zu haben bin.

Na ja, jetzt wohne ich allein und hab dieses Büro.

Trotzdem, manchmal denke ich, ich bin der Loser. Da rasiere ich mich heute zur Feier des Tages nach achtundvierzig Stunden zum ersten Mal wieder, und dann bin ich wahrscheinlich von allen Männern auf der Erde, die sich elektrisch rasieren, der Einzige, der es schafft, sich zu schneiden. Jetzt lauf ich mit so einem Stück blutgetränktem Klopapier am Hals herum, wie so ein bescheuerter Kinoheld. Wie Bruce Willis letztens. Und ich dachte immer, das hilft gar nicht und sieht so albern aus. Aber es hilft doch, man darf es hinterher nur nicht vergessen.

Kaum sitze ich oben an meinem Schreibtisch und überlege, ob ich jetzt weiter frusten soll, da schellt es. Füße wieder vom Schreibtisch, Tür zur Küche schließen, damit ein eventueller Klient nicht das Chaos sieht.

Tatsächlich, eine scharfe Frau beauftragt mich, die Umstände des Todes ihres Mannes zu klären.

Er war in der *Boeing 737*, in der auch der amerikanische Handelsminister Ron Brown gesessen hatte. Das Flugzeug war am Mittwoch, das war gestern, beim Landeanflug auf Dubrovnik völlig zerstört worden. Es war an einem Berg

zerschellt. Fünfunddreißig Tote, darunter der Ehemann dieser Frau.
Er sei auch Detektiv gewesen und habe in einer großen Sache gehangen. Er habe Untersuchungen auf eigene Faust angestellt und sehr geheimnisvoll getan, sagte sie. Sie glaube, dass dieser Flugzeugabsturz kein Unfall sei. US-Präsident Clinton hatte fünf Tage Staatstrauer veranlasst, das brachte dieser Frau aber ihren Mann nicht wieder. Ich nahm an, dass sie ein wenig verwirrt war aufgrund ihrer Trauer. Versprach aber, ihr zu helfen, hauptsächlich, um sie zu trösten.
Die Frau gab erste vage Infos über die Ermittlungen, die ihr Mann geführt hatte.

Erste Erkundigungen erbrachten, dass als Absturzursache ein Instrumentenfehler angenommen wurde. Bei den Überresten der persönlichen Gegenstände, die ich mit ihr gemeinsam in Kroatien abholte, fand ich die beiden Gruppenaufnahmen. Das Foto der einhundertzwanzig Herren mit Anzug und Krawatte, ein Männerchor, auf dem bei neun Personen die Köpfe mit einem Filzstift eingekreist waren. Beim zweiten Foto handelte es sich um die Aufnahme einer Ballettgruppe, auf der sich vierzig magersüchtige Mädchen befanden, im Alter zwischen fünf und zwanzig Jahren.

Diese Frau, die mir den Auftrag erteilte, verschwand so spurlos, dass man annehmen konnte, sie habe nie existiert. Das hätte mir eine Warnung sein sollen. Diese Angelegenheit war eine Nummer zu groß für mich.

Was hat der Abiturjahrgang von …, von dem noch neun übrig geblieben sind, mit den Massengräbern der Roten Khmer in Kambodscha zu tun? Werden die Verantwortlichen noch bestraft? Wird die Verbindung zu den neun Personen aufgedeckt? Wohl kaum. Phnom Penh vor fünfundzwanzig Jahren. Der ehemalige Staatschef Pol Pot, besser bekannt unter dem Titel *Brother Number One*, lebt unerreichbar im Grenzgebiet zwischen Kambodscha und Thailand, im Dschungel. Auch die von den Amerikanern finanzierte Studie wird sicher nicht die Verbindung zu den großen Neun aufdecken und den eigentlichen Sinn hinter den 1100 Massengräbern und den Folterungen im berüchtigten Folterzentrum *Security Office 21*.

Als ich die Zeitung aufschlug, liefen mir die Namen über den Weg. In den Todesanzeigen. Aber sie waren noch nicht tot. Das wusste ich. Sie konnten nicht tot sein.

Heinz-Friedrich Dorn, Dr. Theodor Naujoks, Dr. Hans Hermann Hecker, Dr. Bernhard Kerschel, Wolfgang Haakeshorst, Fleck, Blome, Brocke und Pocka.

Banken, Finanzwesen, Immobilien, Stahl, alle Bereiche.

Einer war ein alter geiler Reicher, Elektronikbranche und Möbel, 91 Jahre, Geschäftsmann, der heute noch als Vormund für eine 24-jährige Prostituierte fungierte. Das war seine einzige verwundbare Stelle. Brigitte Laurins, heroinabhängig, lebte auf der Platte.

„Hier war ich zum ersten Mal wirklich frei. Ich konnte aufstehen, wann ich wollte, auch wenn ich dafür auf der Straße geschlafen habe und anschaffen musste. Ich habe täglich vierzehn Stunden angeschafft. Dabei habe ich 1400 DM verdient. Das ging alles drauf, für meinen Freund und mich, eben für die Drogen. Aber auf jeden Fall besser als in meiner Ehe. Ich war sieben Jahre verheiratet und mein Mann hat mir immer in die Fresse gehauen und mich in der Ehe vergewaltigt. Mit zwölf Jahren habe ich angefangen, Drogen zu nehmen. Mein Vater hat mir auch immer in die Fresse gehauen, da bin ich lieber rausgegangen."
Brocke hatte sie von einem Türken losgekauft, für 5000, und ihr ein Appartement geschenkt. Jeder Besuch bei ihr: Er bringt Geschenke und Bares, um die 750 DM, mit. Er meint, er redet nur mit ihr und sie ist seine Tochter. Aber sie speisen zusammen und dabei sitzt sie unter dem Tisch und lutscht ihm einen.

Rohypnol, Ruppies.

Es ging um den Traum der alten Männer. Oder war es ihr Jugendtraum, an dem sie immer noch bastelten? Die ewige Jugend.

Ist Bill Gates von Microsoft nur eine unbedeutende Randfigur in einem viel größeren Spiel? Was haben der Rinderwahn und die Gentechnologie mit diesem Fall zu tun? Ich hatte meine Vermutungen. Ich hatte Indizien. Aber es gab keine Beweise, dabei lag alles so klar auf der Hand. Es war so einfach, aber so unglaublich, dass es keiner sah. Die Rindergeschichte, zum Teil war es bei den geplanten Genversuchen zu Entgleisungen gekommen. Aber dann passte auch der Gedanke an eine Reduzierung der gesamten Erdbevölkerung gut ins Bild. Einige prominente Politiker mussten geopfert werden. Sie wurden dazu auserkoren, öffentlich Rindfleisch zu essen, um die Bevölkerung zu beruhigen.

Der Unglücksjet mit dem US-Minister, aber eigentlich ging es um einen anderen Passagier. Für die Masse ein Niemand, ein Unbekannter, aber er war für sie so wichtig oder gefährlich, dass dafür über dreißig unschuldige Passagiere sterben mussten. Aber wer ist schon unschuldig, könnte man heute auch fragen. Und was machen schon diese dreißig aus, im Vergleich zu den Millionen, die Creutzfeldt-Jakob-Disease noch zum Opfer fallen sollen. Geplant, wohlgemerkt, nach dem großen Plan der Neun. Denn es sind neun und nicht sechs, wie man ursprünglich annahm, die hinter allem stecken. Ursprünglich waren es noch mehr gewesen. Einige mussten sie selbst ausschalten. Was nützt es da, wenn die Briten angeblich 4,7 Millionen Rinder töten und verbrennen lassen und es die EU 600 Millionen kostet. Die Briten haben sowieso schon alle infiziertes Rindfleisch gegessen. Alles wie geplant. Nur die Wartezeit war etwas zu lang. Fünf bis zehn Jahre Inkubationszeit. Das hatten sie nicht schneller hinkriegen können.

Was hatte das mit dem Foto des Chores zu tun, auf dem alle einhundertundzwanzig Mitglieder abgebildet waren und einige diese Kreise um den Kopf gemalt hatten? Auch das Kinderballett, bestehend aus vierzig magersüchtigen Mädchen, im Alter von fünf bis zwanzig Jahren, spielte eine Rolle. Ich war auch durch ein Foto auf diese Verbindung gestoßen.

Eigenartig war auch, dass Dr. Theodor Naujoks, der Wirtschaftsmagnat, sich gerade in Kanada aufhielt, als das Gerücht auftauchte, dass die staatliche kanadische Elektrizitätsgesellschaft Hydro Quebec von der Sekte der Sonnentempler unterwandert sei. Interessant auch, dass die Neun sich anschließend sofort außer der Reihe zu einer Konferenz trafen. Wozu diente dieses

Ablenkungsmanöver? Gehörte das zum Plan oder war ihnen etwas entglitten?

Wieso hat der Krankenpfleger, achtundzwanzig Jahre alt, von der Presse liebevoll *Todesengel* genannt, in Genua neun ältere Menschen ermordet, worauf wollte er hinwiesen?

Wie kam es, dass ausgerechnet der Blödmann aus der Klasse, der nur mit Ach und Krach das Abitur geschafft hatte, als Erster zu den Millionenverdienern gehörte und gleichzeitig in mehreren Stahlkonzernen im Aufsichtsrat saß?

Dann war da der, der als Möbelhändler begann und Elektronik dazunahm. Der von Anfang an alle Möbel mit Abhöranlagen ausgestattet hatte. Die Koordination der Überwachung wurde später das eigentliche Problem. Daher sorgten die Neun für eine schnellere Entwicklung der Vernetzung. Hier wurde auch die Aufgabe für die Schachfigur Bill Gates gefunden.
Endlich, ich dachte, ich wäre am Ziel.
Ich saß diesem alten Mann – eine entfernte Ähnlichkeit mit Fidel Castro war nicht zu leugnen – gegenüber. Er hob zu seiner seit unendlichen Zeiten längsten Rede an.
    „Mein lieber junger Freund ...“
Ich hasste solch eine Ansprache.
    „Ihre Geschichte ist absurd. Niemand wird Ihnen Glauben schenken. So nah Sie auch vermuten, an irgendeiner Wahrheit zu sein. Sie

sind krank. Sie sollten sich untersuchen lassen. Vielleicht tut Ihnen Ruhe gut."

Das sagte er, aber was ich hörte, war etwas anderes:

„Von diesem Moment an bleibt Ihnen keine Wahl mehr. Egal, was Sie unternehmen, Sie können nichts mehr ändern. Sollten Sie Ihre Geschichte erzählen, landen Sie in der Psychiatrie. Keiner wird Ihnen glauben, so nah Sie auch an der tatsächlichen Realität sein mögen. Wenn Sie sie nicht erzählen, wird das auch nichts ändern. Für uns reicht, dass Sie das *Wissen* haben. Es werden Sie keine Aufzeichnungen retten, die Sie bei Notaren hinterlegt haben, oder was auch immer Sie sich überlegt haben, um sich abzusichern. Niemand wird Ihren Aufzeichnungen glauben. Man wird es für die Hinterlassenschaften eines Verrückten halten. Vielleicht sterben Sie ganz natürlich. Vielleicht schon bald. Oder Sie befinden sich gerade zufällig in der Nähe an einem Ort, wo ein Terroranschlag irgendeiner extremen Gruppe stattfindet. Unsere Verbindungen sind endlos. Aber es wird niemals eine Verbindung zu uns geben. Es kann auch ein einfacher Autounfall sein. Eine Möglichkeit ist, dass Sie einfach für immer verschwinden. Es wird so sein, als wenn Sie nie existiert hätten. Wir können das arrangieren. Übrigens: Laufen Sie nicht weg! Das hat keinen Sinn. Die Mühe können Sie sich sparen. Es gibt keine Möglichkeit, sich vor uns zu verstecken."

So erschöpft und klapprig wie er aussah, so jugendlich frisch und voll Elan blitzten seine Augen.

Der Unglücksjet mit dem US-Minister, aber eigentlich ging es um einen anderen Passagier. Für die Masse ein Niemand, ein Unbekannter, aber er war für sie so wichtig genauer gesagt gefährlich, dass dafür über dreißig unschuldige Passagiere hatten sterben müssen.

Ich sprang auf und verließ diesen Ort im tiefsten Ruhrgebiet, an dem ich ihn endlich gefunden hatte. Seine letzten Worte hallten in mir nach und wollten nicht aufhören nachzuhallen, als ich meine sechs Kilometer durch die übliche Waldstrecke joggte. Seitdem warte ich auf mein Ende. Oder war ich einfach nur über der Zeitung eingeschlafen? Ich rieb mir die Augen, stützte meinen Kopf auf und sah vor mich auf den Küchentisch. Da lag die Zeitung. Die Seite mit den Stellenanzeigen. Hier hatte ich den letzten Baustein gefunden, die Verbindung: Banken, Finanzwesen, Immobilien, Stahl, alle Bereiche. Was hatte ich mir da nur zusammengereimt?

Missing Person

Es kann mühsam sein, bis Tarne die komplizierten Zusammenhänge eins Falls durchschaut, vor allem dann, wenn er seine Ermittlungen in den USA durchführen muss. Seine einzigartige Kombinationsgabe ist ihm eine große Hilfe. Zum Schluss stellt sich die Frage nach der Gerechtigkeit. Was ist richtig, was falsch? Wer kann das schon so genau sagen.

Sie betrat sein Büro, ohne anzuklopfen. Ein wenig wie der Sturm, der inzwischen jedes Jahr um diese Zeit über das Ruhrgebiet hinwegfegte. Ihre Kleidung wirkte, als ob sie nicht nur den Eindruck erwecken wollte, Geld zu haben, sondern es tatsächlich besaß.

„Sind Sie Tarne?"
Freundlichkeit hatte sie nicht gepachtet.

„Der Essener Privatdetektiv mit dem guten Ruf?"
Damit hatte sie etwas wettgemacht.
Sie suchte sich einen Platz, der nicht von den Strahlen der Sonne erfasst wurde. Sie wusste, dass Sonne ihrem Aussehen nur schaden konnte. Sie wirkte wie fünfzig. Schien aber jünger zu

sein. Ihr bleiches Gesicht deutete auf eine durchgemachte Nacht hin.

„Sind Sie fit in Englisch?", fragte sie.

„Wer will das wissen?", sagte Tarne. Sie ging ihm auf die Nerven. Also erlaubte er sich, frech zu sein.

„Demereau, Astrid Demereau", sagte sie, als wenn jeder sie kennen und vor Ehrfurcht erzittern müsse.

Tarne reagierte nicht in der Art, wie sie es wohl gewohnt war:

„Und? Sollte mir das etwas sagen?"

Sie ging darauf nicht ein. Sah ihn weiter fragend an.

„Okay. Englisch gehört zu meinem Repertoire."

Die Antwort brachte sie dazu, ihn mit einem harten, kaum die Verachtung verbergenden Blick zu taxieren.

„Vielleicht sagen Sie mir, was Sie wollen. Dann kämen wir ein Stück weiter."

„Kommissar Hesse meinte, sie hätten einen Humor, der nicht jedermanns Sache sei. Aber man könne Ihnen trauen. Deshalb bin ich hier."

„Keiner zwingt Sie, mich zu engagieren. Sie wissen, wo die Türe ist." Er ließ sich nicht gerne so behandeln. Seit seiner Trennung von Manu nicht mehr.

„Stellen Sie sich nicht gleich so an. Ich bin nur vorsichtig, man braucht ja nicht jeden Tag einen Detektiv."

Sie rückte dann mit der ganzen Geschichte raus. Ihr Mann habe vor sechs Jahren ein Flugzeug nach San Francisco bestiegen und sei seitdem vermisst. Die Polizei habe die Suche aufgegeben. Sowohl hier in Deutschland als auch in den Staaten. Wenn sie von ihrem Mann sprach, glaubte Tarne auf ihrem Gesicht eine Menge Emotionen zu erkennen, die von Ärger, Missgunst bis zu Hass zu gehen schienen. Das erstaunte ihn. Er hätte eher etwas wie Trauer erwartet, wenn jemand seinen Partner vermisste.

„Ich könnte nicht mehr sagen, wie oft ich drüben angerufen habe. Das sind alles nur inkompetente Beamte, genau wie hier. Die wagten es, mir am Telefon zu sagen, wenn nach so vielen Jahren nichts erreicht wurde, solle ich doch *the service of a private investigator*, so nannten sie es, also einen privaten Ermittler, in Anspruch nehmen." Ihre Formulierungen klangen abwertend und sarkastisch.

„Das ist ja kein schlechter Vorschlag. Da würde ich an Ihrer Stelle direkt in San Francisco jemanden suchen."

„Das sagten die mir dort auch. Aber das kommt auf keinen Fall in Frage, die sind doch alle bestechlich. Denen kann man nicht trauen. Sie hingegen wurden mir als vertrauenswürdig beschrieben. Ehre hätte für Sie noch einen Wert.

259

Ich möchte, dass Sie hinfliegen und ihn suchen. Kommissar Hesse meinte, wenn es jemand schaffen würde, dann Sie. Sie würden sich richtig in Ihre Aufträge reinbeißen und nicht aufgeben."

„Das wird einiges kosten …"

„Geld spielt keine Rolle für eine Demereau."

„Was, wenn ich ihn finde?"

„Ich will ihn zurückhaben. Hier in Deutschland. Ich will wissen, was los ist. Los war. Falls er die Trennung wollte, dann soll er mir das sagen. Eine Demereau verlässt man nicht einfach so. Wenn jemand die Beziehung beendet, dann werde ich das sein."

Was brachte diese Frau zu solch einer Arroganz?

„Hm. Vorausgesetzt, er lebt noch", sagte Tarne.

„Natürlich tut er das. Sonst hätte ich doch längst etwas gehört."

Tarne ließ sie in dem Glauben.

Sie überließ ihm einige Fotos und stellte einen Scheck als Vorauszahlung für seine Dienste aus.

„Wen hatten Sie drüben als Ansprechpartner?"

„Patton, John J. Auch so ein völlig inkompetenter Behördentyp. War zwar immer freundlich, aber das war es dann auch. So sind die da ja alle. Von dem kam auch die Empfehlung, einen Privaten einzuschalten."

Sie ging und hinterließ einen aufdringlichen süßlichen Parfumduft.

Tarne schaute auf der Webseite des *San Francisco Police Department*, kurz SFPD, nach. Tatsächlich waren dort unter der Rubrik *Missing Persons* ein Foto und eine genaue Personenbeschreibung von Andreas Schmidt-Demereau zu sehen. Tarne notierte sich die neunstellige Case-Number.

Der Nachtflug ohne Zwischenstopp von Frankfurt hatte etwas über zwölf Stunden gedauert. Lufthansa, *Airbus A340*, durchschnittliche Beinfreiheit 79 cm, damit hatte er leben müssen. Zeitweise war es ihm sogar gelungen zu schlafen. Sogar im Traum war er froh, dem miesen Wetter im Ruhrgebiet zu entkommen. Gegen 11:00 Uhr Standard Time Westküste erreichte er San Francisco. Tarne stand in der Schlange und wartete auf die Prozedur seitens der Einwanderungsbehörde.

Mit seinem Freund Hauptkommissar Harald Hesse hatte er vor dem Start in Frankfurt noch telefoniert.

„Wen hast du mir denn da geschickt?"

„Ah, hab es mir gedacht. Die Demereau ist bei dir aufgelaufen?"

„Danke für die Vermittlung. Du hast mich ja hochgelobt. Sollte ich etwas über die wissen?"

„Ich kann dir sagen, die ist uns so was von auf den Geist gegangen, wegen ihrem verschwundenen Mann. Da habe ich mir gedacht, wenn ich sie dir schicke, kannst du dich damit rumärgern und ich bin sie los."

„Na, Danke auch."

„… du bist doch von Amerika immer so begeistert. Sozusagen zwei Fliegen mit einer Klappe."

„Sie macht auf dicke Hose, was steckt dahinter?"

„Die Familie ist vergleichbar mit den Rothschilds, was die Finanzdecke betrifft. Nur nicht so bekannt. Sie ist unglaublich verwöhnt und arrogant. Na, was sage ich, du hast sie ja erlebt.

Ich weiß, sie ist genau deine Kragenweite." Hesse lachte und gab Tarne noch die Kontaktdaten des Detective der amerikanischen Behörde. „Viel Erfolg bei der Suche."

Tarne war an der Reihe und marschierte auf den Beamten der Einwanderungsbehörde mit einem grimmigen Blick zu.

„Schauen Sie hier rein … Finger in den Abdruckscanner … Danke. Grund Ihres Besuches?"
Sollte er *beruflich* angeben, befürchtete er nur weitere Fragen. Er entschied sich anders.

„*Holiday*", sagte er und lächelte.

Mit einem etwas freundlicherem Ausdruck im Gesicht drückte der Uniformierte ihm die Papiere in die Hand.

„Einen angenehmen Aufenthalt, Sir."

Tarne nahm ein Taxi zum Hotel in der Bush Street. Selbst diese kleine Residenz verzichtete nicht auf die klassische dunkelrote Markise über dem Bürgersteig. Nach dem Einchecken erkundete er die Stadt und machte sich mit dem Cable-Car-System vertraut. Es gab überwältigend viel, das er gerne gesehen hätte. Er entschied sich aber, sich zuerst einmal auf die nähere Umgebung zu beschränken. Also bummelte er über die Columbus Avenue, am *Columbus Tower* vorbei. Als Filmfan wusste er, dass sich in diesem *Flatiron Building* Francis Ford Coppolas Produktionsgesellschaft befand. In der Nähe genehmigte er sich eine Pause und träumte davon, dass genau dort vielleicht auch schon Francis Ford Coppola gesessen und seinen Kaffee genossen hatte. Gegen Abend speiste er am *Fisherman's Wharf*.

Anderntags stellte Tarne fest, dass er mit der Wahl seines Hotels Glück gehabt hatte. Das zuständig Revier *SF Central Station*, 766 Vallejo Street, lag nur ein paar Blocks entfernt. Tarne machte sich auf den Weg dorthin. Schon von Weitem war zu erkennen, dass er sich einem Polizeirevier näherte, eine Menge Einsatzwagen blockierte die Parkflächen in der Vallejo Street rauf und runter, ebenso um die Ecke in der Emery Lane. Auf allen prangte der große blaue, weithin sichtbare siebenzackige Stern, mit den Initialen SFPD. Das Gebäude selbst hatte eine unansehnliche Verkleidung aus senkrechten weißen Lamellen. Tarne setzte sich einen Moment auf eine der Holzbänke im Eingangsbereich und ließ das Treiben dieser Stadt auf sich wirken. Nur Augenblicke später kam ein uniformierter Police Officer heraus und fragte ihn, ob er ihm helfen könne. Mann, war der achtsam!

Detective Patton, ein schwarzer wuchtiger Kerl mit einer voluminösen gelben Hornbrille, einen halben Kopf größer als Tarne, mit teuer wirkendem grauen Anzug, dunkelroter Krawatte zu blau-weiß gestreiftem Hemd, begrüßte ihn mit Handschlag. Patton bestand darauf, dass Tarne in John nannte. Tarne blieb bei „einfach Tarne, ohne Mister." Dennoch hatte er noch nie erlebt, dass ihn jemand, bei aller äußeren Freundlichkeit, so abwertend musterte. Als wenn er eine Lady um ihr Geld bringen wollte! Er saß John in dessen eigenem, aber kleinem Büro gegenüber. Metallregale mit Pappkartons voller alter Fälle zierten die Wände, die aussahen, als wenn sie seit der Zeit, als noch am Arbeitsplatz geraucht werden durfte, nicht mehr gestrichen worden waren.

„Nach dreißig Tagen wurde der Fall des Andreas Schmidt-Demereau an meine Einheit, die *special victims unit*, weitergegeben. Das ist so üblich. Seitdem hat Mrs. Demereau häufiger angerufen."

Tarne wunderte sich, wie John Patton das sehr freundlich erwähnte und trotzdem zu spüren war, wie lästig ihm diese Anrufe gewesen waren.

„Aber ich kann das verstehen", fuhr John fort, „wir haben ständig mit den Angehörigen zu tun. Die Frau ist natürlich emotional betroffen. Und du sollst nun regeln, was wir nicht geschafft haben?"

Was klang darin mit? Spott? Die Frage war rein rhetorisch gewesen. John legte weiter die Situation dar:

„Ich will mal ganz offen mit dir reden, hier bei uns sind wir ziemlich sicher in diesen Dingen. Wenn es in einem Vermisstenfall in den ersten paar Wochen keine Hinweise oder Spuren gibt, bedeutet das meist nur eines: dass irgendwann nur noch eine Leiche wieder auftaucht! Ich wollte es der Dame am Telefon nicht so deutlich sagen."

Was konnte er aus John herausholen? Wenn er schon hier war.

„Könnten wir den Fall durchgehen?", schlug Tarne vor.

John zog eine Akte von einem Stapel und schlug sie auf.

„Gerne, aber da ist nicht viel. Im Flugzeug war er. Also ist er auch hier angekommen, hat die Sperren passiert und das war es. Danach *nothing*. Dann hat sich die Spur verloren."

„Hm", Tarne überlegte. „Meinen Informationen nach ist er Krankenpfleger. Wie sind da die Möglichkeiten, seinen Beruf hier auszuüben?"

„Wenn er hier arbeiten wollte, müsste er vier Voraussetzungen erfüllen. Erstens: eine Arbeitserlaubnis, zweitens: eine Sozialversicherungsnummer beantragen, drittens: eine Prüfung machen, da der Krankenpfleger-Abschluss aus Deutschland hier nicht anerkannt wird, und viertens: sich zertifizieren lassen."

John reagierte unverzüglich auf Tarnes fragenden Blick.

„Wir haben das alles überprüft. Das ist die übliche Vorgehensweise." Er machte ein Pause und schlug den Aktendeckel zu. „Nichts!"

„Aber Krankenpfleger sind bei euch gefragte Leute, habe ich gehört."

„Stimmt. Die benötigen wir. Aber die deutsche Ausbildung wird hier nicht anerkannt."

„Was nun? Was bleibt?"

„Aus unserer Sicht nur eines …"

„Tot? Dann müsste ich mir alle ungeklärten Todesfälle ansehen, alle *John Does* ab dem …", sagte Tarne.

„Wenn du dir das antun möchtest."

Darin klang zum ersten Mal für Tarne so etwas wie Anerkennung mit. John erklärte ihm das Suchprogramm und ließ ihn mit dem Computer allein. Es war nicht sehr appetitlich, was Tarne da zu sehen bekam. Er sah Fotos über Fotos namenloser Toter durch. Nur in einem einzigen Fall glaubte er eine geringe Ähnlichkeit zu erkennen. Es handelte sich um eine Wasserleiche, die so aufgeschwemmt war, dass man mit etwas gutem Willen jeden darin sehen konnte.

John erschien nach zwei Stunden wieder.

„Und? Was gefunden?"

Tarne schüttelte den Kopf.

„Wenn dir der Appetit nicht ganz vergangen ist, wie wäre es mit einem Essen?"

John bestand darauf, Tarne einzuladen. Sie landeten in dem China-Restaurant *Little Garden*, nur eine Ecke weiter, gegenüber der *North Beach Garage*. Das Lokal war gut besucht, John schüttelte einige Hände.

„Die Qualität eines Restaurants erkennst du nicht an Sauberkeit und Einrichtung, sondern daran, wie viel Cops sich darin aufhalten." John lachte. „Ich glaube, mit der Durchsicht der ganzen Aufnahmen hast du dir deinen Lohn für den Auftrag schon dicke für heute verdient. Schau dir lieber ein wenig von unserer schönen Stadt an. Warst du schon auf Alcatraz?"

„Bisher kenne ich nur den alten Film."

„Mit Charlton Heston? Klar. Da musst du auf jeden Fall hin."

John nahm einen Schluck aus seiner Cola-Zero-Dose.

„Was bringt dich zu der Annahme, dass er in SF geblieben ist?", wollte er wissen.

„Die Demereau war sich sicher, wenn, dann könne er nur hier sein."

„Hoffen wir das Beste und planen wir das Schlimmste", sagte Patton.

Zum Abschied wollte Tarne wissen, wie ihre Zusammenarbeit in Zukunft aussehen würde.

„Kann ich mit Unterstützung durch dich bei den hiesigen Behörden rechnen? Wie weit reicht die?"

„Ich stehe der Untersuchung wohlwollend gegenüber, so kann ich es wohl ausdrücken. Es erspart uns Arbeit, wir sind sowieso völlig unterbesetzt. Aber –", jetzt schaute er Tarne wieder mit diesen verachtenden Augen von oben herab an, „wenn irgendetwas ist: nicht selbst eingreifen, immer zuerst uns Bescheid geben. Du hast hier keinerlei Befugnis."

Um das eben Gesagte noch einmal zu unterstreichen, schob er ein:

„*Did I make myself clear?*", hinterher und überreichte Tarne eine Visitenkarte mit seiner Mobilfunknummer.

„Falls etwas sein sollte: Sofort melden, okay."

Am anderen Morgen nahm Tarne sein Frühstück bei *Ella's American Kitchen* ein, auf Johns Empfehlung. Es lag nicht gerade nahe bei seinem Hotel, war aber in Qualität und Umfang der Speisen exzellent: geschnetzeltes Huhn mit Toast, dazu Eier, ganz nach Tarnes Geschmack. Er hatte ein nettes Gespräch mit Aron, einem anderen morgendlichen Gast.

Auf dem Weg dorthin hatte Tarne einige Ideen zur Suche nach dem Vermissten zusammengestellt. Nur mal angenommen, fragte er sich: Andreas Schmidt-Demereau sei weitergeflogen. Nein, das wäre bei einer der bisherigen Untersuchungen festgestellt worden. Weitergefahren? Könnte sein. Dem steht aber die Aussage von Astrid Demereau entgegen. Sie war fest davon überzeugt, er könne nur hier sein. Es sei sein innerster Wunsch gewesen. Aber halten wir das im Hinterkopf. Dann bleibt erst einmal, er ist hiergeblieben. Wie ginge es dann weiter? Dazu fielen Tarne vorerst zwei Ansatzpunkte ein. Erstens eine Namensänderung und zweitens sein Job. Krankenpfleger sind hier gefragt, ein echter Vorteil, aber er müsste eine Prüfung nach hiesigen Richtlinien ablegen oder abgelegt haben, sonst darf er nicht in seinem Beruf arbeiten. Welche Schulen gibt es dafür? Wo kann man so eine Prüfung nachholen?

Mit Wohlbefinden im Bauch fischte Tarne Johns Visitenkarte heraus und wählte die Nummer, um John seine Überlegungen mitzuteilen.

Er bedankte sich für die Empfehlung für *Ella's American Kitchen.*

Nach den Freundlichkeiten begann Tarne:
„Nehmen wir nur mal an, –"
„Tarne, hör zu!" John schien angetan von Tarnes Einsatz zu sein, gab aber zu bedenken, warum das komplizierter wäre als Tarne zu glauben schien und erklärte ihm, warum. Man brauche eine Lizenz, wenn man als Krankenschwester oder Krankenpfleger arbeiten will.

„Hier in *California* ist das anders als in den anderen Staaten. Hier muss man eine Lizenz haben, *LVN*, das kommt von *licensed vocational nurse.* Das wird registriert in *Board of Vocational Nursing and Psychiatric Technicians* in Sacramento. Vorher müssen die Ausländer einen Sprachtest machen und ein Examen."

„Okay. Wo kann der die Prüfungen abgelegt haben?"

„Da gibt es bestimmt endlose Möglichkeiten, aber die Idee ist gut. Egal, wo er die Prüfungen abgelegt hat, so er das getan hat, die Lizenz bekommt er nur an einer Stelle, nämlich in Sacramento."

Sollte Tarne nach Sacramento? Die werden natürlich Listen über ihre lizenzierten Krankenpfleger habe. Wenn man die einsehen könnte? Vielleicht tauchte Andreas Schmidt-Demereaus Name dort auf? Dann haben die vielleicht Aufzeichnungen darüber, in welchem Institut er seine Ausbildung und Prüfung gemacht hat? Oder etwas über zukünftige Arbeitsplätze bei der Registrierung?

Tarne entschied sich, es telefonisch zu versuchen.

Bei dem Telefonat mit dem *Board of Vocational Nursing and Psychiatric Technicians* drang er zwar zu einer verantwortlichen Frau vor, sah sich aber dann mit ihrer Frage konfrontiert, für welche Behörde er denn die Auskunft benötige. Spontan entschied er sich, das Risiko einzugehen. Das *SFPD Central Station* benötigte ihre Hilfe bei einer Ermittlung. Es bräuchte eine Liste mit allen Personen, die in dem entsprechenden Zeitraum eine Lizenz bekommen hätten. Er stellte sich als Detective Tarne vor, er rufe zur Unterstützung von Detective John Patton an. Sie könne sich das gerne durch einen Rückruf bestätigen lassen. Er gab ihr die Nummer von Patton.

Tarne fand, dass das ja auch irgendwie der Wahrheit entsprach, wartete ein paar Minuten und meldete sich dann bei John Patton.

„Soso", röhrte Patton, „da haben wir den Detective Robert Tarne. Wie soll ich denn das verstehen? Haben wir dich inzwischen eingestellt oder warum gibst du dich als einer von uns aus?"

Tarne ging nicht darauf ein.

„Hattest du einen Anruf?"

„Das schon, aber das ist Amtsanmaßung. Ob ich das so durchgehen lassen kann?"

„Komm schon, anders wäre ich nicht weitergekommen. Irgendwie stimmt es doch auch. Wenn ich erfolgreich mit meiner Arbeit bin, könnt ihr einen Fall abschließen. Also arbeite ich ja auch für euch. Hast du was für mich?"

„Hört, hört! Du hast Glück, ich habe meinen guten Tag. Die Dame war kooperativ und hat eine Liste per Mail geschickt."

„Und?"

„Komm vorbei, sobald du kannst, dann schauen wir gemeinsam drüber. Wir sind hier ja nur für dich da, haben sonst nichts anders zu tun. Aber unter einer Bedingung: keine krummen Touren mehr." Er lachte, „und heute geht das Mittagessen auf dich."

Tarne hätte für eine richtige Auskunft alles zugesagt. Er winkte ein Taxi heran, um so schnell wie möglich aufs Revier zu kommen.

John J. Patton hatte die Liste ausdrucken lassen. Eine Menge Namen, aber der Richtige sei nicht darunter, teilte er sofort grinsend mit.

„Also? Was soll das bringen?"

„Es gibt eine Theorie, dass Leute, die ihren Namen ändern, oft dieselben Initialen verwenden", sagte Tarne.

„Also suchen wir A.S. wegen Andreas Schmidt?"

„Yeah."

Sie beugten sich über die auf dem Schreibtisch ausgebreitete Liste und schauten gemeinsam darüber. John würde verdächtige Namen sofort überprüfen lassen können, anhand der Sozialversicherungsnummer, die auch Voraussetzung für die Arbeitserlaubnis war. Die, die länger existierten, konnten getrost aussortiert werden. Bei dem Gesuchten musste es sich um eine erst kürzlich neu vergebene Nummer handeln. Es sei denn, er hatte noch keine.

John benutzte zu Tarnes stillem Vergnügen seinen dicken schwarzen Zeigefinger, um die Liste Position für Position herunterzugleiten.

Die Aufteilung war nicht alphabetisch, sondern nach Datum des Antrags auf Erteilung der Lizenz sortiert. Der Nachname zuerst.

Nolan, Lana

Coleman, Scarlett

Stone, William

Jenkins, Emely

Armstrong, Sebastian, M., „M" stand für „Matt"

„Moment mal, das ist A.S.", sagte John.

„Lass sehen. Tatsächlich." Nach einem Zögern fuhr Tarne fort: „aber umgekehrt. Nachname als Vorname."

„Lass uns die Kombination auch nehmen, wer weiß."

Weiter unten trafen sie auf eine Frau:

Archer, Sophia

John tippte mehrfach mit dem Finger darauf. Tarne schüttelte den Kopf.

„Er wird kaum das Geschlecht gewechselt haben."

Sie suchten weiter. Als sie alle Namen auf der Liste abgehakt hatten, blieben insgesamt vier Männer mit den passenden Initialen übrig.

Smith, Aiden, G., „G" stand für „Gabriel"

Stevenson, Andrew

Anderson, Simon

Armstrong, Sebastian, M.

John ließ alle nach gültigen Sozialversicherungsnummern überprüfen. Nur die zu *Anderson, Simon* passende war vor Kurzem frisch ausgestellt worden.

„Da haben wir den Mistkerl: Simon Anderson statt Andreas Schmidt. Das Demereau hat er abgehängt, als er seine Frau verlassen hat. Sieh mal einer an. Die Initialen hat er beibehalten, nur ausgetauscht."

„Wenn er es ist", gab Tarne zu bedenken, „aber zumindest ist es einen Versuch wert."

„Tarne, ich muss schon sagen, alle Achtung. Du gehörst zu uns. Jemanden wie dich könnten wir hier gebrauchen." John sah Tarne mit einem abschätzenden Blick an und holte

Luft, als wenn es ihm schwerfiel, weiterzusprechen. „Ehrlich gesagt, ich hielt ja erst nicht viel von dir. Dachte, du würdest die Frau nur ausnehmen. Sorry dafür. Aber ich muss mein Urteil revidieren. Du machst deinen Job.“

Sie gingen wieder zum Chinesen. Diesmal zahlte Tarne.

„Jetzt habe ich vorerst genug für dich gearbeitet“, dröhnte John mit seinem Bassorgan und lachte.

Tarne dachte während der Mahlzeit laut nach:

„Da er alle Voraussetzungen erfüllt, hat er die Möglichkeit zu arbeiten. Wo könnte er beschäftigt sein?“

John nahm seine Brille ab und putzte sie ausgiebig.

„Das, mein Lieber, ist *the needle in the haystack,* wie wir zu sagen pflegen.“

Tarne musste grinsen.

„So sagen wir auch: *die Nadel im Heuhaufen* suchen!“

„Sieh an“, sagte John, „also weiter, wenn er *LVN* ist, kann er in Kliniken, Arztpraxen, Medical Centers, bei Blutbanken, in der Dialyse oder bei privaten Pflegediensten arbeiten. Und bestimmt noch bei vielen mehr. Wenn du die alle abklappern willst, bist du Jahre zugange.“

Johns Gesicht zeigte ein mitleidiges Lächeln.

Fuck, dachte Tarne. Aber aufgeben kam nicht in Frage. Und er war noch nicht einmal über die Golden Gate Bridge gekommen! Was soll's. Er würde sich an die Arbeit machen.

Sie verabredeten sich für den Abend, um den ersten Fortschritt gebührend zu begießen. Je später es wurde und je benebelter die Sinne wurden, umso mehr verwandelten sich Tarnes Tatendrang und die Hoffnung auf eine schnelle Lösung in einen Trugschluss. Er konnte sich nicht erinnern, wie er wieder in seinem Bett gelandet war.

Tarne frühstückte wieder bei *Ella's American Kitchen*. Diesmal entschied er sich für etwas Süßes, Pfannkuchen mit Ahorn-Pekannuss-Butter. Er fühlte sich bereits in San Francisco zu Hause. Der hervorragende Kaffee half gegen seinen Brummschädel. In der Nacht war ihm nicht die ersehnte schnelle Lösung eingefallen.
Jetzt musste er Simon Anderson, alias Andreas Schmidt, finden. Wo könnte der arbeiten? Musste er, um das herauszufinden, viel wühlen? Wirklich alle Krankenhäuser und Pflegedienste abklappern? Überall anrufen und nach dem Gesuchten fragen? Oder gab es eine Abkürzung?
Nach dem dritten Becher Kaffee produzierte sein Gehirn wieder Lösungen: Wenn zur Anmeldung bei der Behörde das Ausbildungsinstitut des Antragstellers nötig war, konnte er das

herausbekommen und die hatten bestimmt registriert, wo der Betroffene wohnte oder arbeitete. Die Frau bei der Behörde kannte ihn doch bereits vom Telefon, also könnte es funktionieren.

Tarne rief in Sacramento an, die Dame erkannte ihn als Kollegen von Detective John Patton vom *SFPD* wieder. Tarne kritzelte während des Gesprächs Notizen auf die Rückseite seiner Rechnung: *Abbot College in der 14th Ave, San Francisco, CA 94122.* Dieses Institut hatte einen Simon Anderson zur Lizenzierung angemeldet.

Tarne musste das *Ella's* jetzt verlassen, er wurde bereits merkwürdig angestarrt. An die amerikanische Eigenart, sich nicht endlos in Cafés aufhalten zu können, sondern nur, solange es brauchte, seine Mahlzeit einzunehmen, musste er sich noch gewöhnen.

Tarne telefonierte auf der Straße vor *Ella's* neben grünen und blauen Mülltonnen und schaute dem vorbeifahrenden Oberleitungsbus nach.

„Abbot College. My name ist Shirley, how can I help?", meldete sich eine jung und dynamisch klingende Frauenstimme.

Tarne versuchte einen geschäftlichen Ton. Er wolle Simon Anderson engagieren, sagte er, hätte nur Gutes über ihn gehört, das wolle er nun überprüfen. Es ginge um Arbeitserlaubnis, Aufenthaltsgenehmigung. Ob sie einen ehemaligen Arbeitgeber wüssten, bei dem er sich erkundigen könne? Durch Angabe der Sozialversicherungsnummer konnte er aufkommende Zweifel zerstreuen.

Tarne hörte ein Blättern und Herumtippen auf einer Tastatur.

„Hier hab ich es", sagte Shirley, „Simon Anderson, kam über eine Home Care Agency zu uns, die *Health Home Care*, Geary Blvd, San Francisco, CA 94118."

Also ein häuslicher Pflegedienst? Ein Blick auf *Google Maps* in seinem Handy zeigte ihm, dass es nicht weit war. Ein kurzer Spaziergang würde ihm nach der letzten Nacht guttun.

Es war ein kleines Büro. Zwei Fenster, eine Tür. Darüber ein großes rotes Schild *HEALTH HOME CARE, Certified Home Care Center*. In einem der Fenster sah Tarne ein Bild mit einer jungen Frau, die liebevoll lächelnd einen alten Mann im Arm hielt und im anderen Fenster las er Werbesprüche und Öffnungszeiten. *Helping Seniors and Family at Home*. Unter den Postern sah Tarne die Beine billiger Schreibtische und Stühle durch die Glasscheiben hervorlugen.

Wie sollte er dort drin jemanden dazu bewegen, ihm den Kontakt zu Simon Anderson zu vermitteln? Eine rührselige Geschichte über einen zu pflegenden Verwandten? Simon Anderson sei empfohlen worden. Dem alten kranken Vater würde es gefallen, sich mit einem Pfleger in seiner Heimatsprache unterhalten zu können?

Tarne ging am Eingang vorbei.

Pfleger waren Mangelware. Wenn diese *Health-Home-Care*-Leute sich für Simon Anderson eingesetzt hatten, dann würden die auch alles tun, um ihn zu behalten. Er brauchte eine andere Idee.

Tarne setzte sich in ein Café gegenüber, bestellte sich einen Kaffee und rief im *Health Home Care Center* an. Er gab sich als Vertreter des *U.S. Citizenship and Immigration Service* aus.

Es war, wie Tarne vermutet hatte: Wenn sich eine vermeintliche Behörde meldete, zeigten sie sich sehr hilfsbereit.

Ja, Simon Anderson arbeite noch für sie. Ja, sie hätten ihm bei der Beschaffung der Lizenz geholfen.

Dann hätte Tarne eine erfreuliche Nachricht für sie, er könne bestätigen, dass sie ihren Mitarbeiter behalten können, er würde die Green Card als *third preference immigrant worker* erhalten. Er müsse sie ihm nur noch zusenden.

Ob es an das Büro ginge?

Nein, nur an seinen Wohnsitz. Es wäre eilig, sonst müsse er abgeschoben werden.

Sie wollten ihn auf keinen Fall verlieren, er sei eine gute Kraft. Bingo!

Das war ein Ziel. Wenn er zu der angegebenen Adresse führe, würde sich klären, ob Simon Anderson tatsächlich das Pseudonym von Andreas Schmidt-Demereau war.

Am nächsten Tag, einem Sonntag, buchte Tarne einen Leihwagen über das Hotel und folgte dem Highway U.S. 101 in nördlicher Richtung. Endlich bekam er die Golden Gate Bridge zu sehen. Mit Erstaunen registrierte er, dass er keine Maut bezahlen musste, wenn er in Richtung Norden die Stadt verließ. Brückenzoll wurde nur erhoben, wenn man in Richtung Stadt fuhr, und den Beitrag dafür hatte bereits die Leihwagenfirma erhoben. Es war ein erhabener Augenblick, über die Brücke zu fahren und die Aussicht zu genießen. Egal, was ihn am Ziel erwartete, allein für dieses Erlebnis hatte sich der Aufenthalt in San Francisco gelohnt!
Nach einer dreiviertel Stunde erreichte er den Zielpunkt San Raphael. Unter der Adresse, die ihm genannt worden war, fand er ein kleines, typisch amerikanisches Holzhaus, von dem die babyblaue Farbe abblätterte, auf der C Street, nahe der 2nd Street. Zur einen Seite kaum einen Meter Abstand zum Nachbarhaus, zur anderen war das Grundstück breit genug für ein Auto und daneben mit einem mannshohen Holzzaun gegen einen Parkplatz abgegrenzt. Die offene Garage lief über von Werkzeug, Gerümpel und Spielzeug. In der Durchfahrt neben dem Haus

war ein älterer viertüriger Toyota Pickup, dahinter ein kleiner Chevrolet Spark abgestellt. Tarne stieg die Eingangstreppe hoch, klopfte und rief. Nichts rührte sich. Tarne stieg die Treppe wieder hinunter und wendete sich der Einfahrt zu. Es kam ihm eine schlanke Frau in Jeans und T-Shirt mit einem Mädchen auf dem Arm entgegen. Sie trug ihre langen welligen dunklen Haare offen und das stand ihr. Um ihre Augen und die Mundwinkel zeigten sich beginnende kleine Fältchen, die davon zeugten, dass sie oft lachte.

„Ich dachte mir, ich hätte jemanden gehört. Wollen Sie zu uns?"

„Könnte ich Ihren Mann sprechen? Simon Anderson?"

Tarne stellte sich vor und erfuhr, dass sie Jennifer hieß, die Kleine Rachel und ihr Sohn Jake, der hinten bei ihrem Mann sei.

„Was wollen Sie von ihm? Am Sonntag?"

Sie geleitete ihn an den Autos vorbei hinter das Haus. Der Hof war klein und von einem hohen Holzzaun umgeben. Ein wenig erinnerte es Tarne an die Dekoration in einem Film nach Arthur Millers „Tod eines Handlungsreisenden". Nur die Atmosphäre war gänzlich anders. Eher wie ein Idyll, das Liebe und Geborgenheit ausstrahlte. Simon Anderson, mit Holzfällerhemd und kurzer Hose, stand am Grill, hielt seinen Sohn Jake hoch, damit der mit einem Spieß die Steaks wenden konnte. Überall lag Spielzeug herum. Simon setzte den Jungen runter, der sich sofort an sein Bein klammerte, nahm ihm den Spieß ab und schaute Tarne fragend entgegen.

Warum sollte Tarne um den heißen Brei herumreden? Es war nicht zu ändern.

„Andreas Schmidt-Demereau?"

Simon fiel der Spieß aus der Hand, sein Gesicht wurde schlagartig blass und Jennifer entfuhr ein kleiner Schrei. Sie setzte sich auf einen der bereitgestellten Stühle und drückte die kleine Rachel noch enger an sich, als wenn sie bei ihr Trost suchen wollte.

Simons Blick wurde zu einer starren Maske. Er bewegte sich wie ferngesteuert.

Tarne hob beschwichtigend die Hände, erklärte sein Hiersein, er wolle ihnen nichts, ob sie sich nur kurz unterhalten könnten.

Simons Stimme schwang zwischen Verzweiflung und Kapitulation.

„Ich habe irgendwann damit gerechnet. Dass konnte einfach nicht auf Dauer gutgehen. Dafür kenne ich ihren Hass zu gut. Eine Astrid Demereau vergibt und vergisst niemals."

Die Stimmung der Hoffnungslosigkeit wechselte in stille Akzeptanz, so als wenn dieser Moment schon lange erwartet worden wäre.

Tarne wurde nach dem ersten Schock gebeten, Platz zu nehmen. Jennifer holte einen weiteren

Stuhl aus der Garage. Tarne wurde so lange, wie selbstverständlich, Rachel anvertraut, die ihn erstaunt, aber interessiert anschaute. Simon entschuldigte sich, er wolle erst fertig grillen, sonst gäbe es nur Kohle zu essen. Ob er auch ein Steak wolle. Sie sprachen darüber, wie Tarne sie gefunden hatte. Tarne kam sich zwar wie ein Spielverderber vor, hatte trotzdem das Gefühl, dass er sofort in diese kleine Familie aufgenommen wurde. War das reine amerikanische Gastfreundschaft oder gehörte er vielleicht dazu, weil er ihr Geheimnis kannte? Das Gespräch entspannte sich und Tarne empfand sich immer mehr als Teil dieser glücklichen Familie. Jennifer arbeitete in der Bibliothek der *San Raphael Public Library*. Die Menschen, die Simon betreute, wohnten alle in erreichbarem Umfeld. Als nächstes größeres Projekt wollte Simon das Haus neu tünchen. Er zeigte Tarne die Eimer Farbe, die zur Verarbeitung bereit standen. Es sollte jetzt weiß werden.

„Ich will es uns schön machen. Aber jetzt ist das wohl nicht mehr wichtig."
Der kleine Jake suchte ununterbrochen die Nähe zu seinem Vater. Wenn Simon kurz weg war, rannte er hinter ihm her, suchte ihn und rief die ganze Zeit nach ihm:

„Daddy? Daddy?" Er war erst wieder zu beruhigen, sobald er auf Simons Schoß saß.
Wie konnte Tarne ein solches Familienglück zerstören?

Mit gefassten Worten erzählte Simon von der Vergangenheit.

„Ich habe ihr Gekeife noch im Ohr: Man verlässt mich nicht! Eine Demereau verlässt man nicht!"

„Sie wird sich irgendetwas einfallen lassen, uns das Glück hier zu zerstören", sagte Jennifer.

Tarne versuchte, die Katastrophenfantasien ein wenig einzudämmen, obwohl ihm das verlebte, vor Wut verzerrte Gesicht seiner Auftraggeberin in Erinnerung kam. Er versuchte es sich selbst schönzureden.

„Was soll sie schon tun?"
Simon Anderson sah es realistischer.

„Sie kennen sie nicht. Die Familie ist so mächtig. Ich traue ihr alles zu. Bei meinem Vorgänger hat sie dafür gesorgt, dass er entlassen wurde. Ihm wurden Verbrechen untergeschoben, die er nicht begangen hatte. Alles, was sein Leben ausgemacht hatte, wurde zerstört. Und so etwas tut sie nur aus gekränkter Eitelkeit."
Simon stand auf und begann auf dem Hof hin und her zu gehen. Tarne schloss sich ihm an. Beide hielten die Hände auf dem Rücken verschränkt.

„Ich weiß nicht, was sie in mir sah. Mein Beruf war ihr nie gut genug. *Nicht standesgemäß*, war ihr Ausdruck. Ich sollte nicht mehr

284

als Krankenpfleger arbeiten. Aber ich liebe meinen Beruf."

„Was ist sie für eine Frau? Was bringt sie, Ihrer Meinung nach, dazu, so zu reagieren?"

„Dazu habe ich mir schon viele Gedanken gemacht. Ich glaube, dass sie im Grunde ihres Herzen todunglücklich ist. *Verbittert* ist auch ein Wort, das sie gut beschreibt. Der ganze Reichtum hilft ihr nicht, ihr Minderwertigkeitsgefühl zu kompensieren. Damit das keiner merkt, tritt sie nach außen so arrogant, selbstgefällig auf."

„Ob ihr das selbst so klar ist?"

„Wer weiß", sagte Simon, „ich vermute aber nicht, sonst würde sie vielleicht etwas ändern. So bleibt sie auf jeden Fall böse und gefährlich."

Jetzt standen die Männer sich gegenüber und schauten sich in die Augen.

„Ich war so froh, ihr auf meine Weise entkommen zu sein." Simon Anderson, ehemals Andreas Schmidt-Demereau, schaute verlegen zu Boden. „Was werden Sie tun?"

Beim Abschied hatten Jennifer und Simon Tränen in den Augen. Beide drückten Tarne. Jake strahlte glücklich, weil er wieder am Hosenbein seines Vaters zerren konnte, und Rachel zeigte ein zufriedenes, verträumtes Gesicht auf den Armen ihrer Mutter.

Tarne buchte den Rückflug für den kommenden Dienstag. Am Montag suchte er John J. Patton in dessen Dienststelle auf.

John schlug ihm freundlich auf die Schulter.

„Und? Fall abgeschlossen?"

„Könnte ich die Dateien über die Wasserleiche haben? Ich bin überzeugt, dass er das ist."

Tarne hatte den Eindruck, es müsse unwirklich und gestelzt klingen, wie er das sagte. Johns zweifelnder Blick bestärkte seine innere Verwirrung.

„Das war es?"

„Das ist das Beste, das ich habe."

John schien enttäuscht, zog aber die gewünschten Bilder auf einen Stick und überreichte ihn Tarne.

„Geschenk der Polizei von San Francisco", scherzte er, „lass uns wissen, ob sie die Identifizierung bestätigt. Okay?"

Am Nachmittag besuchte Tarne zum Abschluss seines Aufenthaltes die Gefängnisinsel Alcatraz und stolperte, ohne recht bei der Sache zu sein, zweieinhalb Stunden auf dem Gelände herum, dem Schauplatz vieler Filme, die er gesehen hatte. Die Meeresluft, die ihm auf der Hin- und Rückfahrt um die Nase wehte, verschaffte ihm einen klaren Kopf und bestärkte ihn in seiner Entscheidung.

John J. Patton ließ es sich nicht nehmen, ihn Dienstag persönlich zum Flugplatz zu bringen. Der Abschied war herzlich. Sie versprachen, in Verbindung zu bleiben.
Johns letzte Worte blieben ihm während des Fluges im Ohr:

„Du wirst deine Gründe haben."

Ja, die hatte er. Eine glückliche Familie war das höchste Gut. Tarne würde sie nicht zerstören. Die Wasserleiche würde er Frau Demereau schon schmackhaft machen. Mehr würde sie auf keinen Fall bekommen. Ein ganz klein wenig freute er sich sogar auf das miese Wetter zu Hause im Ruhrgebiet.

Illusion der Freiheit

*Als Kaufhausdetektiv kennt Tarne jeden Trick
und sorgt für Gerechtigkeit. Bis ihm eine Lady
über den Weg läuft, die ihn mit Sirenenklängen
und verführerischem Aussehen in Versuchung
führt. Schafft er es, den Verlockungen der
„Femme fatale" zu entkommen, die ihn in den
Abgrund seiner Seele schauen lässt?*

Er wählte zwischen mehreren zerknautschen
Anzügen, grau, schwarz, dunkelblau, in seinem
Kleiderschrank den am wenigsten vergammelten aus. Ein Blick in den Spiegel überzeugte ihn
davon, dass er noch einen Tag auf die Rasur verzichten konnte. Sein Name war Robert Erich
Tarne und er war im Dienste der Gerechtigkeit
unterwegs. Eine Waffe benötigte er nicht für seinen Job als Kaufhausdetektiv. Er hatte sich mittlerweile hochgearbeitet und eine Kolonne von
zehn bis zwölf Männern und Frauen unter sich,
die er zu den jeweiligen Kaufhäusern fuhr, ein-
arbeitete und überwachte. Dadurch konnte er
sich mehr Freiheiten herausnehmen. Die Anzahl
der Mitarbeiter variierte, da nicht alle regel-

mäßig zum Dienst erschienen. Die Arbeit wurde nicht gerade exzellent bezahlt.

Wie eine verstopfte Blutbahn zog sich die A40, die Hauptverkehrsader des Ruhrgebiets, zwischen Duisburg und Dortmund hin. Tarne sammelte die Männer und Frauen, die zu seinem Team gehörten, mit dem Transporter unterwegs ein, karrte sie nach Dortmund und verteilte sie auf verschiedene Kaufhäuser. Er selbst überwachte heute die Kollegen im Kaufhaus am Hansaplatz. Auf einer Fahrt mit der Rolltreppe entging seinem Blick nicht, wie sich zwei Mädchen unter Kichern Schminkutensilien einsteckten. Er sah sich um und erkannte sofort, dass Chantal Borowski es auch bemerkt hatte. Ihre Blicke kreuzten sich. Mit einem Nicken bestätigte sie, dass sie an der Sache dran war. Auf Chantal war Verlass. Ihr entkam keiner so schnell. Sie würde das klären. Tarne hielt nach den anderen Kollegen Ausschau.

In der zweiten Etage bummelte er ziellos zwischen den präsentierten Waren herum und verweilte schließlich auf einem Beobachtungsposten hinter einer Plastikpalme verborgen. Da entdeckte er sie. Gerade als sie halb verdeckt durch einen Tisch mit aufgetürmten Taschen und Koffern eine kleine Handtasche mit anhängendem Preisschild in ihrer großen Ledertasche verschwinden ließ. Tarne hatte an dem angesagten dezenten Markenzeichen in mattem Silber die Wertigkeit des eingepackten Gegenstandes erkannt. Er schaute sich die Frau genauer an. Sie hatte Klasse. Sie war schlank, elegant gekleidet, hatte einen taillierten Mantel, ein fein geschnittenes Gesicht, sehr gepflegte Haut, große dunkle Augen. Nach der Tat strich sie sich wie zur Beruhigung mit der freien Hand eine Strähne ihres vollen braunen Haares aus der Stirn. Sie bewegte sich mit einer Grazie, die Tarne den Atem raubte. Und dann diese Beine. Ganz bestimmt keine Person, die es nötig hatte zu klauen. Er beschloss, diese Frau selbst unter die Lupe zu nehmen.

Auf jeder Etage ließ sie etwas mitgehen. Jedes Mal folgte dieselbe Geste, wie um etwas aus ihren Gedanken zu entfernen, Bedenken wegzuwischen. Auch glaubte Tarne mit seinem geübten Blick noch etwas anderes zu erkennen. Ein Glitzern in ihren Augen. War das Angst? Nervenkitzel?

Er wusste nicht, was ihn trieb. Irgendetwas war da. Vielleicht waren es die Beine. Wie konnte er diese Frau nur wegen ihrer wohlgeformten, langen, verführerischen Beine beurteilen? Das war doch ein Verhalten und ein Denken, das sollte doch heute nicht mehr sein Handeln beeinflussen. Das ging nicht. Wie nannte man das? Sexistisch? Aber, sagte er sich, was soll es, dann bin ich eben so. Es gab bestimmt Frauen, die das mochten, die sich genau deshalb so kleideten, oder? Warum auch immer, er war von ihr fasziniert und ihr gefolgt. Heute reizte ihn wohl einfach die Jagd. Aber was war das? Da war noch jemand. Ein Mann beschattete sie auch, registrierte genau, was sie tat. Merkwürdig.

Tarne ließ sie, ohne ihre Tat aufzudecken, durch die Kassen schlüpfen und ging ihr bis zum Parkhaus hinterher. Er hielt genug Abstand, dass er die Frau und ihren Schatten beobachten konnte, ohne selbst bemerkt zu werden. Sie nahm den Autoschlüssel heraus. An einem schwarzen Mercedes blinkten die Leuchten, als sie sich näherte und den Türöffner betätigte. Tarne merkte sich das Kennzeichen und sprintete zu seinem Wagen in der nächsten Etage. Vor der Ausfahrt hatte er sie mit seinem Ford eingeholt. Er schloss sich der Reihe vor der Schranke an, als dritter Wagen hinter ihr. Der Mann vor ihm beugte sich nach links aus einer silbergraumetallicfarbenen Audi-Limousine, um das Ticket in den Automaten zu schieben. Tarne erkannte ihn wieder. Es war derselbe, der ihm schon bei der Observation aufgefallen war. Er fummelte einen Kuli aus dem Handschuhfach. Der Stift kratzte erst nur. Tarne fluchte, bis es ihm doch gelang, durch Schütteln und wildes Schmieren sichtbare Zeichen zu produzieren. Schließlich schaffte er es, die Kennzeichen des Audi vor ihm und die Nummer des Mercedes einigermaßen leserlich auf eine zerknitterte Tankquittung zu kritzeln.

Tarne ließ sich ein wenig zurückfallen, bis zwei Fahrzeuge zwischen ihm und dem Unbekannten eine gewisse Deckung boten. Er folgte der Diebin in dem Mercedes und dem Mann die Hohe Straße entlang. Bei der Ampel an der Ecke Kreuzstraße bog die Frau ab und der Schatten schloss sich an. Der erste der beiden Wagen, die Tarne dazwischengelassen hatte, sprintete bei Gelb über die Kreuzung. Der andere stoppte vorschriftsmäßig, so dass Tarne ebenfalls zum Halten gezwungen war. Alles Fluchen und auf das Lenkrad Trommeln nutzten nichts. Die Minuten zogen sich, bis das Signallicht auf freie Fahrt schaltete und der Wagen vor ihm sich langsam fortbewegte. Tarne gab so viel Gas, dass die Reifen seines Wagens in der Kurve Gummi auf dem Asphalt zurückließen. Die Kreuzstraße vor ihm war frei. Weit voraus sah er, wie ein Fahrzeug in den Vinckeplatz einbog. Auf die Entfernung nahm er nur einen silbergrauen Farbton wahr. Das konnte der Audi des Verfolgers sein. Er zog den Motor hoch, schlitterte links in den Vinckeplatz, sah kein Fahrzeug mehr auf der Straße vor sich und raste weiter, Wittekindstraße, da waren schon die Hinweisschilder für die A40. Tarne gab auf, ließ seinen Wagen über die schmale Grasnarbe ausrollen und hielt mit laufendem Motor auf dem Fahrradweg. Er tätigte einen Anruf, der brachte ihm die Information, dass der Mercedes auf einen Dr. Thomas Reimann zugelassen sei, mit Wohnsitz im Kreuzviertel. Da hatte er sie nicht so weit verpasst. Er machte sich zu der Adresse auf, in der Hoffnung, dass sie nach Hause gefahren war.

Wenige Minuten später hatte er die genannte Straße erreicht. Ihr Mercedes parkte vor der Garage eines Gebäudes mit drei Etagen, das wie eine alte Villa aussah und sehr gepflegt wirkte. Auch der Audi des Verfolgers stand einige Häuser weiter vor einer Einfahrt. Der Kerl darin hatte sich hinter einer Zeitung verschanzt, wie Tarne aus den Augenwinkeln erkannte, als er langsam die Stelle passierte. Die Parkplatznot war nicht zu übersehen, selbst die Bauminseln und die Kreuzungen waren zugeparkt. Tarne umkurvt alles im Slalom, bis er in der nächsten Querstraße eine gerade frei gewordene Lücke ergatterte.

Der Überwacher hatte von ihm bisher keine Notiz genommen, also ging Tarne davon aus, dass derjenige nicht wusste, dass er ihm aufgefallen war. Wenn Tarne die Frau jetzt aufsuchte, würde es der Beobachter sehen. Aber was soll es, dachte er. Lassen wir es darauf ankommen.

Tarne ging zur Kreuzung zurück, würdigte den Audi mit dem Zeitungsleser darin keines Blickes. Er betätigte die einzige für das Haus vorhandene Schelle. Kurz darauf nahm er eine Bewegung der Gardine in einem Fenster im Erdgeschoss wahr.

Sie öffnete, er stellte automatisch den Fuß vor, damit sie die Tür nicht mehr schließen konnte. Sie wich einen Schritt zurück.

„Frau Reimann?"

„Was wollen Sie?"

Tarne überlief es bei ihrem Anblick heiß und kalt.

Da stand diese Frau vor ihm, groß, schlank, eine fantastisch geformte Figur, die durch geschickt ausgewählte Bluse und Rock noch betont wurde. Makellose, leicht gebräunte Haut. Ein ovales Gesicht mit einer ausgesprochen frechen kleinen Nase und dann diese Augen! Aus der Nähe fesselte dieses helle strahlende Blau seine ganze Aufmerksamkeit.

Sie strich sich ihr braunes Haar mit einer eleganten Geste hinter die Ohren und fragte noch einmal:

„Was wollen Sie?"

„Es gibt zwei Möglichkeiten. Entweder Sie bezahlen oder Sie geben die Waren zurück, die Sie entwendet haben."

Sie zögerte den Bruchteil einer Sekunde. Ihr Gesicht wurde ausdruckslos, versteinerte sich. Ihre

Stimme nahm einen knallharten, eiskalten Klang an.

„Verschwinden Sie!"

Tarne stieß sie brutal zurück. Sie stolperte und fiel auf einen Sessel. Er begann die Wohnung zu durchsuchen, stieß eine Tür nach der anderen auf. Sie bekam sich schnell wieder in den Griff und lief lamentierend hinter ihm her. Im Schlafzimmer fand er ihre Tasche. Sie lag auf dem Bett und daneben ordentlich nebeneinander sortiert die entwendeten Gegenstände. Alle noch mit Etikett versehen. Er nahm ein Foto mit seinem Handy auf.

„Zur Beweissicherung", sagte er. „Diese Dinge haben Sie bei uns im Kaufhaus entwendet. Oder soll ich es deutlicher ausdrücken: gestohlen?"

Im Brustton der Überzeugung widersprach sie:

„Das ist eine unverschämte Behauptung. Natürlich nicht. Wie kommen Sie auf so etwas?"

„Dann können Sie mir bestimmt die Quittung zeigen?"

„Das werde ich nicht tun. Die habe ich weggeworfen. Was geht Sie das überhaupt an? Wer sind Sie überhaupt?"

Tarne packte alles wieder zusammen, in ihre große Tasche, ging damit ins Wohnzimmer und ließ sich auf dem Rolf-Benz-Ledersofa nieder. Die Einrichtung entsprach dem Style der Zeitschrift *Schöner Wohnen*. Tarne vermutete, dass bei der Gestaltung auf die Unterstützung eines Innenarchitekten zurückgegriffen worden war.

Sie angelte ihr Handy von einem Glastisch.

Tarne beobachtete ihre gepflegten Hände, die mit dem Gerät herumspielten.

„Ich rufe die Polizei an."

„Nur zu. Das erspart uns Zeit."

Sie legte das Handy wieder auf den Tisch und musterte Tarne mit weit aufgerissenen Augen, die Unschuld signalisieren sollten. Zumindest war das Tarnes Interpretation ihres Blickes. Er hatte auch den Eindruck, geradezu sehen zu können, wie es in ihrem Kopf arbeitete, wie sie sich eine neue Strategie zurechtlegte.

„Wie haben Sie mich gefunden?"

„Das war nicht schwer."

„Hören Sie … können wir das Ganze nicht einfach vergessen? Irgendwie regeln? Wir müssen doch da keine große Sache draus machen?"

„Sie geben es also zu?"

Sie wartete mit einer Antwort. Klapperte mit den Wimpern.

„Es … war keine Absicht. Es ist aus Versehen passiert. Ich wollte bezahlen, habe es dann wohl vergessen."

„Da erwische ich eine Diebin und dann soll ich so etwas glauben?"

Er kannte sie alle, die Ausreden, die Entschuldigungen, das unschuldige Getue. Gleich käme die Masche mit dem *Es-war-das-erste-Mal-und-ich-tue-es-nie-wieder!*-Gestammel.

Ihre Augen strahlten Langeweile aus, als wenn sie schon alles gesehen hätten.

Jetzt, dachte er, jetzt kommt der Test, ob er bestechlich wäre.

„Wie viel wollen Sie?"

Innerlich grinste Tarne.

„So viel können sie nicht bezahlen."

„Doch, kann ich."

Das hörte sich für Tarne wie ein kleines trotziges Kind an.

Er schüttelte den Kopf.

Plötzlich wieder ein Funkeln in ihren Augen.

Tarne konnte in ihr lesen wie in einem Buch.

Jetzt würde der nächste Versuch kommen.

Sie setzte sich verführerischer hin. Zog den Rock glatt, streckte die Beine länger aus, damit er höher rutschte. Lächelte ihn an.

„Darf ich Ihnen etwas anbieten? Vielleicht einen Kaffee?"

Die längsten Beine, die Tarne je gesehen hatte. Er musste sich zusammenreißen. Sie merkte bestimmt, dass er von ihr beeindruckt war.

„Kaffee? Ich glaube nicht, dass Sie einen herstellen können, der mir schmeckt."

„Vielleicht etwas Härteres?"

„Warum nicht?"

„Was hätten Sie gerne?"

„Ich schließe mich Ihnen an."

Sie stand auf und ging in die Küche. Sie brauchte einige Zeit, bis sie eine Flasche und Gläser herausgefummelt hatte. Das Klirren der Eiswürfel drang durch die offene Tür. Die Geräusche verrieten Tarne, dass einige Eiswürfel in einen Glasbehälter, andere auf den Tisch und ein paar auf den Fußboden fielen.

Ob sie gleich mit einem Messer wiederkäme, um auf ihn loszugehen? Tarne war gespannt, was sie sich noch einfallen lassen würde.

Sie kam mit einem Silbertablett zurück, darauf eine Flasche *Highland Park 18*, zwei schwere Whisky-Tumbler in Tropfenform, eine Kristallkaraffe mit Wasser und ein Eisbehälter aus Kristall, samt silberner Eiszange. Sie stellte es demonstrativ vor Tarne auf den Glastisch und setzte sich neben ihn auf das Sofa. Die Flasche war halb leer.

Tarne war gespannt, wie es weitergehen würde. Er wusste, wenn er jetzt die Rolle übernahm, die sie ihm angedacht zu haben schien, dann war das ein erster Punkt für sie. Aber was sollte es. Warum nicht? Er hatte nichts zu verlieren. Sehen wir, was passiert. Er goss ihr und sich einen doppelten Whisky ein.

„Wasser?"

„Einen Finger breit."

„Eis?"

„Ja bitte."

Tarne erfüllte ihre Wünsche und stellte ein Glas vor sie auf den Tisch.

„Sehr gut. So nehme ich ihn auch am liebsten", sagte er.

Sie nahm den Drink und kippte ihn auf einmal in sich hinein.

Da wusste Tarne, dass sie etwas ganz Besonderes war. Er hielt seinen Tumbler in der Hand, ließ den edlen Tropfen kreisen und schaute. Das Eis klirrte leise.

Sie legte ihren Kopf an seine Brust. Die Alkoholfahne erreichte seine Nase.

„Männer wie Sie findet man selten." Fahrig griff ihre Hand nach ihm.

„Genau jetzt", flüsterte sie, „könnte ich über dich herfallen. Aber ... dann ... was wirst du dann von mir denken?"

Tarne lehnte sich zurück.

Sie ließ eine Hand unter sein Jackett gleiten und legte die andere auf seinen Oberschenkel und presste ihre Brüste an ihn. „Welche Muskeln! Wie stark du bist!"

Ihre Hände auf seinem Körper ließen seine Abwehr dahinschmelzen. Was wäre, wenn er sich darauf einließe? Würde sie schreien, ihn wegen Erpressung und Vergewaltigung beschuldigen? Die Bullen würden kommen. Aber dann wäre sie auch aufgeflogen und wäre wegen des Diebstahls dran. Würde sie das riskieren?

Die Eiswürfel in seinem Glas schmolzen vor sich hin.

Das war schon verrückt, was ihm in solch einer Situation durch den Kopf ging. Er könnte es riskieren, ihr Angebot anzunehmen. Aber die Macht, die er im Moment durch ihren Fehler, den Diebstahl, über sie hatte, für eine kurze Affäre oder ein sexuelles Abenteuer auszunutzen, kam für ihn nicht in Frage. Das wäre unprofessionell.

Tarne schob sie sanft zurück.

Sie sah ihn mit versteinerten Gesichtszügen an.

Hass las er darin, puren Hass.

Sie zog sich von ihm zurück, setzte sich breitbeinig hin, die Ellenbogen auf die Knie gestützt, den Kopf in den Händen.

Was würde jetzt kommen? Würde sie jetzt die Krallen ausfahren? Oder mit ihrer misslichen Lage kommen? Die Mitleidstour?

Tatsächlich. Da waren die Tränen. Verfing bei ihm nicht.

Sie redete in ihre Hände hinein.

„Hat mein Mann Sie beauftragt?"

Was sollte das jetzt?

„Schickt mein Mann Sie? Ich wusste doch, dass er mich überwachen lässt."

„Nein. Warum sollte er Sie überwachen?"

Das würde natürlich den Kerl vor der Tür erklären. Gut, dass ich mich von ihr nicht habe verführen lassen, dachte Tarne. Vielleicht steht

gleich der Ehemann vor der Tür. Falls der Beobachter ihn sofort informiert hatte, als Tarne
das Haus betrat.

„Er ist maßlos eifersüchtig."

„Hat er einen Grund?"

„Es gab jemanden, aber mein Mann hat
es erfahren und seitdem kann ich mir nichts
mehr erlauben. Deshalb dachte ich, Sie …"
Sie klang jetzt kleinlaut. Tarne erwartete keine
weiteren Tricks. Die Masken waren alle gefallen. Das war die Frau hinter der Fassade.

„Nein", sagte Tarne, „ich bin nicht im
Auftrag Ihres Mannes hier."
Einen Moment herrschte Ruhe. Dann fragte
Tarne:

„Warum tun Sie das?"

„Ich weiß nicht, warum. Ich lebe hier
wie in einem goldenen Käfig. Ich kann mir alles
kaufen. Aber eigentlich darf ich nichts tun, was
er nicht erlaubt. Vielleicht mache ich es deshalb?"

„Was?"

„Na, Sie wissen schon, das im Kaufhaus."
Tarne nickte zustimmend und da sie ihn nicht
anschaute, gab er ein seiner Meinung nach ver-
ständnisvolles Brummen von sich.

„Ich weiß nicht, was mich überkommt",
fuhr sie fort, „aber irgendwie ist es ein Reiz, ein
Kribbeln, der Moment, wenn ich den Gegen-
stand einstecke. Wenigstens dann spüre ich so

301

etwas wie Freiheit. Dabei ist es völlig egal, was ich mitgehen lasse."

„Hm."

Sie schniefte, wischte die Tränen ab. Der verschmierte Eyeliner hatte dicke schwarze Ränder um die Augen hinterlassen. Die Augen wirkten noch größer und das Blau darin noch heller.

„Was geschieht jetzt?"

„Sie sollten sich Hilfe holen."

„Psychotherapie?"

„Ja. Ich kann Ihnen einen guten Therapeuten empfehlen. Und morgen, das müssen Sie mir versprechen, gehen Sie in das Kaufhaus zurück und bezahlen die Ware. Denken Sie daran, ich überprüfe das. Eine Anzeige kann ich immer noch stellen."

Sie schaute ihn aus ihren verschmierten Augen mit ihren treuen großen Augen an und nickte.

„Wenn Sie das erfüllt haben …", er hielt ihrem Blick lange stand, „… und Sie haben immer noch Interesse, mich zu sehen, dann rufen Sie mich an und wir treffen uns vielleicht zu einem Kaffee." Er nahm eine Visitenkarte aus der Brieftasche, notierte seine private Handynummer auf der Rückseite und reicht sie ihr. Wenn sie sich freiwillig auf ein Abenteuer einlassen würde, sollte es ihm recht sein.

Schüsse im Dunkeln

In modernen Kriminalgeschichten wird es immer schwieriger, die guten von den bösen Jungs zu unterscheiden. Wenn der Jäger zum Gejagten wird, muss der Detektiv manchmal auch dunkle Methoden anwenden, um sich zu schützen und zu seinem Ziel zu gelangen. Die Grenzen zwischen Freund und Feind verwischen sich. Der Held handelt nicht immer ehrenvoll!

Nachts. Irgendwo im Ruhrgebiet. Robert E. Tarne bemerkte, dass sie ihm folgten. Es gelang ihm nicht, sie abzuschütteln. Sie klebten wie Kaugummi an seinen Fersen. Sein langer Mantel mit dem Fischgrätmuster flatterte wie Batmans Umhang hinter ihm her. In der Dunkelheit hastete Tarne voran. Er hatte längst die Orientierung verloren. Einen Moment verharren, lauschen. Was war das für ein Knacken? War das nur einer oder waren das mehrere? Hatten sie ihn verloren? Zum Glück kannten sie sein Gesicht nicht.

Warum nur konnte er als Detektiv nicht auch einmal, nur einmal, einen einfachen Fall übernehmen? Warum musste es immer ans Äußerste gehen? Diesmal hatte es doch so seriös geklungen. Ein Oberregierungsrat als Auftraggeber. Er sah genauso aus wie Tarne sich einen Oberregierungsrat vorstellte. Er sei auf einer Konferenz gewesen und habe auf seinem Frühstückstisch ein weißes iPhone gefunden. Er habe es ja abgeben wollen. Da es aber nicht gesperrt war, habe er – rein aus Neugier – einmal nachschauen wollen. Er sei dann völlig entsetzt gewesen, als er auf diesem Handy Fotos von sich gefunden hätte. Er habe sich das überhaupt nicht erklären können, wie Fremde an seine Bilder gekommen seien. Auch noch in kompromittierenden Posen. Nervös, getrieben hatte er auf Tarne gewirkt. Seine Blicke waren hektisch hin und her gewandert.

„Sie wissen ja …", hatte er gesagt, „… wie das in der Politik auf dieser Ebene so ist." Dann sei der Besitzer des Handys an seinen Tisch gekommen und habe sein Telefon zurückhaben wollen. Da sei ihm einiges klar geworden. Der Name dieses Mannes sei Niklas Winton. Er habe sich sofort an den erinnert, weil er in seiner Position als Oberregierungsrat ein größeres Projekt dieses Herrn verhindert habe. Das hätte Winton an den Rand des Ruins gebracht. Er müsse, habe Winton ihm gesagt, heute noch mit den Folgen klarkommen.

„Bitte helfen Sie mir. Diese Fotos … das sind sehr sensible Aufnahmen. Jetzt erpresst er mich damit. Die dürfen auf keinen Fall an die

Öffentlichkeit gelangen. Sonst bin ich erledigt. Meine Karriere ist beendet. Er will, dass ich sein nächstes Unternehmen fördere. Dazu habe ich gar nicht die Möglichkeit. Winton hat gedroht, mich sonst zu vernichten. Aus purer Rache."

Tarne solle das Handy zurückholen.

Es war eine wilde Geschichte. Der Oberregierungsrat hatte noch etwas gesagt von *heikler Angelegenheit* und *strengster Verschwiegenheit*. Tarne sei ihm sehr empfohlen worden, er sei ein Detektiv, dem man vertrauen könne, der sehr geradlinig sein Ziel verfolgen würde. Er hätte auch gehört, dass Tarne, wenn es notwendig sei, für den Auftraggeber Dinge regele, die der Polizei nicht erlaubt seien. Natürlich nur, wenn es der Gerechtigkeit diene.

„Sie erwarten also", hatte Tarne gefragt, „dass ich das Handy stehle?"

„Es sind ja meine Bilder darauf. Das Recht an meinen Bildern. Ich gebe ja zu, dass die Angelegenheit heikel ist."

„Sind Sie sicher, dass alle Bilder auf dem Handy sind? Keine Sicherheitskopien an anderen Orten existieren?"

„Nein. Das hat Niklas Winton mir versichert."

„Sie glauben ihm?"

„Bei diesen Bildern? Ja doch."

Tarne fand die ganze Geschichte so wirr, dass er aus reiner Neugierde zugesagt hatte. Trotz eines reichlich unguten Gefühls. Er musste dem Herrn Oberregierungsrat versprechen, dass er nur das Handy holen würde und sich nicht die Bilder ansehen werde. Weil dem Herren das sonst peinlich wäre. Nun gut.

Er hatte Erkundigungen über Niklas Winton eingeholt, ihn überwacht und einen geeigneten Moment abgewartet für die Möglichkeit, über die Terrasse in das Haus einzudringen. Tarne durchsuchte die Jacke des Besitzers, die über einem Stuhl hing, fand das weiße iPhone und nahm es an sich. Das musste es sein. Mehrere Personen hatten sich im Nebenraum aufgehalten. Tarne hörte Gemurmel und klapperndes Besteck. Ein kribbeliger Moment. Bis dahin war alles gutgegangen. Dann erklang ein Niesen und kurz darauf war ein Mann in das Zimmer gekommen. Vielleicht wollte er ein Taschentuch holen. Derjenige sah Tarne gerade noch von hinten, als er mit seiner Beute durch die Terrassentür hinausschlich. Das war der Beginn des heutigen Ärgers. Er hatte sie noch rufen hören.

„Das muss dieser Tarne sein."

„Dann war die Warnung richtig."

Woher kannten sie seinen Namen? Er musste verraten worden sein. Eine andere Erklärung gab es nicht. Aber er war so schnell aus dem Haus, also wussten sie nicht, wie er aussah. Wer war noch informiert, dass er hier war? Spielte sein Auftraggeber ein falsches Spiel? Hatte er es ihnen gesteckt? Aber warum? Hatten sie sich so sicher gefühlt, dass er nicht bis hier vordringen würde?

Tapsende Schritte, huschende Schatten. Tarne stoppte, an eine Hauswand gedrückt, wartete reglos, horchte und kontrollierte seinen Atem, bis er wieder gleichmäßiger, ruhiger war. Der Nebel, der zusätzlich über den Straßen hing, ließ alles unwirklich erscheinen. So ein Theater. Alles wegen eines simplen Handys? Was war an diesen Fotos so brisant? Geräusche drangen gedämpft an sein Ohr. Sein Blut kreiste so schnell, dass er die feuchte Kälte kaum spürte. Waren sie noch hinter ihm? Hatten sie seine Spur verloren? Hatte er Glück? Nein, da hörte er sie wieder. Dieses vorsichtige, aber stetige Tapsen, langsame schwere Schritte. Jemand mit viel Gewicht, so hörte es sich an. Kam näher. Das Geräusch war weg. Derjenige hatte auch angehalten. Plötzlich hallte ein Plopp durch die Nacht und neben Tarne platzten Beton und Gesteinssplitter aus der Hauswand.
Tarne duckte sich hinter einen Baum. Wieder: Plopp und plopp. Fetzen der Rinde spritzen. Einschüsse um ihn herum. Aus zwei Richtungen. Es waren mehrere. Dass sie so weit gehen würden, damit hatte er nicht gerechnet. Die hatten es auf sein Leben abgesehen. Wegen ein paar Bildern? Verdammt! Er musste weiter, weg hier.

Je länger er an einem Platz blieb, umso eher konnte sie ihn umzingeln.

Bodenplatte für Platte vorsichtig voranschreiten, keine Geräusche erzeugen. Sobald er wieder lief, wurde er hörbar, dann begann auch das Trappeln hinter ihm wieder. Sie hatten ihn nicht verloren. Waren noch in der Nähe. Sie warteten auf seinen nächsten Schritt, seinen nächsten Fehler. Er musste ihnen entkommen.

Was war, wenn sie ihn erwischten? Reichte es ihnen, wenn sie das iPhone mit den Bildern zurückbekamen, oder würden sie ihn umlegen?

Was war das? Sie kamen wieder näher. Links sah er einen Schatten auf gleicher Höhe. Wenn sie ihn in die Zange nahmen, vor ihm und hinter ihm, dann hatte er keine Chance mehr. Wenn er sich einfach umdrehte, und ihnen entgegenging? Würden sie sich täuschen lassen? War es einen Versuch wert? Wenn er nur einen Moment Zeit hätte, einen Augenblick Ruhe, dann könnte er sich das Handy näher ansehen. Jetzt wollte er doch wissen, was auf den Fotos zu sehen war. Was war an denen so wichtig, dass sie dafür einen Menschen auslöschen würden?

In dem Moment entdeckte er einen Lichtschein voraus. Was mochte das sein? Um diese Zeit? Helligkeit konnte bedeuten, dass sich dort jemand aufhielt. Unter Menschen zu sein, bedeutete Sicherheit. Je mehr, desto besser. Wenn er in eine Gruppe eintauchen konnte, wurde er für die Verfolger unsichtbar. Sie konnten nicht alle umlegen. Das konnte Hilfe bedeuten, seine Rettung. Vor Tarne tauchte die Leuchtreklame einer Kneipe auf. *Bürgerstübchen* entzifferte er über dem erleuchteten Eingang. Eine Kneipe, die um diese Zeit noch geöffnet hatte. Das war es. Ein Hoffnungsschimmer. Dort waren andere Menschen. Er konnte sich unter sie mischen. Er wäre nicht mehr als Ziel für seine Verfolger auszumachen. Tarne zog die Türe auf. Er schlüpfte hinein und sein Hetzen endete abrupt. Hier herrschte eine kaum zu überbietende alkoholtriefende Langsamkeit. Dafür war es erheblich lauter. Die rasante Hektik seiner Flucht durch die vom Nebel gedämpften, gefährlich leisen Geräusche draußen erstarrte hier drin zu einer Unbeweglichkeit, untermalt vom lauten Getöse der stark angetrunkenen Stammgäste. Der Geruch abgestandenen Bieres und die Ausdünstungen der Menschen, die sich schon seit Stunden hier aufhielten, schlug ihm entgegen. Er hängte seinen Mantel an einen Garderobenhaken. *Wir haften nicht für Ihre Garderobe,* stand auf einem grauen Schild. Was einem alles auffiel, selbst in so einer Situation. Wie jetzt weiter? Zwei Möglichkeiten: Entweder sie hatten es mitbekommen, dass er hier hineingeschlüpft war, oder nicht. Zumindest kamen sie nicht sofort in die Kneipe. Auf jeden Fall wurden die Karten jetzt neu gemischt. Hier konnten sie ihn nicht einfach abknallen. Das würde zu viel Staub aufwirbeln.

Hier waren andere Menschen. Zeugen. Unbeweglichkeit könnte gerade dann eine Tarnung sein, wenn der Verfolger erwartete, dass man sich bewegt, wegläuft.

Sechs Männer unterschiedlichen Alters drängten sich um eine Frau an der Theke, von ihr konnte Tarne nur eine blonde Mähne erkennen und ihr schrilles hohes Organ, das von einem Kichern zum nächsten stolperte. Mit etwas Abstand links daneben unterhielten sich zwei weitere Männer an der Theke. Einer davon saß, der andere stand und unterstrich mit großen Gesten seine Argumente. Mehrere Barhocker standen unbesetzt herum.
Die männlichen Gäste sprühten vor Idee und Witz, überboten sich gegenseitig in Lautstärke, um die einzige Frau in der Kneipe zu beeindrucken. In der Hoffnung, sie abschleppen zu können. Einer, den Tarne sofort als Alphatier ausmachte, sah mit seinem Bart ein wenig wie Schimanski aus. Alle seine Bemerkungen waren von einer Arroganz gekennzeichnet, die schon an Unverschämtheit grenzte. Er nutzte jede Gelegenheit, um die anderen mit abfälligen Bemerkungen auszustechen. Tarne bekam mit, wie er im Flüsterton vor einem Nachbarn prahlte, ohne dass es die Blondine hören konnte. „So wahr ich Udo heiße, wat soll'n wir wetten, dat ich sie heute noch flachlege?"

310

Tarne wischte sich den Schweiß von der Stirn und gesellte sich unter die Gruppe.

Aus der Küchentür hinter dem Wirt erschien eine weitere junge Frau. Tarne vermutete, die Kellnerin oder eine Küchenhilfe. Sie mischte sich in die Gesellschaft um die Blondine vor der Theke ein. Beugte sich vor und stützte sich auf dem Tresen ab. Tarne sah auch, warum. Dabei zeichneten sich nämlich deutlich und in freier Bewegung zwei große Rundungen unter einem grauen Sweatshirt ab. Sie schien es darauf abzulegen, das Schlachtfeld nicht der einzigen Frau vor der Theke zu überlassen.

Tarne stieß Udo, den Wortführer, in die Seite, der sich ungehalten umdrehte, deutete mit einem Kopfnicken auf das Mädchen hinter der Theke.

„Heißes Geschoss, was?"

Udo warf einen kurzen Blick zu ihr.

„Kannste wohl sagen. Die hat'n paar Möpse, sach ich dir. Genau richtig für'n Tittenfick. Aber da kommste nich' ran. Die is' auf Wille scharf, der sitzt links neben Beate."

Tarne hatte es geschafft. Er war hier eingetaucht. War einer unter vielen. Versteckt. So war es im Ruhrgebiet. Hier blieb keiner in einer Kneipe lange allein.

Udo schien glücklich zu sein, ein weiteres Opfer für seine Sprüche gefunden zu haben, und fuhr mit der Darstellung seiner geplanten Heldentaten fort.

„Weißte, die Tanja, dat is' die neben Benno, dat is' wirklich dat geilste Stück Fleisch, dat rumläuft. Die knall ich als nächste, wenn Wille mit ihr durch ist. Die schluckt auch, dat kannste mir glauben. Oda wat."

Tarne brummte zur Anerkennung, dachte aber, was für ein fieser Maulheld, und bestellte sich bei Benno, dem Wirt, ein Bier.

Suchten sie ihn draußen weiter? Besprachen sie vor der Türe erst ihr weiteres Vorgehen? Stimmten sich auf die neue Situation ab, bevor sie hereinkamen?

Für Tarne war es eine kleine Pause. Bis die Jäger ihn wieder ausmachen würden. Tarne gab sich den Anschein, als wenn er in aller Ruhe sein Getränk konsumierte. Auf diese Art würden sie ihn nicht sofort erkennen, wenn sie doch hereinkommen sollten. Was war zu tun? Sich verkleiden? Mantel oder Jacke wechseln? Eine Kappe, einen Hut an der Garderobe klauen? Ein Königreich für eine Idee. Irgendeinen Trick anwenden. Manchmal war es einfacher als man dachte. Jetzt gab es wieder zwei Möglichkeiten. Wenn sie hereinkamen, übersahen sie ihn vielleicht oder sie entdeckten ihn und mischten ihn auf. Er war sich sicher, dass sie ihn nicht so gut gesehen hatten, dass sie ihn hätten erkennen können. Sie waren nur seinem Schatten gefolgt. Eine laufende Gestalt in der Nacht.

Die Tür wurde aufgestoßen. Es waren drei. Tarne vermutete, dass zusätzlich einer vor der Tür als Rückendeckung postiert war. Sie stürmten herein, als wenn ihnen der Laden gehören würde. Stoppten dann und verschafften sich einen Überblick. Kantige Schädel, unrasiert, gewaltbereite Schläger, kaum zu unterscheiden. Zwei postierten sich direkt rechts und links neben der Tür. Sie waren in lange schwarze Mäntel gekleidet, einer aus Stoff und einer aus Leder mit Pelzkragen. Der Dritte trug einen modischen, ebenfalls schwarzen Kurzmantel. Er stürmte vor und trat einen Stuhl zur Seite, der daraufhin umstürzte. Sein Mantel klaffte kurz auseinander. Tarne erhaschte einen Blick auf die Waffe darunter. Hoffentlich wurde diese Kneipe nicht zu einer Falle statt zur erhofften Rettung. Er musste sich schnell etwas einfallen lassen.

Tarne war der Erste, der das erstaunte Schweigen der Gruppe in der Kneipe unterbrach. Er wollte sich integriert zeigen, dazugehörig, nicht als wenn er vor wenigen Minuten hereingekommen sei.

„Noch eins, Benno." Dabei imitierte Tarne ein Lallen.

Tarne sah, wie sein Nachbar Udo ein weißes iPhone, dasselbe Modell wie das geklaute, aus der Tasche zog und eine Nachricht eintippte. In dem Moment kam ihm die zündende Idee. Das war es. Sie kannten seinen Namen, aber sie wussten nicht, wie er aussah. Er musste eine falsche Fährte legen.

„He", er stieß Udo in die Seite, der daraufhin sein Smartphone wieder einsteckte und sich Tarne wieder zuwandte.

„Wat is?"

„Ich müsste dringend zum Klo."

„Dahinten, Mann."

„Ich weiß, aber ich habe ein Problem."

„Hä? Wat denn? "

„Ich erwarte hier auf dem Kneipentelefon bei Wille einen dringenden Anruf."

„Ja und? Wat hab' ich damit zu tun?" Tarne trat von einem Bein auf das andere.

„Es ist wirklich wichtig. Kannst du das Gespräch nicht für mich annehmen? Ich bin auch sofort wieder da. Nur für den Fall der Fälle."

„Warum sollte ich das tun? Oda wat?"

„Ach komm. Sei ein Kumpel. Stell dich nicht so an, ich gebe dir auch 'n Zwanni." Udo war anzusehen, dass er glaubte, einen Bekloppten vor sich zu haben, den er gut über's Ohr hauen konnte.

„Fuffzich." Udo zögerte. „Wat is, wenn du zurück bist und der Anruf war noch nich'? Oda wat?"

„Dann habe ich halt Pech gehabt. Kannst ihn trotzdem behalten." Udo hielt Tarne die Hand entgegen.

314

„Okay", sagte Tarne, „achte drauf, *Tarne, Anruf für Tarne*", steckte ihm den Schein zu und stolperte Richtung Herrentoilette.

„Ja ja", mit einem kaum unterdrückten gehässigen Grinsen steckte Udo seinen Gewinn ein.

Tarne lehnte die Toilettentüre nur an, beobachtete die Situation im Schankraum und zog sein Handy aus der Tasche.

Der mit dem kurzen Mantel war der Wortführer.

„He Leute, wir suchen jemanden."

„Haha, wir auch", sagte irgendein Witzbold der Anwesenden und löste damit einen Lachflash bei den anderen aus. Besoffene fühlten sich in der Gruppe stark.

„Ist hier kürzlich jemand reingekommen?"

„Klar doch, wir alle." Erneute Lachkaskade.

„He, was soll das …" Aber alles Weitere ging in Lachen und Gebrabbel unter.

Tarne untersuchte eine Toilettenbox und begutachtete den Riegel, der sie verschließen solle. Das würde nicht lange halten, wenn sie hier hereinkamen. Er drückte auf dem Handy herum. Wie hieß dieses Loch gleich? *Bürgerstübchen*. Genau. Was für ein Name. Da, das war die Rufnummer. Tarne klickte sie an. Die Verbindung baute sich auf.

„Hallo, dort *Bürgerstübchen*?"

„Ja, haben Sie doch gewählt." Der Wirt schien auch ein Witzbold zu sein. „Wat woll'n se? "

Tarne schirmte seinen Mund und das Handy mit der Hand ab und flüsterte.

„Bei Ihnen hält sich ein Herr Tarne auf. Bitte holen Sie ihn an den Apparat. Ich habe eine dringende Nachricht für ihn."

„Sprechen Sie lauter. Ich verstehe sie schlecht."

„Können Sie bitte Herrn Tarne ausrufen, der steht bei Ihnen vor der Theke."

Tarne trat wieder an die Tür, schob sie ein wenig auf und sah durch die Ritze, wie sich einer der Typen dem WC näherte.

Dann hörte er den Wirt rufen.

„Heißt hier jemand Tarne? Ist ein Herr Tarne hier?"

„Ja, ich", erfüllte Udo seinen Auftrag und verdiente sich die fünfzig Euro.

Der Typ, der auf die Toilette zugegangen war, wendete sich um und verschwand aus Tarnes Blickwinkel.

Tarne hörte Geräusche einer Rangelei. Schieben, Schreien, Schimpfen, klatschende Töne drangen zu ihm herein.

Tarne verließ vorsichtig die Toilette und sah, wie die ganze Bagage sich durch den Ausgang drängte. Er hinterher. Tippte dem letzten auf die Schulter.

„Was'n los, Mann?"

„Da kamen einfach so'n paar Typen rein und …"

Draußen sah Tarne selbst, wie seine Häscher den armen Kerl zehn Meter weiter geschleift hatten. Gerade schlug ihm einer eine rein. Udo, der Angeber, fiel zu Boden, wimmerte und hielt sich die Arme vor den Kopf.

„Was wollt ihr? Was hab ich euch getan?"

„Raus mit dem Handy, los …"

„Aber ich …"

Er kam nicht dazu, noch irgendetwas zu sagen. Ein weiterer Fausthieb traf sein Gesicht.

Tarne hörte einen der Schläger rufen.

„Hast du es?"

Ein anderer trat noch einmal den am Boden Liegenden.

„Ja."

„Das ist die Hauptsache. Dann lass uns verduften."

Die Typen entfernten sich mit dem iPhone des Mannes, den sie für Tarne hielten. Ohne sich zu überzeugen, ob sie das richtige Smartphone erbeutet hatten, verschwanden sie in der Dunkelheit. Sie würden nicht die erwarteten Fotos auf dem fremden iPhone finden. Tarne wusste immer noch nicht, was an diesen Bilder so wertvoll und gefährlich war.

Udo auf dem Boden stöhnte und jammerte.

„Die haben mir mein Handy geklaut. Was wollen die damit?"

Je weiter sich die Typen entfernten, umso mehr bekam Udo seine Arroganz zurück. Der Geschlagene, den sie irrtümlich für Tarne gehalten hatten, schrie und motzte hinter den Typen her, stieß Flüche aus, die er nicht hätte einhalten können, wenn sie zurückkommen würden, und rappelte sich langsam wieder auf. Sonnte sich in der Aufmerksamkeit, die ihm durch den Zwischenfall zuteilwurde.

Den Schlägertrupp interessierte das nicht weiter. Sie glaubten, das zu haben, was sie wollten. Tarne hatte immer noch keine Ahnung, welche Bilder auf diesem Handy einen solchen Aufwand erforderten.

Wenig später hörte die Gruppe der Kneipenbesucher, die sich dem mittlerweile am Boden Knienden mit Tarne zusammen genähert hatte, das Klappen von Autotüren, das Starten eines Fahrzeugs, das sich schnell entfernte.

Tarne beobachtete weiter, ob es jetzt ruhig blieb, fing gleichzeitig an, an dem gestohlenen Handy zu hantieren. Jetzt wollte er doch wissen, was es da zu sehen gab. Tatsächlich, keine Sicherung, der Bilderordner. Dann stockte ihm der Atem. Das durfte doch nicht wahr sein. Er war ja einiges gewöhnt, aber bei dem Anblick musste er mit aller Kraft dagegen ankämpfen, um sich nicht zu übergeben. Was mussten das für Menschen sein, die zu so etwas im Stande waren. Hier ging es nicht um Abrechnungsbetrug eines Außendienstmitarbeiters, Diebstahl, Einbruch oder simple Gewalt. Die Personen, die er hier sah, waren in weit Schlimmeres verwickelt. Aber das war jetzt vorbei. Diese Kinder würden in Zukunft geschützt werden.

Die Übelkeit verging und jetzt kam die Wut. Dieser Oberregierungsrat, das war das Letzte. Und die anderen Figuren, die er noch in dem Bildordner entdeckt hatte, waren auch nicht unbekannt. Man sah ihr Konterfei häufig in den Medien. Diese Saubermänner. Denen sollte das Handwerk gelegt werden. Die Personen, die er erkannt hatte, waren mächtig. Nur wenn er Beweise vorlegen konnte, würde man glauben, dass diese Menschen in so schmutzige Angelegenheiten verwickelt waren.

Er hatte zu viel gesehen. Alle Beteiligten würden ihn jagen, bis sie ihn und die Bilder hatten. Solche Leute kannten keine Skrupel. Nur wenn er sich absicherte, konnte er überleben. Er hängte die Bilder an eine Mail, die an die Staatsanwaltschaft, einige Medienadressen und gleichzeitig an weitere wichtige Stellen ging. Auch sein Freund Hauptkommissar Harald Hesse war unter CC eingetragen. Seinem Auftraggeber fühlte er sich in diesem Fall nicht mehr verpflichtet. Vermutlich hatte der Herr Oberregierungsrat sich zwischenzeitlich mit seinen sauberen Kumpanen geeinigt und denen sein Eingreifen avisiert. Dem schickte er nur eine kurze Notiz: Alles OK!

Damit waren einige mächtige Männer so kompromittiert, dass sie ihrer Ämter enthoben werden würden. Als er sicher war, dass die Mail rausgegangen war, ging er wieder in den Schankraum, ergriff seinen Mantel und entfernte sich, ohne weiter beachtet zu werden, in die kalte regnerische Dunkelheit. Er schlug seinen Kragen hoch, um die nasse Kälte zu vertreiben. Udos Gejammere verhallte in der Nacht. Der Hauch eines schlechten Gewissens überkam Tarne. Aber genau genommen hatte es bei Udo doch irgendwie auch den Richtigen getroffen.

Bei der Schweinerei, die er durch Zufall aufgedeckt hatte, fiel das nicht ins Gewicht. Wie hatte er nur auf diesen Menschen hereinfallen können? Wie konnte er sich nur so in einer Person irren? Was für eine schmierige Identität steckte hinter der seriösen Fassade! Vielleicht hätte er doch auf sein Bauchgefühl hören sollen. Morgen würde es einigen Wirbel geben. Hoffentlich! Tarne nahm an, dass dann andere fliehen, sich verstecken würden, wenn sie noch dazu kamen.

Der grüne Koffer

Manchmal trifft man jemanden für einen kurzen Augenblick, etwas geschieht und man vergisst den anderen nie mehr. So kann unerfüllte Sehnsucht ein ganzes Leben durchziehen. Diese Geschichte wurde angeregt durch einen Schreibwettbewerb des Historischen Museums Frankfurt.

„Einen Koffer? Sie wollen, dass ich die Spur eines Koffers zurückverfolge? Je nachdem, wie alt der ist, kann der viele Besitzer gehabt haben. Ich bin Ihr Mann für diese Aufgabe, aber das wird aufwändig." Oder unmöglich, dachte Tarne. Der Anruf der Assistentin hatte ihn in das Büro des Leiters des Historischen Museums nach Frankfurt geführt, dem er nun gegenübersaß. Wie waren sie auf ihn, Robert Erich Tarne, Privatdetektiv aus dem Ruhrgebiet, gekommen? In Essen oder Bochum war er durchaus bekannt, aber in Frankfurt?
Der Direktor lehnte sich zurück.
„Dieser Koffer wurde in Duisburg erworben. Daher dachten wir, es wäre das Beste, dort jemanden zu beauftragen. Deshalb hatte

meine Sekretärin im Ruhrgebiet nach einem zuverlässigen Mann gesucht und ist auf Sie gestoßen."

Auf dem niedrigen Tisch vor der Sitzgruppe lag ein dunkelgrüner Lederkoffer, zwei Gleitschienen aus Holz, silbrig glänzende Metallbeschläge, in schwarzen Kappen abgesetzte Ecken. Man sah ihm sein stattliches Alter an.

„Um dieses Stück geht es? Darf ich?"

Tarne ließ die Verschlüsse aufschnappen und öffnete ihn. Das Futter oder die Innenverkleidung, weißer Stoff mit mittelalterlichem Lilienmuster in Dunkelrot. Ein Seitenfach mit Gummizug. Tarne strich mit der Hand hindurch und überzeugte sich, dass absolut nichts darin verborgen war.

Der Direktor kam hinter seinem Schreibtisch hervor und nickte. Seine Sekretärin kredenzte Kaffee.

„Ein schönes Stück. Dieser Koffer wird unsere Sammlung komplettieren." Der Museumsleiter trat mit stolzgeschwellter Brust an den Tisch.

Tarne tastete den gesamten Bezugsstoff der Innenseite ab, ob etwas eingenäht war, schloss den Koffer wieder und wendete ihn hin und her. Äußerlich war das Stück erheblich verkratzt, aber intakt. Tarne bemerkte, dass die Kappe an einer Ecke im Gegensatz zu den anderen neu wirkte. Bei der Überprüfung im Inneren des

Koffers sah er, dass dort ein etwa fingerdickes Loch durch den Eckenschutz verdeckt wurde.

„Woher stammt das?"

„Das wissen wir nicht. Das gute Stück hat mindestens einen Weltkrieg mitgemacht. Wer weiß, was da alles passiert ist. Es ist Ihre Aufgabe, das herauszubekommen. Aber als Ausstellungsstück dachten wir, es sähe hübscher aus, wenn das Loch verdeckt wäre. Wir wollen dieses zeitgenössische Gepäckstück in unsere ständige Sammlung aufnehmen. Meine Idee war nun, dass es in der Ausstellung natürlich von erheblich größerem Wert wäre, wenn man seine Geschichte mit den Schicksalen der Menschen, der ehemaligen Besitzer, garnieren könnte. Was meinen Sie?" Er nickte, als ob er sich Beifall für seine Idee geben wollte.

„Hört sich spannend an", bestätigte Tarne, „an der Unterseite habe ich zwei kleine Einschnitte gefunden, an den Seiten einer ovalen Vertiefung. War da ein Schild angebracht?"

„Das haben Sie gesehen? Ich glaube, dann sind Sie der Richtige für uns. Ja, das war ein Typenschild des Herstellers. Ich zeige es Ihnen. Wir wollen es auch wieder anbringen lassen."

Der Direktor zog eine Schublade an seinem Schreibtisch auf und überreichte Tarne ein kleines Metallschild mit einem verschnörkelten Emblem und dem antiquierten Schriftzug der Firma, *Ledermanufaktur A. Voigt, Friedland.*

„Das liegt im früheren Nord-Böhmen, auch als Sudetenland bekannt, jetzt Frýdlant, Tschechien", erklärte der Museumsleiter.

Tarne drehte es um. Auf der Rückseite befanden sich Klebereste.

„Es war mit einer Art Krampen befestigt und zusätzlich geklebt. Doppelt hält besser. Das war noch Wertarbeit", konnte Tarne sich nicht verkneifen und fuhr fort: „Die Nachforschungen können ziemlich aufwändig werden und sich auch zeitlich hinziehen. Ich kann von beiden Seiten mit den Ermittlungen beginnen, beim Hersteller, falls es den noch gibt, und beim letzten Besitzer. Wo haben Sie ihn erworben?"

„Mein Assistent hat ihn im KadeDi in Duisburg erworben."

KadeDi, das *Kaufhaus der Diakonie* in Duisburg, eine soziale Einrichtung, die gespendeten Trödel aus Wohnungsauflösungen für einen guten Zweck verkaufte. Dort würde Tarne beginnen. Ob sie Listen führten über die Leute, die etwas abgaben? Extra nach Duisburg-Hochfeld fahren? Er versuchte es telefonisch. Nach mehrfacher Weiterleitung wurde er mit einer hoch motivierten Sozialarbeiterin verbunden. Sie leitete die Sammelstelle für den Laden in Hochfeld, Zur Kupferhütte 10. Er erklärte ihr den Wunsch der Museumsleitung. Ja, meinte sie, sie würden Listen über Ankäufe und Verkäufe führen, aber sie sähe da ein Problem, es gäbe ja so etwas wie Datenschutz. Sie könne nicht einfach Namen der Spender bekannt machen.

Innerlich fluchte Tarne, aber auch sein ganzer Charme reichte nicht aus, um die Sozialarbeiterin umzustimmen. Man einigte sich, dass sie den ehemaligen Besitzer des Koffers fragen würde, ob sie die Kontaktdaten herausgeben dürfe. Sie meldete sich schon nach einer Stunde mit der Genehmigung und gab Tarne die gewünschte Information.

Marion Baumann, die letzte Besitzerin des Koffers, bewohnte mit ihrer Familie eine große Eigentumswohnung mit Blick auf den Duisburger Innenhafen. Der Name ihres Vaters wäre Thomas Willich. Ihm könne der Koffer gehört haben. Tarne zeigte ihr auf seinem Smartphone ein Bild des Gepäckstücks.

„Erkennen Sie den Koffer? Ist das der, den Sie dem KadeDi gespendet haben?"

„Ja, eindeutig, das ist der von Papa. Die Garage war so voll, dass kein Auto mehr hineinpasste. Wir mussten uns von ganz vielen Dingen trennen. Papa ist vor acht Jahren gestorben. Für uns hat der Koffer nicht so die Bedeutung. Papa hing sehr daran. Er ist damals als Fünfzehnjähriger damit ins Ruhrgebiet gekommen. Was ist so wichtig an dem Koffer?"

Tarne erzählte die Idee des Museumsdirektors. Die Tochter des früheren Eigentümers plauderte über die Vergangenheit.

„Großmutter hatte ein Gut in – Tschechien, damals Sudetenland. Sie musste flüchten und hat mit allen Mägden und Knechten ihr Land verlassen, die Pferde eingespannt, den großen Leiterwagen davor und das Nötigste aufgeladen. Sie fühlte sich für alle verantwortlich. Hat versucht, alle heil in Sicherheit zu bringen. Einige Mägde sind unterwegs vergewaltigt worden und einige Knechte umgekommen und eines ihrer drei Kinder konnte sie auch nicht retten. Sie hat nie darüber gesprochen. Wenn sie nicht vertrieben worden wäre, hätte sie ihr Land niemals verlassen."

Sie machte eine Pause und schenkte Kaffee nach.

„Sie kamen nach Hage in Ostfriesland, in ein Barackenlager. Es muss furchtbar für alle gewesen sein."

Tarne nahm einen Schluck Kaffee.

„Und Ihr Vater? Wie ging es mit ihm weiter?"

„Papa war ein Junge mit Weitblick, muss ich heute sagen. Er sah dort keine beruflichen Möglichkeiten, also hat er sich mit seinen fünfzehn Jahren ins Ruhrgebiet aufgemacht. Alleine. Das muss man sich mal vorstellen."

„Ihre Oma, also seine Mutter, hat ihn alleine gehen lassen?", fragte Tarne.

„Keiner konnte ihn halten, nachdem er sich entschieden hatte."

Unverkennbar war die Tochter begeistert von ihrem Vater, wie der sein Leben in die Hand genommen hatte.

„Ich habe grundsätzlich Respekt und Hochachtung vor seiner Leistung. Als Kind – dieser Weitblick und sich durchzusetzen! Eine enorme Leistung."

„Kann man sagen", bestätigte Tarne, „wann war das etwa?"

Sie überlegte kurz.

„Er ist mit zwölf Jahren, also 1945, im Lager angekommen, dann muss es 1948 gewesen sein, schätze ich."

Tarne lehnte sich zurück. Er war auf der richtigen Spur.

„Wie ging es hier weiter? Hat ihn dieser Schritt zum gewünschten Ziel gebracht? Hat er seine Vorstellungen umsetzen können?"

„Er hat anfangs in einem Jugendheim der katholischen Kirche gewohnt. Dort hat er auch Mama kennengelernt. Die haben viel Ausflüge zusammen unternommen. Beruflich hat er bei Krupp eine Lehre gemacht. Warten Sie."

Sie stand auf und holte ein gerahmtes Bild von einer Wand, an der viele kleine Familienbilder hingen, und reichte es Tarne.

„Das ist er als Lehrling und der legendäre Berthold Beitz reicht ihm die Hand. Schauen Sie, wie er zu ihm aufschaut. Das stand sogar in der Zeitung, der WAZ." Sie setzte sich wieder. „Er war sehr stolz darauf. Danach hat er die Ingenieursschule besucht, seinen Ingenieur in Maschinenbau gemacht. Ist für sein Unternehmen viel in der Welt herumgekommen. Wurde Betriebsleiter, hat sich für die Arbeitnehmer eingesetzt, aber immer loyal zur Unternehmensleitung. Er hat sich nie Pausen gegönnt. Papa gehörte zu den Menschen, denen es peinlich war, wenn einer gemerkt hätte, dass Stress ihnen zusetzte. Als es mit IT losging, hat er sich früh darin eingearbeitet. Hat Programme für die Firma geschrieben. Erfolgreich war er, viel Anerkennung im Betrieb, kann man sagen. Aber für die Familie, also für uns, blieb nicht viel Zeit und Energie übrig. Bis er starb. Bei der Beerdigung war es rappelvoll, so beliebt war er. Viele Leute aus dem Betrieb."

Sie schaute versonnen aus dem großen Fenster, auf die Marina hinunter.

Tarne wollte nach der Todesursache fragen, aber sie fuhr mit feuchten Augen fort. „Krebs. Zu spät erkannt. Es hat nicht lange gedauert."

Tarne ließ ihren Emotionen Zeit, bevor er auf den Grund seines Besuches zurückkam.

„Woher hatte er den Koffer?"

„Dieser Koffer war das Erste, das er sich in seinem Leben von seinem Ersparten selbst gekauft hatte. Damals für viel Geld. Zehn Mark. Da hat er seine Habseligkeiten hineingepackt und ist los, in sein neues Leben."

„Sie können sich gut daran erinnern", sagte Tarne.

„Er hat oft davon gesprochen."

„Hat er zufällig auch gesagt, wo oder von wem er den Koffer erworben hatte?"

„Er hat einen Namen erwähnt, aber ich … fällt mir nicht ein."

Ganz zum Schluss, an der Tür beim Abschied, Tarne hatte sich umgedreht und sich bereits einige Schritte entfernt, da rief sie hinter ihm her:

„Freitag!"

Tarne drehte sich um. „Was?"

„Der Name. Jetzt hab ich es. Sie hieß Gisela Freitag! Er hat immer sehr geheimnisvoll getan, wenn er sie erwähnte. Ich glaube, Mama war nicht davon begeistert. Deshalb hat er wenig von ihr gesprochen. Aber sie hatte, zumindest glaube ich das, für ihn eine ganz besondere Bedeutung."

Damit stand Tarne vor der Tür. Gisela Freitag. Hm. Flüchtlingslager in Hage. Hm. Hatten die Listen ihrer Vertriebenen geführt? Wo war sie hin? Bestimmt auch geheiratet? Welchen Namen hatte sie dann jetzt?

Tarne schaltete seinen Spezialisten für die Online-Recherche, Alexander Dorfmann, ein. Nach vierundzwanzig Stunden hörte er sich die

Ergebnisse in dessen Büro in der Ruhr-Uni Bochum an.

„Es gibt endlose Listen des Barackenlagers, im Krieg als Lager für Zwangsarbeiterinnen aufgebaut, dann beherbergte es Kriegsgefangene, dann Vertriebene. Betreiber war das Rote Kreuz. Aber …" Dorfmann machte eine Pause, vielleicht, um seinen Erfolg hervorzuheben: „das Beste ist, ich habe einen alten Kauz, Fiete Petersen, aufgetan, der hat das ganze Zeug von damals zusammengetragen und betreibt als Hobby eine Art geschichtliches Archiv der Stadt. Wenn jemand etwas finden kann, dann er. Ich habe dich avisiert. Er freut sich, wenn seine Sammlung zu etwas nutze ist"

Auf dem Weg zum Parkplatz gab Tarne die Nummer von Petersen in sein Handy und wartete, dass sich die Verbindung aufbaute. Fiete Petersen meldete sich fast augenblicklich.

„Ich habe schon auf Ihren Anruf gewartet."
Tarne kam kaum dazu, sich vorzustellen und sein Anliegen zu erklären, so begierig wollte Fiete Petersen seine Kenntnisse vorführen.

„Also, das Lager gehörte eigentlich zu Berum", begann er, „wurde erst 1972 zu Hage eingegliedert. 1946 waren so viele Flüchtlinge und Vertriebene aus den Ostgebieten hier, dass sie zeitweise mehr als 70 % der ansässigen Bevölkerung ausmachten. Von 431 Einwohnern waren 303 im Lager. Bis 1950 stieg das noch auf fast 80 %. Das müssen Sie sich einmal vorstellen! Ich habe Listen der Insassen. Wen suchen Sie? Sie sind der Erste, der danach fragt. Wenn Sie einen Namen haben, brauche ich aber etwas Zeit, um zu recherchieren."

„Sie heißt Gisela Freitag. Zumindest war das damals ihr Name. Würden Sie mich zurückrufen, wenn Sie Näheres haben?"
Fiete Petersen schien sich wirklich zu freuen, dass sich jemand für seine gesammelten Informationen interessierte.
Tarne war noch nicht wieder in Essen, als Petersen sich meldete.

„Es hat mir keine Ruhe gelassen. Ich habe alles durchgesehen. Also, es handelt sich um ein junges Mädchen. Sie war einige Zeit hier. Hat noch im Lager in Hage geheiratet. Sie war von 1945 bis 1953 hier gemeldet."
Tarne beherrschte sich mühsam, so aufgeregt war er.

„Haben Sie den Namen des Mannes?"

„Natürlich! Karl-Josef Mirow. Nach den Aufzeichnungen sind die beiden ins Ruhrgebiet gezogen, nach Essen. Sie war bei der Abreise dorthin schwanger."

„Woher wissen Sie das?"

„Ich habe alles gesammelt und katalogisiert, und was ich an Fotos erhalten habe, habe ich zugeordnet, soweit das möglich war. Man sieht es ganz deutlich."

Tarne konnte es kaum glauben.

„Können Sie mir das Bild schicken?"

„Ja, wie …?"

Tarne musste lachen. Nach einigen Versuchen erhielt er per Handykamera ein schwarzweißes Bild von einem glücklich strahlenden Paar, das sich an den Händen hielt – der Zeit entsprechend gekleidet.

„Wenn Sie jetzt noch eine Jahreszahl hätten?"

„ Haben im Dezember 1952 geheiratet und sind Anfang 1953 nach Essen gezogen."

Im Essener Telefonverzeichnis war tatsächlich ein *Mirow, K.-J. und G.* verzeichnet. Das ist ja der Hammer, dachte Tarne und wählte die angegebene Nummer. Er war auf der Erfolgsspur, richtig euphorisch!

Ein dünnes Stimmchen meldete sich, mit einem gebrechlich wirkenden „Hallo?"

Er stellte sich prompt eine kleine alte Dame vor.

„Spreche ich mit Frau Mirow? Gisela Mirow, geborene Freitag?"

Pause.

„Hallo?"

„Ich habe Sie verstanden", kam das dünne Stimmchen zurück, „ich bekomme nicht so häufig Anrufe. Ich dachte, es ist mein Sohn."

Tarne erklärte sein Anliegen.

„Ja, ich erinnere mich gut an damals."

„Sagt Ihnen der Name Thomas Willich etwas? Kann es sein, dass Herr Willich einen Koffer von Ihnen gekauft hat?"

Schweigen. Hatte sie aufgelegt oder war die Verbindung unterbrochen?

„Sind Sie noch da?"

„Ja."

„Und?"

„Ja, ich erinnere mich. Der Thomas. Wie geht es ihm? Lebt er noch? Ich habe so lange nichts von ihm gehört. Nie wieder seit damals, aber ich erinnere mich gut."

„Darf ich vorbeikommen? Wären Sie bereit, mir einige Fragen zu beantworten?"

Sie wirkte jetzt aufgeregt. Verständlich, wenn man nach so vielen Jahren an die Vergangenheit erinnert wurde. Er wäre am liebsten sofort zu ihr gefahren, aus reiner Neugier. Aber sie bestand auf ihrer Ruhezeit und lud ihn für den nächsten Tag ein.

Sie wohnte in einem sehr gepflegten Hochhaus am Essener Parkfriedhof. Der Fahrstuhl war für ihr Alter bestimmt gut, dachte Tarne, als er pünktlich zur Verabredung zu ihr hinauffuhr. Es war ein kleines, sehr schickes Appartement. Die alte Dame hatte sich in einen bequem wirkenden Sessel niedergelassen. Daneben standen ein altes, kupferbeschlagenes Tischchen, hoch genug, dass man auch daran essen konnte, und eine passende Stehlampe. Von dort hatte sie das ganze

Zimmer und den Fernseher im Blick. Tarne setzte sich ihr gegenüber auf die Couch, die aussah, als wäre sie nie benutzt worden. Zierliche Gestalt, ordentlich gekleidet. Gisela Mirow hatte sich für den Anlass schick gemacht.

„Ich bekomme nicht mehr so viel Besuch. Mein Sohn lebt in Köln und lässt sich selten sehen. So ist das, wenn man alt wird. Ich mache ihm keinen Vorwurf. Er soll sein eigenes Leben leben."
Sie hatte eine bleiche Haut, ging wohl nicht häufig an die frische Luft – aber vor Aufregung gerötete Wangen. Sie hatte ein Kännchen Kaffee und selbstgebackene Plätzchen für den Gast bereitgestellt.

„Wir waren so jung damals", seufzte sie, „was wollen Sie wissen?"

„Erzählen Sie einfach, an was Sie sich erinnern. Die vom Museum sind vor allem an dem Koffer interessiert."

„Sie sagten am Telefon, Sie hätten ein Bild des Koffers. Darf ich es einmal sehen?"
Tarne zeigte es ihr auf seinem Handy und sie hielt es zusätzlich unter eine große Lupe.

„Ich brauche die Vergrößerung. Nur damit kann ich noch Zeitung lesen. Man will ja auf dem Laufenden bleiben, wissen, was in der Politik vor sich geht, und hier in der Stadt, was der Bürgermeister so macht." Sie lachte und beugte sich über das Smartphone.

„Was suchen Sie?

„Das Loch. Der Koffer war an einer Ecke beschädigt."

„Dann ist es das richtige Gepäckstück. Eine etwa fingerdicke Öffnung an einer Ecke ist mit einer neuen Kappe überdeckt worden. Was hat es damit auf sich?"

Sie stockte und ein Träne lief über ihre Wange. Tarne ließ ihr Zeit. Manchmal war es besser zu schweigen. Menschen hatten das Grundbedürfnis, sich Dinge von der Seele zu reden. Man musste nur Geduld haben.

Frau Mirow putzte sich ausgiebig die Nase und nahm sich zusammen.

„Ich bin schließlich kein Kind mehr", sagte sie, wie um sich Mut zu machen. „Ich war elf Jahre und als kleines Mädchen sehr hübsch."

„Das glaube ich Ihnen gerne."

„Meine Eltern hatten mich an den Bauernhof nebenan ausgeliehen. So machte man das damals im Sudetenland. Ich war da für Küchenarbeiten, Putzen und Bügeln und so. Ich kann mich genau an den Tag erinnern, als die ganzen Leute vorbeikamen. Der große Flüchtlingstreck. Ich saß auf dem Mäuerchen am Eingang zum Hof und schaute zu. Ich fand das ganz spannend. Bis zu dem Moment, als mein Onkel kam."

Sie benötigte wieder einen Augenblick, um sich zu fassen. Wollte aber, das spürte Tarne, ihre Geschichte loswerden.

„Er hatte zwei Koffer dabei, den auf dem Foto und für sich einen. In den grünen hatte er alles, was er auf die Schnelle von meinen Sachen greifen konnte, gepackt. Meine Mutter hätte ihm aufgetragen, dass er mich mitnehmen sollte. Sie würde nachkommen. Es gab keinen Abschied von den Bauersleuten, für die ich arbeitete. Einfach so weg vom Mäuerchen, ohne zurück zu schauen. Erst später erfuhr ich, dass meine Mutter da schon nicht mehr lebte, und Vater galt als im Krieg vermisst." Sie machte Pause und schluckte kurz bei den hochkommenden Erinnerungen.

„Wir schlossen uns also dem großen Flüchtlingstreck an. Es begann zu schneien. Es wurde so furchtbar kalt und wir waren nicht richtig gekleidet für so eine Tour. Die Koffer viel zu schwer und unhandlich. Zu Fuß kamen wir kaum voran. Sie werden sich das nicht vorstellen können."

Sie langte nach einem Keks, brach ein Stück ab, knabberte daran und legte den Rest auf die Untertasse.

„Unterwegs lernten wir zum Glück Thomas und seine Mutter kennen."

„Das war Thomas Willich?", versicherte sich Tarne.

Die alte Dame nickte, ließ sich trotz der Unterbrechung nicht von ihrer Geschichte abbringen.

„Ja, der Thomas. Seine Mutter war eine starke Person. Sie befehligte ihr ganzes Personal. Alle waren mit ihr geflohen. Ich glaube, sie hatte um jeden Angst. Sie wollte keinen zurücklassen oder verlieren. Ich durfte auf dem Fuhrwerk mitfahren."

„Das muss für Sie furchtbar gewesen sein. Sie sind dann durchgekommen, bis in das Lager in Hage? Mit Thomas Willich zusammen? Wie ging es weiter?"

„Wir wollten alle ins Ruhrgebiet, da bewegte sich viel, hatten wir gehört. Nachdem der Thomas als Erster dorthin gezogen war, lernte ich im Lager meinen Mann kennen und dann wurde ich schwanger und wir haben geheiratet …"

„Das hat mir geholfen, Sie zu finden!"

„Kann ich mir denken. Wir haben uns mit der Hochzeit so beeilt, weil Ehepaare schneller eine Wohnung bekamen. Es gab ja nicht so viel Wohnraum, da alle Häuser kaputt waren, zerbombt. Und wegen dem Baby natürlich. Wir sind also nach Essen. Mein Mann wurde Rechtsanwalt. Wir hatten ein gutes Leben. Er hat mich sehr geliebt, deshalb habe ich auch nie jemand anderen gesucht, nachdem er gestorben war. Er ist ja nun auch schon zwanzig Jahre nicht mehr da. Aber ich komme zurecht. Ich will nicht klagen."

An dieser Stelle ahnte Tarne, dass da noch eine tiefere Verbindung unausgesprochen in der Luft hing.

„Damit ich das richtig verstehe, Sie waren elf und Thomas zwölf Jahre, als sie sich kennenlernten? Thomas verließ Hage, als er 15 war, und Sie blieben noch bis 1952?"

„1952 habe ich geheiratet, 1953 sind wir ins Ruhrgebiet. Ich war nicht so mutig wie Thomas. Ich habe mich nicht getraut, mit ihm zu gehen. Er hatte mich noch in der Nacht davor beschworen, mir versprochen, dass wir es gemeinsam schaffen würden. Er war überzeugt, dass wir zusammen die Welt aus den Angeln heben könnten. Aber mein Onkel hätte mich nicht weggelassen. Ich galt ja als Waise."

Tarne glaubte eine große Traurigkeit zu spüren, die plötzlich zwischen ihnen stand.

Gisela Mirow starrte in die Ferne und fuhr fort. „Erst als ich achtzehn war und Josef geheiratet hatte, durften wir gehen."

„Vielleicht noch einmal zu dem Koffer?"

„Der Koffer, ja. Den hatte mein Vater in Friedland gekauft. Mein Onkel hat ihn mit meinen Sachen vollgestopft. Zufall, dass er gerade den gegriffen hatte, würde ich sagen."

„Und Sie haben ihn Thomas verkauft?"

„Nein. Ich wollte ihm den Koffer schenken. Aber er hat es nicht zugelassen. Er wollte mir unbedingt etwas dafür geben. Ich sollte das Geld sparen, um bald zu ihm zu kommen."

Ein Lächeln umspielte ihre Mundwinkel.

„Da ist noch das Loch ... Sie haben es vorhin extra gesucht. Was hat es damit auf sich?"

338

„Ach, wissen Sie, das waren ja wilde Zeiten und wir waren doch Kinder. Der Koffer war das Einzige, das ich hatte, daher ließ ich ihn nie los, auf der ganzen Flucht. Die Russen kamen oft mit Tieffliegern und beschossen einfach den ganzen Treck und die Menschen. Einmal kamen sie wieder. Ich habe noch die Motorengeräusche und das Knattern des Maschinengewehrs im Ohr. Ich sehe das Flugzeug noch heute auf mich zukommen und das Aufblitzen der Schüsse. Das werde ich wohl nie vergessen. Alle rannten nach rechts und links und suchten Deckung. Ich sprang auch vom Wagen, blieb aber stehen, um meinen Koffer runter zu heben. Ich starrte dem Flieger entgegen, wie gebannt. Ich wollte den Koffer auf keinen Fall loslassen. Hatte ihn schon am Griff, da riss Thomas mich unter den Wagen. Der Koffer ist dabei von der Ladefläche gerutscht und der Einschuss ging in den Koffer, an der Stelle, wo ich den Bruchteil einer Sekunde vorher noch gestanden hatte. Das ist das Loch, junger Mann. Thomas hat mir das Leben gerettet."

„Das ist das Loch", bestätigte Tarne.

„Genau."

Sie machte wieder eine Pause. Tarne ließ ihr Zeit. Irgendwie war er sich sicher, dass noch etwas kommen würde.

„Thomas und ich, wir blieben anfangs noch in Kontakt. Ich sollte nachkommen, sobald er Fuß gefasst hatte. Aber in den Wirren damals

– die Trennung von ihm muss wohl einfach zu lang gewesen sein. Der Kontakt brach ab. Dann lernte ich Josef kennen. Wir haben eine gute Ehe geführt."

Tarne hatte begriffen, um was es ging.

„Ich glaube", sagte er vorsichtig, „Thomas hat Sie dennoch nie vergessen. Er hat bis zum Schluss von Ihnen gesprochen."

Sie blickte versonnen zum Fenster, Tränen in den Augen.

„Ich ihn auch nicht."

Konkurrenz belebt das Geschäft

Wer sich im Sumpf des Ruhrgebiets am Rande der Gesellschaft bewegt, hat oft Kontakt zu lichtscheuen Subjekten und verlorenen Gestalten. So kommt man an Informationen und erkennt Zusammenhänge, die den Behörden nicht zugänglich sind.

Drei Uhr achtundzwanzig morgens. Eine ungemütliche Zeit. Querstehende Einsatzfahrzeuge sperrten die Mintarder Straße auf beiden Seiten weiträumig vor der Unfallstelle. Starke Scheinwerfer erleuchteten die Fahrbahn. Im regennassen Asphalt spiegelte sich die Szene. Rotierendes Blaulicht erhellte Stofffetzen und undefinierbare Brocken, die über einen weiten Bereich der Straße verteilt waren, und ließ alle Farben unwirklich erscheinen. Die dicken Pfeiler der Ruhrtalbrücke wirkten, als wenn sie den Nachthimmel über der grausigen Szene abstützen würden. Von einer größeren Masse, die am Rande der Fahrbahn lag, stieg weißer Dampf auf. Kommissar Harald Hesse war einiges gewöhnt, aber das war ein Bild, das er nicht so schnell vergessen würde.

„Ich hasse die Nachtdienste im Ruhrgebiet. Letzte Woche musste ich zu einem Unfall. Eine männliche Leiche. War kaum noch zu erkennen", sagte Kommissar Hesse zu seinem Freund, dem Essener Privatdetektiv Robert E. Tarne. Sie hatten sich zum Frühstück in ihrem Lieblingscafé in Essen-Rüttenscheid getroffen und unterhielten sich, wie üblich, über die Fälle, in die jeder aktuell verstrickt war. Tarne genoss seinen *Insalata Toscana* und Hesse einen Strammen Max.

„Wieso bist du da zuständig? Ist das nicht Angelegenheit der Verkehrspolizei?"

„Eigentlich schon, aber die Umstände waren, gelinde gesagt, etwas eigenartig."

„Wieder einer von der Selbstmörderbrücke gesprungen?"

„Nein."

„Gestoßen worden?"

„Nein. Auch nicht gefallen. Vielleicht sollte es so aussehen. Wie Zufall. Fällt oder springt runter und jemand fährt über die Leiche. Aber so war es nicht. Der Pathologe hat festgestellt, dass das Opfer acht Mal überfahren worden ist. Das wäre auch kein Job für mich. Es hat gedauert, bis wir ihn identifizieren konnten. Er hatte keinerlei Papiere bei sich. War nur anhand der Fingerabdrücke möglich."

„Können mehrere unachtsame Fahrer gewesen sein, oder?"

342

„Bei achtmal von demselben Fahrzeug, zumindest haben die das dem Reifenprofil entnommen, kann man wohl nicht mehr von Zufall sprechen."

„Und? Wer war es?"

„Hassan Ali Barakat."

„Nein! Gehört der nicht zu dem libanesischen Clan, der sich für den Sicherheitsbereich stark macht?"

„Genau der. Die wollen wohl auch in die Prostitution einsteigen, sagt man. Jetzt befürchten alle, das könnte ein Zeichen für den Beginn eines Kriegs zwischen rivalisierenden Familien sein."

„Die scheuen wohl vor nichts zurück", sagte Tarne, „du siehst, wie sicher die sich hier fühlen."

„Ich finde, hier muss etwas unternommen werden", sagte Hesse, „aber ich stehe mit meiner Meinung ziemlich allein. Mir sind die Hände gebunden. Ich bin von ganz oben zurückgepfiffen worden, mit Androhung von Suspendierung. Alles soll unter den Tisch gekehrt werden. Bei der ausländerfeindlichen Stimmung in der Bevölkerung will man den Medien nicht noch mehr Sprengstoff an die Hand geben."

Hesse, der auf Tarne resigniert wirkte, bestellte noch einen Kaffee und beendete seinen Bericht:

„Sei froh, dass du das Schlachtfeld nicht gesehen hast …"

Tarne, dem Kommissar Harald Hesse bei vielen Gelegenheiten unter den Arm gegriffen hatte, kam eine Idee. Vielleicht konnte er sich für die Gefälligkeiten revanchieren.

Am Nachmittag machte Tarne einen Abstecher in den Essener Norden. Altenessen würde nie Essens Vorzeigeviertel werden, egal wie viel an diesem Stadtteil herumgebaut wurde. Trotzdem hatte es sich zu einem akzeptablen Wohnviertel entwickelt, in dem sich auch die Mittelklasse aus Beirut oder Tripolis wohlzufühlen schien. Tarne verirrte sich aus beruflichen Gründen hierher.
Tarek und Khalil betrieben in einer Seitenstraße auf einem Hinterhof, in der Nähe der Metro, eine kleine Werkstatt. Sie waren sehr gefällig, wenn man sich gut mit ihnen hielt.
Ihre Spezialität war das Herrichten von Unfall-fahrzeugen für den Verkauf. Auch Taxifahrer und Studenten gehörten zu ihrem Kunden-stamm. Sie schweißten alte Schrottkarren zu-sammen und schmuggelten sie über den TÜV. Es musste nicht alles stimmen, Hauptsache, es sah einigermaßen aus. Sie waren günstig.
Haus und Einfahrt waren gesäumt mit alten Zie-gelsteinen, die ihre schwarzrußige Färbung noch den hohen Zeiten des Kohleabbaus und der Kohleheizungen verdankten. Der Mörtel zwi-schen dem Mauerwerk war größtenteils zer-bröselt.

Tarek ließ die Sprühpistole über eine notdürftig mit *Prestolith* zugespachtelte und beigeschliffene Beule an einem Kotflügel kreisen. Als Tarne in sein Blickfeld trat, schaltete er den Kompressor aus. Mit der freien Hand streifte er die Schutzbrille ab, strich sich mit dem Handrücken den Schweiß von der Stirn und hinterließ dabei einen schwarzen Streifen.

„Hi Tarne!"
Die weißen Zähnen grinsten aus Tareks dunklem Bart.
Khalil kam aus dem Bretterverschlag in der Ecke, den die beiden ihr Büro nannten, und steckte Tarne einige Scheinchen zu.
Tarne schaute ihn mit gerunzelter Stirn an.

„Für die Empfehlungen. Du weißt schon. Hab gehofft, dass du einmal vorbeischaust."
Sie hatten Tarnes alten Mercedes 230 für „kleine Maus", wie es so heißt, an zig Stellen geschweißt, nur Rostschutz über die Stellen, nicht beilackiert. Beim TÜV waren sie zufrieden gewesen. Hatte tatsächlich noch zwei Jahre gehalten. Seitdem schickte Tarne hin und wieder Leute, die mit ihren Autos ein Problem hatten, zu den beiden.

„Wie sieht's so aus?", fragte Tarne.
Tarek nickte und strahlte übers ganze Gesicht. Tarne hatte ihn noch nie anders als grinsend gesehen.

„Kann nicht klagen", sagte Khalil.

345

Tarne ließ seinen Blick durch die Halle gleiten und bummelte zwischen den kreuz und quer abgestellten Wagen herum. Eine Bühne war hochgefahren, alle vier Räder abmontiert, darunter stand ein Ölfass, in das Altöl aus einem Wagen herunter tropfte. Über einer Grube stand ein goldglitzernder Mercedes AMG GT S.

Tarne schauderte innerlich, aufgrund der Farbe, pfiff aber anerkennend durch die Zähne.

„Heißer Schlitten."

Khalil legte eine Hand auf den Wagen, als wenn er der Besitzer wäre.

„Kannst du wohl sagen. Macht was her."

„Gehört der nicht Leo Kaiser?"

„Genau, Leo und seinen goldenen Benz kennt in Essen jeder. Wir arbeiten an all seinen Autos."

Khalil schien stolz darauf zu sein, einen der Kaiser-Brüder als Kunden zu haben. Die beiden machten in Gebrauchtwagen und Versicherungen als bürgerliche Tarnung, organisierten aber einen großen Teil der Prostitution in Essen und waren bekannt wie bunte Hunde. Man durfte ihnen nur nicht in die Quere kommen. Im Pissoir in der Stahlstraße, so ging das Gerücht, soll einmal eine abgehackte Hand gefunden worden sein. Angeblich eine Hand, die jemand gegen einen der Kaiser-Brüder erhoben haben soll. Es wurde nie aufgeklärt, zu wem die Hand tatsächlich gehört hatte.

„Was ist denn dran? Kann doch nicht viel sein, der fährt doch nur die Rü rauf und runter."

Khalil lachte, Tarek grinste.

„Er meinte", sagte Khalil, „mit der Lenkung stimme etwas nicht. Ist aber die Spurstange. Der muss irgendwie ein Kaninchen oder einen Fuchs überfahren haben. Da klemmte ein ganzer Klumpen Fleisch dazwischen. Ziemliche Sauerei."

„Aber ihr kriegt es wieder hin?"

„Kein Problem. Auf jeden Fall."

Tarne fuhr einige Straßen weiter, stoppte in einer freien Parkbucht, nahm sein Handy heraus und wählte einen Kontakt aus.

„Was willst du?", antwortete Hesses bekannte Stimme.

„Ich habe hier was für dich", sagte Tarne. „Die Leiche des Libanesen, du weißt schon. Ich war gerade in einer Werkstatt in Altenessen. Die haben hier einen Wagen, unter dem Fleischfetzen gefunden wurden. Der Wagen gehört Leo Kaiser. Ob das Körperteile sind, die von der Leiche stammen, müsst ihr schon selbst feststellen."

„Der goldene GT S? Das glaube ich jetzt nicht, so blöd kann Kaiser doch nicht sein, mit seinem eigenen Wagen? Wie bist du darauf gekommen?"

„Lass erst einmal überprüfen, ob die Blutgruppe mit der des Libanesen übereinstimmt. Und, das ist mir wichtig", betonte Tarne: „halte mich da raus, ich möchte Tarek und Khalil nicht als Quelle verlieren."

Zwei Tage später meldete sich Hesse.
„Treffer! Als wir kamen, wollten die gerade die Reste vom Unterboden entfernen. Wie bist du darauf gekommen?"
Tarne runzelte die Stirn.
„Und was sagt Kaiser? Habt ihr ihn schon gefragt?"
„Na, was glaubst du?" Hesse machte eine Kunstpause, um die Dramatik zu erhöhen.
„Nun sag schon."
„Lass mir doch den Spaß."
„Also?"
„Hat ein Alibi."
„Wer hat denn das Auto gefahren?"
„Wer den Wagen zu der Zeit gefahren habe, wisse er nicht. Khalil hat ausgesagt, der Fahrer, der Kaisers Wagen gebracht habe, hätte was von überfahrenem Kaninchen gefaselt und er hätte den auch noch nie gesehen. Das wäre aber normal. Sie würden keinen der Fahrer kennen, da Kaiser immer andere Lakaien schickt, um Autos zu bringen und abzuholen."
„Immerhin kann Kaiser sich nicht durch Zufall oder so etwas herausreden. Wenn klar ist,

dass es nur dieses eine Auto war, das über das Opfer gefahren ist."

„Ja, so nach dem Motto, es war so dunkel, wir haben nur ein Ruckeln gespürt, aber nichts gesehen, ne?"

„Das hat er auch erst gar nicht versucht. Ich hatte gedacht, er verrät sich vielleicht dadurch, dass er den Unfallort kennt, aber dazu war er zu clever. Als wir ihm dann den Ort verraten haben, fragte er, ob es nicht sein könne, dass der Typ von der Brücke gesprungen wäre. Das würde doch häufiger vorkommen."

„Ziemlich dreist."

„Ob Unfall oder Absicht. Egal wie viele Leichenteile oder Reste wir gefunden haben, wir können nicht beweisen, wer gefahren ist. Ohne Zeugen oder Aussagen können wir nichts beweisen. Es lässt sich nicht lückenlos belegen, wann das Fahrzeug wo gestanden hat, wer die Möglichkeit gehabt hätte, es zu benutzen, oder tatsächlich gefahren ist."
Beide Männer schwiegen einen Moment, bis Tarne das Wort wieder ergriff.

„Ich sag dir, wie ich darauf gekommen bin. Es war aber erst nur eine Vermutung. Als ich hörte, dass die Libanesen sich im Rotlichtmilieu engagieren wollten, war mir klar, das lässt sich Leo Kaiser nicht so ohne Weiteres gefallen. Da ich wusste, dass die Libanesen in der Werkstatt alle seine Karren fertig machen, dachte ich mir, ich schau da vorbei. Das war al-

les. Dass dann auch Leos goldenes Vorzeige-
auto da stand, war einfach Glück."

„Verstehe. Das Motiv ist sonnenklar, die
Kaiser-Brüder sind die Einzigen, die davon pro-
fitieren, wenn sie die Libanesen dazu bringen,
sich aus ihren Geschäften herauszuhalten. Der
Hergang ist klar, wir wissen, wer es war, nur beweisen können wir nichts."
Wieder schwiegen beide. Diesmal brach Hesse
die Stille.

„Wieso ist der Kaiser so blöd und bringt
seine Karre dann noch zu den Libanesen in die
Werkstatt?"

„Vielleicht hält er sich für so unbesieg-
bar? Oder er will es ihnen direkt zeigen: Bleibt
aus meinem Revier, sonst geht es euch genauso."

„Meinst du, die lassen das so stehen?
Wenn die wissen, dass er das war?"

„Wer kann das sagen?"

„Ich an seiner Stelle würde mich ab jetzt
immer zwei Mal umsehen, bevor ich das Haus
verlasse."

Das Gespräch endete mit dem Klicken einer un-
terbrochenen Verbindung und Tarne lauschte
noch einen Moment dem Summen der toten Leitung nach.

Der schwarze Truck

Das Böse ist immer unterwegs. Gibt es so etwas wie Schicksal? Bekommt jeder wirklich das, was er verdient? Der Titel der Geschichte ist eine Reminiszenz an Cornell Woolrich, einen der ganz großen Schriftsteller, der den „Hard-boiled"-Stil mit erschuf und beeinflusste. Dies ist eine in jeder Hinsicht dreckige Geschichte – Zartbesaitete sollten lieber weiterblättern.

„… und geändert hat sich eigentlich überhaupt nichts in der ganzen Zeit."

„Was heißt *eigentlich*?"

„Ja, ich meine, ich hab immer noch nicht mehr Selbstbewusstsein, das heißt, ich habe immer noch das Gefühl, dass, egal, was ich tue, alles nichts wert ist, dass ich nichts wert bin."

„Mmh."

„Dass ich nichts richtig kann und so."

„Wir haben da ja schon oft drüber gesprochen und Sie haben auch viele Dinge gefunden, die Sie können, sogar gut können. Wenn Sie das aber für sich nicht annehmen wollen, dann müssen Sie eben weiter leiden. Wir wissen ja beide, dass Sie das sehr gut können."

„Ja, ich weiß, aber was soll ich denn tun? Ich will das ja ändern!"

„Es einfach tun!"

„Als wenn das so einfach wäre."

„Tja, Herr Korte, unsere Zeit ist um, haben Sie noch Termine? Sonst lassen Sie sich draußen welche geben."

„Mach ich."

„Und Kopf hoch. Ich bin sicher, Sie werden das schon schaffen!"

Beim Verlassen des Gebäudes fiel sein Blick noch einmal auf das Praxisschild.

Dr. P. Reinders
Neurologe u. Psychotherapeut
Termine nach Vereinbarung
Alle Kassen und privat

Mit wenigen Schritten war er bei seinem Wagen. Er öffnete die Tür und ließ sich hinter das Lenkrad fallen. Starten, blinken und aus der Parklücke ausscheren, alles automatisch. Seine Gedanken waren immer noch bei dem Gespräch. Der hatte gut reden. Dr. Reinders. Hatte ja recht, aber es änderte sich trotzdem nichts. Im Prinzip brauchte er gar nicht mehr dort hinzugehen. Wie oft war er, Bernd Korte, schon hier herausgekommen und hatte sich vorgenommen, alles anders, alles besser zu machen. Und was war? Nichts. Verbale Ohrfeigen konnte er sich auch woanders abholen … Oh!

Im Vorbeifahren war sein Blick in das Lächeln einer blonden Frau geraten, die am Straßenrand stand. Er verdrehte den Kopf. Dieser etwas zu breite Mund, mein Gott, das Lächeln, dieser Ausdruck, die war gerade in dem Alter, wo sie noch nicht so genau weiß, was sie will. Ob sie will oder ob sie noch nicht will, dieses Lächeln, das dir einen Moment das Gefühl gibt, du kannst alles haben, und dann war doch nichts. Aber wenn du sie dann erst kennst und alles, dann war das auch wieder nichts. Es war doch nur das Versprechen, die Verheißung, nein, seine eigene Vorstellung, die das so spannend machte. Wenn man dann die Realität erlebte, war wieder alles ganz anders. Es war nur das, was er aus diesem Lächeln machte. Scheiße.

Bremsen, rote Ampel, warten. Er versuchte sie noch einmal im Rückspiegel zu sehen. Drehte sich noch einmal um. Aber sie war schon über die Straße. Für immer verschwunden. Wie war diese Wahnsinns-Szene in *Citizen Kane*, wo Joseph Cotten sagt: *Junger Mann, und seitdem sind 40 Jahre vergangen, und es gab nicht einen Tag, an dem ich nicht an sie gedacht habe.*

Hupen riss ihn aus seinen Gedanken.

„Du Arsch, kann dir doch auch passieren, Mann."

Blinken, um die Ecke, und bremsen, Fußgänger. Mein Gott, war der Sommer eine herrliche Jahreszeit, dieser Busen, diese Vibration, diese Bewegung unter diesem T-Shirt, der reinste Wahnsinn.

Und weiter. Er kam jetzt aus der Stadt heraus. Gut, dass er sich den Psychiater nicht in seiner Heimatstadt Bochum gesucht hatte, sonst wüssten längst alle, dass er dahin ging.

Er war jetzt auf der Bochumer Landstraße von Essen nach Bochum. Ein kurzes Stück zwischen den Städten, wo man schneller fahren konnte. Eine Allee, jetzt ging es in den Wattenscheider Hellweg über. Rechts und links erstreckten sich Felder, aber dahinter in der Ferne erkannte er schon die Häuser von Wattenscheid und Eppendorf. Vor ihm ein Lastzug, der ein schnelles Fahren verhinderte. Korte bremste nicht erst ab, sondern setzte sofort zum Überholen an. Er war schon fast am Anhänger vorbei, als er merkte, dass er sich verschätzt hatte. Ein schwarzes chromblitzendes Ungetüm kam ihm entgegen. Sein Wagen beschleunigte nicht genug. Der entgegenkommende Lkw hupte und blendete die Scheinwerfer auf. Der war schneller als erwartet. Der war schon fast auf der Höhe des Fahrzeuges, das er überholte. Kein Denken mehr. Kein Fluchen. Nur noch eine Reflexbewegung. Das Lenkrad nach rechts. Alles geschah in Sekundenbruchteilen. Gleichzeitig. Wie in Zeitlupe. Sein Wagen geriet in die Mitte zwischen Anhänger und Zugmaschine. Kreischen von zerknitterndem Metall. Die Front knirschte unter dem Heck der Zugmaschine. Wurde zermalmt.

Beim ersten Moment des Aufpralls verzerrte sich die Karosserie so, dass sofort die Tür aufsprang und er herausgeschleudert wurde. Auf die entgegengesetzte Fahrspur. Erst als er sich schon nicht mehr in seinem Fahrzeug befand, wurden die Motorhaube und der Fahrgastraum seines Autos bis zur Mitte der Vordersitze unter dem Lkw zerquetscht. Zu diesem Zeitpunkt lag er schon ausgestreckt auf dem Asphalt, genau vor den entgegenkommenden Lkw, der wie durch ein Wunder über ihn hinweg fuhr, ohne ihn zu berühren. Wie im Traum sah er, unter dem entgegengekommen Lkw liegend, zwischen den großen Reifen und den Achsen hindurch, wie die rechte Seite des Wagens, in dem er gerade noch gesessen hatte, bis zur Mitte von der Hängerkupplung aufgeschlitzt wurde. Das Zischen der Bremskraftverstärker und das Quietschen der blockierenden Bremsen ging ihm durch und durch. Beide Lkw hinterließen schwarze Gummispuren auf der Straße. Der Hänger überrollte das Heck seines Wagens. Splittern von Glas. Das gesamte Fahrzeug war so flach gequetscht, dass es unter den Lkw passte. Durch die unterschiedlichen Reaktionszeiten und Bremswege der beiden Trucks kam zufällig die Front des entgegenkommenden Lkw genau auf der Höhe des Hecks des anderen zum Stehen. Nach der Kakophonie der Geräusche war einen Moment lang nur noch der ruhige Gleichklang eines stampfenden Dieselmotors zu hören. Dann erstarb auch der. Ruhe – bis auf leises Zischen und Knistern des geschundenen Metalls. Geruch nach verbranntem Öl. Andere Autos hielten. Die Straße war blockiert. In beide Richtungen. Die Schrecksekunde vorbei. Der erste Lkw-Fahrer öffnete seine Tür und sprang herunter. Der andere folgte. Sie liefen zu dem zerquetschten, rauchenden Wrack. Alles war so schnell gegangen, dass keiner bemerkt hatte, wie Korte aus dem Wagen geschleudert worden war. Er lag unter dem entgegengekommenen Lkw, ohne dass es jemand gesehen hatte. Andere Fahrer verließen ihre Autos. Leute versammelten sich um das Wrack. Keiner schaute unter den Lkw, unter dem er sich langsam auf den Bauch drehte.

„Diese Raser, ich hab noch mit Lichthupe gewarnt, dass das nicht passt."

„Ist doch jetzt egal, wir müssen sehen, dass wir ihn da raus kriegen."

„Wenn der da drin ist, ist er hin."

Beim Öffnen der Haustür fällt mein Blick auf das neue Klingelschild. *Robert E. Tarne*. Ich habe es heute Morgen ausgetauscht. Obwohl ich schon seit anderthalb Jahren nicht mehr in einer WG wohne, bin ich heute erst dazu gekommen, die anderen Namen zu entfernen. Robert E. Tarne. E steht für Erich, nach meinem Großvater. Diesen Namen kann ich nicht leiden, aber so ein zweiter Buchstabe klingt immerhin ziemlich amerikanisch. Und das wiegt es auf. Morgen soll das Firmenschild fertig sein.

Ich stapfe die Treppen in die dritte Etage hoch. Natürlich wohne ich im Obergeschoss. Es ist ein Mehrfamilienhaus in Essen-Huttrop mit neun Mietparteien. Das ist genau die Größe, bei der man zu den Nachbarn Kontakt hat, wenn man will, oder seine vollkommene Anonymität wahren kann. Je nachdem, was man vorzieht. Hier fällt es nicht auf, wenn man seine Treppe nicht putzt. Das ist für mich sehr wichtig. Jahrelang habe ich nicht ein einziges Mal die Treppe geputzt, ohne dass es jemand gemerkt hat. Das ist mit ein Grund, warum ich nicht ausziehe, auch wenn die Miete inzwischen teurer geworden ist. Ich schließe die Tür auf. Die wertvollsten Gegenstände in meiner Wohnung sind mein Notebook, die endlosen Sicherheitsdisketten mit meiner Examensarbeit und mein Rennrad. Wenn ich mich mies fühle, fahre ich so meine 30 Kilometer, um mich abzukühlen, oder einfach, weil es Spaß macht, sich fit zu halten. Mich und meinen Körper spüren. Ich erinnere mich, wie ich einmal mit einem Studienkollegen, der mich geärgert hatte, vereinbart habe, 35 Kilometer zu fahren, um zu sehen, wer schneller ist. Als wir dann feststellten, dass wir immer noch fit waren, haben wir direkt noch 35 Kilometer angeschlossen, immer voll Power. Danach waren wir beide aber schon etwas fertig, muss ich mir eingestehen. Seit dieser Zeit haben wir aber beide mehr Respekt voreinander. Der Keller in diesem Haus ist nicht abschließbar. Auch wurde dort schon mehrfach eingebrochen. Da mir das Rad am Herzen liegt und es auch sehr leicht ist, trage ich es lieber in den dritten Stock. Eine meiner leichtesten Übungen. Es steht immer in der Diele, man kommt kaum daran vorbei. Ein Zimmer, das vorher von einem Freund bewohnt worden war, dient jetzt nur als Lager für schmutzige und saubere Wäsche. Die Wohnung ist groß genug, um in einem Raum ein Büro einzurichten. Einen antiken riesigen Schreibtisch mit Beinen, die Löwenfüßen nachempfunden sind, habe ich im Sperrmüll gefunden. Ein echter Glücksfall. Ich habe ein Woche gebraucht, ihn zu überholen und schwarz zu beizen. Jetzt steht er vor dem Fenster. Mir ist klar, dass ich es mit den Restaurierungsarbeiten am Schreibtisch wieder hervorragend geschafft hatte, mich um Prüfungsvorbereitungen herumzudrücken. Meinen Chefsessel, lederbezogen versteht sich, habe ich auch aus dem Sperrmüll. Ich habe damals zwei gefunden, mit schrecklichen orangefarbenen Bezügen. Es waren noch Aufkleber darauf gewesen: *Ruhrgas*. Aus zweien habe ich einen gemacht und den mit schwarzem Leder überzogen. Das Material hatte ich von einer Ledercouch, auch aus dem Sperrmüll.

Jetzt ist der Schreibtisch vollkommen leer. Alle Prüfungen liegen hinter mir. Nur die schriftliche

Arbeit über die *Ehre* ist noch offen. Ich habe sozusagen fast meinen Abschluss, aber was dann? Lehrer? *Fast* ist nun einmal nicht *ganz* – und Lehrer? Das ist nicht meine Idee vom Leben. Ich lasse mich auf meinem Chefsessel nieder, lege die Füße auf den Tisch und schaue aus dem Fenster. Immer den Überblick behalten. Gegenüber liegt eine kreisrunde Kirche. Die Michaeliskirche. Irgendwie wirkt sie auf mich immer wie ein Raumschiff, das gleich abhebt. Vielleicht nehme ich sie als Symbol, ich sollte wohl auch langsam durchstarten! Sie erinnert mich jedenfalls an eine Science-Fiction-Geschichte aus den Fünfzigern, in der ein ganzer Häuserblock ein Raumschiff war. Nur keiner der Bewohner wusste es. Die Leute zogen ein, weil die Wohnungen so billig waren, und plötzlich fing alles an zu wackeln und Raumschiffwände fuhren aus dem Boden und der ganze Block startete und entführte die Leute ins All. Nur die Ehefrauen hatten vorher etwas bemerkt, mit ihrer weiblichen Intuition. Es war ihnen aufgefallen, dass die Hausmeister ein drittes Auge auf dem Hinterkopf hatten, das hin und wieder zwischen den Haaren hervorlugte, wenn sie sich unbeobachtet fühlten. Aber die Ehemänner hatten es ihnen nicht geglaubt. Man sollte seinen Ehefrauen glauben. Wieso mache ich mir Gedanken über Ehefrauen? Ich habe ja noch nicht einmal eine Beziehung. Wer will schon einen angehenden Germanisten ohne Abschluss?

Bernd Korte reckte und streckte sich hinter der schaulustigen Menge unter dem anderen Lkw und unterdrückte ein Stöhnen. Er spürte alle Knochen. Aber es schien nichts gebrochen zu sein. Er kroch zur anderen Seite unter dem Lkw hervor. Er ging um den Lkw herum und stellte sich hinter die Menge der Schaulustigen, die sich inzwischen gesammelt hatte. Ein wenig benommen beobachtete er, wie die Leute ihn suchten. Er fühlte sich ein bisschen wie in Watte gepackt. Manchmal schüttelte er den Kopf, um diesen Zustand loszuwerden. Die Leute diskutierten:

„Er muss doch hier irgendwo sein."

„Vielleicht ist er rausgeschleudert worden."

„Das könnte seine einzige Chance sein, ich meine, dass er überhaupt noch lebt."

„Aber wo ist er dann?"

Man suchte ihn jetzt auch unter dem anderen Wagen.

„Vielleicht steht er zwischen uns und lacht heimlich über uns."

Einige schauten sich kopfschüttelnd um und Bernd Korte beschloss, dass es Zeit war zu gehen. Er bummelte in Richtung Essen zurück. Wieder in die Stadt, in der er nicht bekannt war, in der sein Psychiater praktizierte. Auf der Straße war in beiden Richtungen ein solcher Auflauf, dass er nicht weiter auffiel. Er war nur ein einzelner Schaulustiger, der sich vom Ende des Staus entfernte. Nur ein Fahrer, der in seinem Wagen sitzen geblieben war, schaute ihn an. Der macht wohl besonders auf cool mit seiner *Ray-Ban*-Sonnenbrille, dachte Korte und schlurfte in sich versunken allein Richtung Essen-Steele.

Hier sitze ich, Robert E. Tarne, jetzt in meinem vergammelten Ford auf dem Weg nach Bochum. Die A40 nehme ich nicht gerne, die ist ja meist verstopft. Ich fahre lieber über Steele, die Bochumer Landstraße, wenn ich Silke besuche. Ich kenne sie aus dem Studium. Wenn mich in meiner Situation jemand versteht, dann ist sie das. Ist immer gut, mit ihr zu reden. Vielleicht ergibt sich daraus mehr. Diese Strecke hier ist zwar länger, aber dafür normalerweise frei. Was ist das heute für ein Mist, jetzt steh ich und es geht keinen Schritt voran. Ich schiebe meine *Ray-Ban*-Sonnenbrille auf die Stirn und versuche zu erkennen, in was für einen Stau ich geraten bin. Silke schafft es immer wieder, mich aufzubauen, wenn es mir nicht gut geht. Heute ist der absolute Tiefpunkt. Mal wieder. Was soll aus mir werden? Welche Aussichten habe ich für die Zukunft? Die Uni kann ich nicht mehr sehen und das Thema *Ehre*? Darüber zu arbeiten steht mir bis zum Hals. Kaufhausdetektiv. Der Nebenjob macht Spaß, aber die Einnahmen sollten etwas großzügiger ausfallen. Dieser Stau zieht sich aber. In der sommerlichen Hitze nicht gerade angenehm. Ich liebe die Sonne, aber nicht im Stau. Ich nehme die *Ray Ban* ab, schaue sie an, drehe sie hin und her und setze sie wieder auf. Sie ist das Einzige, das mein Vater mir je geschenkt hat. Schon deshalb hängt mein Herz daran. Mir ist klar, dass ich nie den hohen Ansprüchen meines Vaters gerecht werde. Wie viele Wochen ist es her, seit ich meine Examensarbeit über den Begriff der *Ehre* das letzte Mal angerührt habe?

In der Schlange vor mir bewegt sich absolut nichts. Viele haben ihre Wagen verlassen und gehen nach vorne, um ihre Neugier zu befriedigen. Mich zieht da nichts hin. Es ist mir egal, ob da ein Unfall, eine Baustelle, eine Demonstration oder was auch immer ist. Es soll weitergehen.

Ein junger Mann schwimmt gegen den Strom. Er kommt aus der Richtung, in die ich will und in die alle anderen starren. Er macht einen etwas abwesenden Eindruck und ist außerordentlich bleich für diese Jahreszeit. Er trägt ein Holzfällerhemd, das aus der Hose gerutscht ist. Unten am Bündchen ist ein Winkel hineingerissen. Er sieht etwas schmuddelig und mitgenommen aus. Was geht es mich an? Ich entscheide mich, umzukehren, wende und fahre zurück nach Essen. Muss ich halt selbst sehen, wie ich meine Stimmung verbessere. Vielleicht rufe ich Silke nur an. Mit ihr zu telefonieren, bringt mich bestimmt auf andere Gedanken.

Bernd Korte kam wie ein Spaziergänger an den ersten Wohnhäusern in Steele vorbei. Nur ein kleiner Winkel, der in den Stoff seines bunten Holzfällerhemdes gerissen war, und ein wenig Dreck zeugten davon, wie nah er dem Tod gewesen war. Die Straße wurde belebter, die ersten Geschäfte tauchten auf. Eine typische gemütliche kleine Vorort-Geschäftsstraße. Er ging zuerst an dem Café vorbei. Kehrte dann um und trat ein. Es war, als wenn der Gedanke zu diesem Entschluss länger brauchte, sein Gehirn zu erreichen, als sonst.

Er setzte sich ans Fenster, bestellte einen Kaffee, Cognac dazu, und schaute hinaus auf das Treiben in der herrlichen Nachmittagssonne. Es schien, als würde er gar nicht denken. Er spürte die Wärme der Sonne auf seiner Haut. Nach einer geraumen Zeit bemerkte er, dass er im Fenster sein eigenes Spiegelbild anstarrte. Er wirkte ziemlich mitgenommen, zerrissenes Hemd, blutunterlaufene Augen, verdreckt, soweit er das erkennen konnte.

Es spiegelte sich noch etwas anderes. Zwei Frauen, die weiter hinten im Café saßen. Sie beobachteten ihn. Sprachen über ihn. Die gutaussehende Schlanke mit den langen Haaren fand ihn wohl abstoßend, so wie sie schaute. Aber die andere, die dickere, die fraß ihn fast mit ihren

Blicken auf. Er drehte sich ein wenig, dass er die beiden direkt ansehen konnte. Die Schlanke sah sofort weg. Ekel stand ihr ins Gesicht geschrieben. Zumindest erschien es ihm so. Aber die Dicke, das war sie wirklich, dick, wenn nicht sogar fett, die schaute ihn an. War das Verlangen, das er in ihren Augen sah? Er setzte zu einem Grinsen an. Es war ihm egal, was geschah. Heute war er der Meister. Sie lächelte tatsächlich zurück. Nur kurz, dann sah sie weg. Die Dürre schien sie zu tadeln. So etwas tut man nicht, schien sie zu sagen. Lass das! Vielleicht ergab sich da noch etwas. Egal, wie fett, einen guten Stich konnte er allemal gebrauchen. Mit genug Alkohol im Blut gefiel ihm jede Frau.
Er winkte dem Wirt hinter der Theke zu.

„Noch einen Cognac, bitte." Auf Mallorca hatte er das auch immer getrunken. Bis zum Abwinken. Wie hieß das da? *Carachillo* oder so, Kaffee Cognac. Da hatten die das sofort in den Kaffee geschüttet. Das war eine grandiose Reise, da war er eine Woche lang breit gewesen.

Robert, so würde mein Vater sagen, du machst unserem Namen, dem Namen Tarne, keine Ehre. Aber was kann eine Alternative für die berufliche Zukunft sein? Der Job als Kaufhausdetektiv war neben dem Studium gut. Half mir, mich die ganze Zeit durchzuschlagen. Damit ist zwar nicht die Welt zu verdienen, aber Spaß macht es allemal. Bestimmt besser, als mein Dasein als Lehrer zu fristen. Lehrer wollte ich nur wegen Vater werden. Sollte ja etwas Vernünftiges lernen. Scheiß drauf. Warum nicht Detektiv? Was ist daran falsch? Es kann nicht schaden, hier im Ruhrgebiet etwas für Ordnung zu sorgen. Mein Gerechtigkeitssinn ist ja ziemlich stark ausgeprägt. Wenn es hart auf hart kommt, muss ich mich eher bremsen, damit ich nicht über das Ziel hinausschieße.

Ich weiß noch ganz genau, als ich entdeckt hatte, dass mein Wagen eine Beule hatte und der Verursacher sich einfach davon gemacht hatte. Leute, die sich an unschuldigen Autos vergreifen und dann nicht dazu stehen. Das kann man nicht durchgehen lassen. Mir ist klar, dass ich ein wenig zu viel zu Selbstjustiz neige. Genau genommen heiligt der Zweck die Mittel, wenn es der Gerechtigkeit dient. Oder etwa nicht?

Bernd Korte schaute wieder zu der Dicken hinüber. Dicke waren nicht so verwöhnt, die hatten es nötig. Einen wegstecken, dafür war sie allemal gut. Wer wollte die sonst schon? Er stand auf, grinste die Mollige auf dem Weg zum WC im Vorbeigehen an.

Die Dicke, Marion, wie er später erfahren sollte, zeigte Interesse. Er klopfte den Dreck von seinen Klamotten ab, wusch sich das Gesicht, fuhr sich mit den nassen Händen durch die Haare und steckte das Hemd so in die Hose, dass der ausgefetzte Winkel nicht mehr so auffiel. Gleich fühlte er sich besser. Er spürte eine innere Kraft, die ihn überflutete, als wenn er die Welt aus den Angeln heben könnte. Wie nannte der Psychiater das immer, *manisch*? Was sollte daran nicht in Ordnung sein, wenn man sich gut fühlte? Der spinnt doch. Er, Bernd Korte, sollte da nicht mehr hingehen. Er hatte das nicht nötig.

Wie fühlt sich das an, wenn ich mich selbst als Privatdetektiv bezeichne? Auf jeden Fall anders als in Romanen. Da hatten die Helden oft noch irgendeinen zusätzlichen Beruf. Die waren entweder in erster Linie Rechtsanwälte oder Pathologen, Psychologen, Köche oder Journalisten. Ermittlungen führten sie dann nur nebenher durch. Ich werde dann eben ein reiner Privatdetektiv vom alten Schlag. Als Hauptberuf Privatdetektiv und nichts anderes. Für den Beruf muss ich mich doch nicht schämen. Schnüffler! Ich verdiene mein Geld als Detektiv, ohne einen weiteren Beruf. Ich, Robert E. Tarne, werde halt *nur* und *ausschließlich* Detektiv sein.
Außerdem gibt es viele literarische Kollegen in diesem Beruf, die eine erstklassige Vorgeschichte haben. Immerhin denke ich inzwischen selbst in dem ernst zu nehmenden Terminus *Beruf* von meiner angestrebten Tätigkeit als Detektiv. Ich beginne mich mit diesem Weg abzufinden, mich ernst zu nehmen. Andere Kollegen hatten oft eine militärische Laufbahn hinter sich

oder waren bei der Polizei rausgeflogen. Aber, was soll's – ich werde das mit vermehrtem Training ausgleichen. Bedarf gab es wohl immer mehr. Die Zeiten, in denen es in Essen nur *Aude-Merkur*-Detektive gab, sind vorbei. Wenn ich mir in den Suchmaschinen die Einträge ansehe, werden da viele *Private Ermittler* aufgeführt. Wie ich informiert bin, haben alle genug zu tun. Die Branche scheint sich positiv zu entwickeln.

Der Kaffee und der dritte Cognac wärmten Bernd Korte. Die schlanke Frau hatte sich verabschiedet, die Füllige war geblieben, schaute zu ihm herüber und lächelte zurück.

„Bist du oft hier? Trinkst du einen mit?" Sie kam herüber und setzte sich zu ihm an den Tisch. Er fühlte sich locker und fand die richtigen frechen Worte, um Marion anzumachen. Er legte seiner Meinung nach ein verführerisches Grinsen auf und begutachtete sie von oben bis unten. Sie war alles andere als ein Top-Modell, aber ihr gefiel wohl seine Art von Anerkennung. Wahrscheinlich hatte sie es nötig. Diese stabilen Typen waren ja sehr dankbar, leicht zu beeindrucken. Wer wollte die schon. Ihr Oberteil war leicht verrutscht, so dass Bernd sah, wie ein breiter glänzender BH-Träger in das Fleisch einschnitt. Irgendwie machte ihn das an. Vielleicht war sie eine von denen, die man schlecht behandeln konnte, die sich das auf der Suche nach Zuwendung gefallen ließen. Das würde ihm richtig

Spaß machen, wenn sie darauf auch noch abfahren würde. Von seinem Psychiater hatte er einmal gehört, dass das manchmal so war: Wenn sie von ihrem Vater geschlagen wurden, glaubten sie, dass es an ihnen läge und sie eben nicht in Ordnung seien und deshalb verprügelt werden mussten. Dann suchten sie sich einen Freund, der sie auch schlug, und gaben sich besonders viel Mühe, alles zu erfüllen, was der wollte, um ihn dazu zu bringen, damit aufzuhören, um sich zu beweisen, dass sie jetzt gut genug wären. Wenn sie das aber erreicht hatten, suchten sie sich wieder einen, der schlug, weil sie ja nicht glauben konnten, dass sie jetzt in Ordnung waren. Irgendwie schienen sie das immer wiederholen zu müssen. Diese Theorie war ihm damals unglaubwürdig, sehr verrückt vorgekommen. Aber wer weiß das schon? Vielleicht war Marion so eine?

Plötzlich wurde ihm bewusst, dass nicht er sie, sondern sie ihn abschleppte. Sei es drum. Sie hatte es wohl nötig. Dann sollte sie es auch bekommen. Man kam überein, noch eine Flasche *Osborne* und Cola aus dem Supermarkt um die Ecke zu holen, und ging dann zu ihr.

Der Alkohol heizte die Stimmung schnell auf, sie küssten sich und rissen sich die Kleider vom Leib. Sie wollte es genauso wie er. Sie beugte sich über ihn, streichelte sein Gesicht, stöhnte und flüsterte etwas in sein Ohr:

„Schatz."

Dieses Wort. Irgendwie hatte es etwas in ihm ausgelöst. Er wusste nicht, was es war, aber er empfand eine unbändige Wut. Er prügelte auf sie ein. Sie krampfte sich zusammen, wimmerte und rollte sich auf die Knie. Ihr nackter Hintern ragte ihm entgegen. Das erregte ihn wieder. Er zitterte, trat zu ihr und nahm sie von hinten. Er verspürte ein ungeheures, nie gekanntes Lustgefühl. Er tat alles mit ihr, wozu seine unkontrollierten Triebe ihn trieben. Jedes Geräusch, das sie von sich gab, löste bei ihm den Eindruck aus, es könne ihr gefallen. Das brachte ihn dazu, umso mehr Gewalt anzuwenden. Erst schlug er ihr mit der flachen Hand auf den Hintern, dann mit den Fäusten. Egal, wo er sie traf. Je mehr sie zuckte, desto mehr prügelte er auf sie ein, bis er über ihr zusammenbrach.

Ich hatte gerade mein Firmenschild beim Schildermacher in Essen-Rüttenscheid abgeholt.

Robert E. Tarne
Private Ermittlungen
Termine nach Vereinbarung

Der Hausbesitzer hatte zugestimmt, dass ich es am Haus neben der Klingelleiste anbringen dürfe. Allerdings musste ich ihm zusagen, dass ich bei Auszug wieder den ursprünglichen Zustand herstellen würde. Wenn die anderen Mieter sich nicht belästigt fühlten, sagte der Vermieter, habe er nichts gegen den Büroraum in meiner Wohnung einzuwenden. Nutzungsänderung und den ganzen Behördenschwachsinn sparen wir uns. Ich halte das Schild in der Hand, betrachte es eingehend. Glänzendes Metall, schwarze Schrift, vorgebohrte Schraubenlöcher in den Ecken. Ich schraube es an die Hauswand und begutachte die Wirkung. Es macht was her. *Private Ermittlungen*. Das ist eine gute Entscheidung. Klingt nicht so abgedroschen wie *Detektiv*. Darunter meine Festnetz- und Mobilfunknummer und eine Mailadresse. Mein Name klingt nicht so bedeutend wie *Philip Marlowe*, *Sam Spade* oder *Amos Walker*, aber das wird schon noch kommen.

Mein Büro sieht schon ziemlich gut aus. Einen chromglänzenden Ventilator gegen die Hitze des Sommers habe ich und wenn ich die Lamellen herunterlasse, gibt es Schattenlinien im Büro, wie in den alten Filmen. Was will ich mehr!

Ich beschließe zur Feier des Tages, diesmal mit guter Laune, wieder nach Bochum zu fahren. Silke besuchen.

Bernd Korte erwachte und fühlte sich ausgelaugt, aber unsagbar gut. Er lag im Bett, ordentlich zugedeckt. Geruch von frischem Kaffee stieg ihm in die Nase.

„Schatz, bist du aufgewacht?"

Da war wieder dieses Wort. Er beherrschte sich, nicht wieder auszuflippen. Übelkeit überkam ihn stattdessen. Ihm fiel ein, was er getan hatte. Wie konnte sie ihn nach all dem nur immer noch so nennen? Sie brachte ihm tatsächlich Kaffee ans Bett.

„Wir haben lange geschlafen. Es ist gleich vier Uhr." Sie lachte ihn an.

Unglaublich, wie sie aussah, ein blutunterlaufenes Auge, aufgeplatzte Lippe, ein Riss an der Augenbraue und auf ihrem Körper, den er durch den offenen Bademantel sah, überall blaue Flecken.

„Ich konnte so nicht arbeiten gehen", sagte sie. Es klang fast, als wollte sie sich dafür entschuldigen.

Dass sie sich das hatte gefallen lassen? Ihn nicht rausgeworfen hatte, sondern noch bediente? Dann musste es ihr wohl gefallen haben. Er war eben großartig.

„Ist noch Alkoholisches da? Irgendwas in den Kaffee? Cognac? Oder so?"

„*Osborne Veterano*. Es ist noch etwas in der Flasche von gestern. Aber nicht viel."

„Genau das Richtige. Her damit!"

Seine ursprüngliche Benommenheit war einem Hochgefühl gewichen. Das war sein Neuanfang. Er konnte sich alles erlauben. Nichts war für ihn unmöglich. Er konnte alles hinter sich lassen.

Wieder sofort mit Saufen beginnen. Schnell ist der Rest hinuntergekippt.

„Wie, du hast nichts mehr da? Dann hol was!"

Ihm wurde wieder bewusst, wie sie aussah. So konnte er sie nicht rauslassen.

„Ich gehe schon selbst."

Er schlüpfte in Hose und das eingerissene Hemd und taumelte, schon wieder angesäuselt, die Treppe hinunter. Warum mussten diese Schlampen immer in der obersten Etage wohnen?

Ich bin jetzt Privatdetektiv. Privater Ermittler. Ich werde gleich mit Silke auf meine frisch gegründete Firma anstoßen. Bochumer Landstraße, Ecke Freisenbruchstraße, da ist ein Supermarkt. Ich halte kurz und überlege, eben ein Gastgeschenk für sie zu besorgen. Im Laden finde ich schnell etwas Geeignetes und komme mit einer Flasche Wein im Arm heraus. Ist das nicht der Typ von gestern? Der hat immer noch das kaputte Hemd an. Besonders sicher scheint er nicht auf den Beinen zu stehen. Schon zu dieser frühen Stunde? Hat er immer noch oder schon wieder stark geladen? Er kommt dem Fahrbahnrand bedenklich nahe. Will wohl die Straße überqueren. Ein Schritt, er tritt genau auf die Bordsteinkante, stolpert und fällt nach vorne. Nur zwei Meter entfernt springe ich vor und … greife daneben.

Bernd Korte bekam nicht mehr mit, wie der schwarze Lkw – ähnlich dem, dem er gestern begegnet war – sein Werk vollendete. Alles ging so schnell, dass der Ton der Hupe nicht mehr in sein Bewusstsein drang. Im ersten Moment der Berührung zersplitterte das Glas des Scheinwerfers. Die Wucht des Aufpralls war so stark, dass das Blut aus dem von den Scherben zerschnittenen Fleisch über die in der untergehenden Sonne blitzende Chromstoßstange spritzte. Bernd Korte war vermutlich schon tot, bevor er, zurückgeschleudert, auf den Asphalt prallte und von 36 Tonnen überrollt wurde. Im Führerhaus war davon nicht einmal ein kleines Ruckeln zu spüren. Der Körper des Menschen war so fragil und unbedeutend, dass er unter dem Gewicht des Fahrzeugs zu einem Nichts wurde. Bremsen quietschten und Hydraulik zischte, als der Fahrer mit bleichem Gesicht unter dem aufgeregten Winken der Passanten den schwarzen Truck zu Stehen brachte.

Verdammt, was bin ich für ein Held? Ich nenne mich Detektiv, Privater Ermittler und schaffe es nicht einmal, das zu verhindern? Hätte ich nicht den Bruchteil einer Sekunde schneller sein können? Wirklich kein schöner Anblick. Nicht hinsehen. Jetzt praktisch denken. Was ist zu tun? Wenn der keine Papiere dabeihat, helfen nur noch Fingerabdrücke oder Zahnvergleich zur Identifikation. Falls der Zustand des zerstörten Körpers die Möglichkeit zulässt. Ich ziehe mein Handy aus der Tasche und wähle 110. Ich werde als Zeuge bleiben müssen. Meinen Besuch bei

Silke in Bochum muss ich wohl wieder ver-
schieben.

Psychogramm eines Detektivs

Wie wurde Robert E. Tarne zu der Person, die er heute ist? Was bewegt ihn? Welche Gedanken gehen ihm durch den Kopf? Mit welchen persönlichen Lasten und Lastern quält er sich herum?

Robert E. Tarne saß zurückgelehnt im Chefsessel, Arme hinter dem Kopf verschränkt und die Füße auf dem Schreibtisch. Durch die verdunkelten Fenster gelangte die Sonne nur in Streifen an die Wand. Ein chromglänzender Ventilator verschaffte nur mit Mühe und nicht gerade energiesparend ein wenig Erleichterung bei der Sommerhitze im Ruhrgebiet. Vor Tarne lagen Smartphone und Tablet. Gegenstände, die inzwischen bei seiner Arbeit wichtiger als seine *Glock* und die passenden Munition waren. Die Waffe ruhte sicher und vorschriftsmäßig im Tresor. Das neue Jahrtausend war zwei Jahrzehnte alt und Tarne war in Essen als Privatdetektiv mittlerweile etabliert und kümmerte sich darum, Verbrechen und Korruption im gesamten Ruhrgebiet zu bekämpfen.

Im vereinten Europa gab es immer mehr Streit und die ersten Staaten wollten wieder aussteigen. Allen voran England. Der Brexit bewegte die Gemüter.

Tarne ließ die vergangenen Jahre an sich vorüberziehen. Diese Gedanken kamen in letzter Zeit häufiger: immer, wenn er einen Moment der Ruhe erlebte. Er war in Essen-Holsterhausen aufgewachsen und zur Schule gegangen. Ein Jahr hatte er wiederholen müssen, während der Scheidungsphase seiner Eltern. Ohne Vater, dachte er zuerst, sei er besser dran. Aber irgendwie hatte er ihm doch gefehlt. Studium in Bochum. Lehramt. Er sollte etwas Besseres werden. Es war der Wunsch seines Vaters. Vielleicht aber auch, weil er wusste, dass es auch Mama gefiel? Wer weiß das schon so genau? Sport hatte er immer gerne und viel betrieben. Hochschulsport. Später Kampfsporttechniken. Das kam ihm heute bei seinem Beruf zugute. Jetzt war er vierzig. Seine Freunde neckten ihn mit Sprüchen, wie: „Mach dir nichts daraus, du siehst doch noch aus wie achtunddreißig!"
Für seine 1,87 Meter Körpergröße war er gut trainiert. Er hatte sich daran gewöhnt, dass er wohl auf andere eine unterschwellige Aggressivität ausstrahlte, die jeden Moment ausbrechen konnte. Dieses Aussehen hatte ihm schon gute Dienste erwiesen. Im Profil wirkte sein kantiges, stoppeliges Kinn gefährlich. Andere hatten in

seiner Nähe das Gefühl, sich in Acht nehmen zu müssen. In diese Gedanken vertieft, glitten seine Finger wie von selbst über die rechte Augenbraue.

Auch Manu, seine langjährige Freundin, kam ihm in den Sinn. Sie hatte sein athletisches, stattliches und imposantes Aussehen immer gemocht. Er kannte auch die Wirkung seiner ernsten stahlgrauen Augen auf Frauen und speziell auf Manu. Sie hatte gewusst, was sie wollte, und ihr Ding durchgezogen.

Ganz im Gegenteil zu seiner Mutter. Mutter hatte sich aus allem herausgehalten. Er hatte sich entschlossen, nicht so zu werden, sondern für die Belange, die ihm wichtig erscheinen, auch einzustehen. Für ihn war es wichtig, seine Pflicht zu erfüllen, auch wenn er dafür mit dem Kopf durch die Wand musste. Ungerechtigkeiten konnte er auf den Tod nicht ausstehen. Davon hatte er zu viel in der Kindheit aushalten müssen und insgeheim beschlossen: Nie mehr! Das hatte er sich geschworen.

Als Deutschland mal wieder Fußballweltmeister wurde und alle seine Freunde das Spiel gesehen hatten, genossen Manu und er den Sommer mit Pharrell Williams: *Happy*. Manu wollte irgendwann Kinder. Tarne war das zu früh, so hatten sie sich Rocco zugelegt, ihr vierbeiniges Familienmitglied. Ein völlig neues Gefühl von Verantwortung! Wie viel Spaß hatten sie gehabt, als sie noch ein gemütliches Familienleben geteilt hatten, auf der Couch aneinander gekuschelt alle Folgen der *Sopranos* und dann die Serie *Breaking Bad* gesehen hatten, Rocco zu ihren Füßen. Es gefiel Tarne, so verliebt zu sein, ohne zu ahnen, wie schnell sich das ändern sollte.

Anfangs hatte er Manu als toughe Frau gesehen. Bis er erkannt hatte, dass sie ähnliche Tendenzen wie seine Mutter hatte: Man macht dies so, man macht das so. Wobei die Betonung auf dem Wort *man* lag. *Was sollen die anderen denken*, war ein typischer Ausspruch. Außerdem hatte sie eine Art, Tarne zu versorgen, sich übertrieben um seine Belange zu kümmern, die ihn oft an den Rand der Verzweiflung trieb. Das war zwar bequem, stellte aber eine Abhängigkeit her, der zu entfliehen er in den vielen Trennungen immer wieder versucht hatte. Dem gegenüber stand der ziemlich gute Sex mit Manu – hier merkte er, wie sich ein genussvolles Grinsen über sein Gesicht zog –, der sie beide über lange Zeit hinweg immer wieder zusammengeführt hatte. Selbst wenn sie sich ein halbes Jahr nicht gesehen hatten, beim ersten Wiedertreffen, wenn sich ihre Blicke trafen, konnte es danach durchaus vorkommen, dass sie wieder übereinander herfielen.

Die Immobilienkrise und die *Lehman Brothers*-Bankenpleite in den USA hatten die Welt erschüttert und zu weitreichenden Veränderungen geführt. Dann war nur noch von Bombenattentaten, Terroranschlägen, der Flüchtlingskrise und Klimakatastrophe zu hören. Elektroautos sollten die Erde vor dem Kollaps retten, aber keiner mochte sie. Und jetzt hatten wir eine Pandemie.

Während der Vorbereitung auf sein Examen schien es, als würde sich noch einmal alles zum Guten wenden. Manu unterstützte ihn in dieser Zeit sehr. Seine Abschlussarbeit über den Begriff der Ehre zog sich immer mehr in die Länge. Noch einmal tanzten sie eng umschlungen bei der Musik von Lana Del Rays *Summertime Sadness*, aber das Depressive dieses Songs war kein gutes Omen. Als Manu merkte, dass er die Abschlussarbeit aufgegeben hatte und jetzt doch keinen „vernünftigen" Beruf ausüben wollte, erledigte sich die Beziehung bald ganz.

Tarne wollte sich nicht um seine Verantwortung drücken und wie sein Vater einfach den Kontakt abbrechen. Aber es war ihm sehr wichtig, nichts zu tun, was er nicht wirklich wollte. Tarnes Vater war Polizist gewesen. Er hatte es zum Hauptkommissar gebracht. Tarne bewunderte ihn dafür. Gehabt hatte er nie viel von ihm. In Tarnes Kindheit hatte der Vater viel gearbeitet. Die

Karriere war ihm wichtiger als der Sohn. Wenn Vater nach Hause kam, war er müde. Auf Tarne hatte es so gewirkt, als wenn er kein Interesse an ihm gehabt hätte. Als Tarne älter wurde, hatten die Eltern sich getrennt, da war der Kontakt ganz abgebrochen. Eine wirkliche Beziehung zu seinem Vater hatte nach seiner Meinung sowieso nie bestanden. So viel zu der rigiden Pflichterfüllung des Vaters im Beruf, aber zur Vermeidung von Eigenverantwortung im privaten Bereich!

Der Großvater, also der Vater seines Vaters, hatte sein Brot als Lehrer verdient. Beide waren streng und hatten hohe Leistungsansprüche gehabt. Er würde den Standardspruch seines Vaters nie vergessen:

„Wenn ich sage, Grün ist Grün, dann ist das Grün, auch wenn es Schwarz sein sollte. Ist das klar?" Die familiäre Maxime war: erst einmal einen vernünftigen Beruf lernen. Opa hatte erwartet, dass Tarnes Vater auch Lehrer würde. Die Entscheidung, zur Polizei zu gehen, war seines Vaters Protest gegen seinen Vater. Tarne selbst hatte zwar das System durchschaut, aber vielleicht war das der Grund, dachte er manchmal, warum er sich so gesträubt hatte, seine Examensarbeit zu schreiben und sein Studium ordnungsgemäß abzuschließen. Sein inneres Trotzverhalten. Die rigide Erziehung hatte dafür gesorgt, dass er auf keinen Fall Ordnungshüter im

Staatsdienst werden wollte. Aber die Ehre war sein Thema und Gerechtigkeit und sich für das Richtige einzusetzen. Irgendwie hatte ihn das Detektiv werden lassen. Die Freiheit der eigenen Entscheidung und nicht die Diktatur des Beamtentums, wie er es empfand. Tarne konnte sich diese Zusammenhänge gut erklären, aber das änderte nichts daran, dass sein Vater ihm gefehlt hatte.

Osama bin Laden hatte es mittlerweile erwischt. Das Urgestein Fidel Castro hatte die Welt endgültig verlassen, genauso wie David Bowie, Lou Reed und Johnny Winter. Daniel Craig sollte zum letzten Mal als James Bond unterwegs sein, um die Welt zu retten. Neue Manager wie Jeff Bezos und Elon Musk verdienten mit innovativen Ideen Milliarden und verwirklichten ihre Träume, den Weltraum zu erobern. Städte auf dem Mars waren geplant. Autos sollten in Zukunft autonom fahren.

Das einzig positive Männerbild hatte Tarne durch seinen *Opa Gelsenkirchen*, wie er immer liebevoll genannt worden war, vermittelt bekommen. Dieser Großvater mütterlicherseits, ein einfacher Bergmann, war der liebste Mensch, den Tarne sich vorstellen konnte. Es gab zwar nicht viele Themen, über die man mit ihm sprechen konnte, aber er hatte für alles und jeden Verständnis, wenn er in seinem Feinrippunterhemd am Abendbrottisch gesessen hatte. Dinge, die seinen Beruf betrafen, und wie man an alten Autos herumschraubte, das waren seine Themen. Tarne hatte sich in seiner Gegenwart immer wohl und zu Hause gefühlt. Dort war er viel lieber gewesen als bei seinen Eltern

Sein Sinnieren wurde abrupt durch das Schellen des Telefons unterbrochen. Besser, er ging nicht dran. Es könnte Manu sein. Er wartete, bis sich die Mailbox einschaltete. Sie war es.

„Ich weiß, dass du da bist. Du kannst dich nicht um deine Verpflichtungen drücken. Du musst Rocco morgen auf jeden Fall nehmen. Ich bring ihn dir um Neun vorbei. Und lass dir nicht einfallen, wieder nicht da zu sein."

Tarne zuckte mit keiner Wimper und setzte seine Gedanken fort. Das Theater, das durch die Medien ging, als Trump zum Präsidenten gewählt wurde, begleitete die endgültige Trennung.

Bis auf den Einfluss seines *Opa Gelsenkirchen* war sein Männerbild durch das negative Bild seines Vaters geprägt. Als positiver Effekt in der Entwicklung seiner Weltanschauung schlug sich die Moral der Medienhelden seiner Jugend nieder. Wieder huschte ein Grinsen über sein Gesicht. Er würde sich selbst immer noch gerne als typischen Macho bezeichnen. Es war ihm auch völlig egal, ob das heute verpönt war oder nicht. Viele seiner männlichen Freunde hatten ähnliche Erfahrungen in ihren Elternhäusern gemacht. Bestimmt waren nicht alle so, aber ähnliche Erfahrungen hatten sie zusammengebracht.

Auch der Vater eines seiner besten Freunde, Kriminalkommissar Harald Hesse, war Polizist gewesen. Sie beide hatten sich unter der Last des väterlichen Drucks nur unterschiedlich entwickelt. Wo Hesse sich angepasst hatte und auch in den Polizeidienst gegangen war, dort gut funktionierte und seine Auflehnung sich nur in ständigem Meckern zeigte und der Toleranz gegenüber Tarnes gelegentlichem Überschreiten der gesetzlichen Grenzen, hatte Tarne seinen Trotz gegen jede Obrigkeit gepflegt. Gemeinsam hatten sie beide den Drang zu Ehrlichkeit und Gerechtigkeit. Außer Kriminalkommissar Hesse, der seine schützende Hand über ihn hielt, wenn es nötig und möglich war, fielen ihm auf Anhieb noch Reinhard Sagatzki – Besitzer eines Sportstudios und als Personenschützer beschäftigt mit Beziehungen zum organisierten Verbrechen –, der für das Grobe zuständig war, und Alexander Dorfmann ein. Ein Begleiter seit der Studienzeit in Bochum, mit hervorragenden Kenntnissen im IT-Bereich.

Obwohl Tarne es hasste, hilflos ausgeliefert zu sein, geriet er immer wieder in Situationen, in denen er seine helfenden Freunde brauchte. Gefühle von Ohnmacht erzeugten bei ihm häufig eine kindliche trotzige Wut. Bestimmt eine Reaktion auf die unzuverlässige Bindung an sein Elternhaus in der Kindheit, vermutete er.

Mit Männern war es leichter, Freundschaft zu schließen, man brauchte nicht so viele Themen. Wenn man ein bis zwei Übereinstimmungen fand, kam man schon ganz gut miteinander aus. Die Männer, mit denen er befreundet war, waren sehr geradlinige Typen. Frauen waren da viel komplizierter. Außerdem kam da noch der Sex dazu. Das machte es noch schwieriger.

Im Januar zog Manu aus, als es noch so richtig frostig war. Er las *Night School*, den 21. Band aus der *Jack Reacher*-Reihe, sah im Kino den ersten Film der Serie mit Tom Cruise, vergrub sich und sah viel Fernsehen. Nach der Wiederholung der *Die Hard*-Reihe im TV verpasste er sich, durch Bruce Willis animiert, einen neuen Haarschnitt. Wenn es seine Zeit zuließ, steigerte er sich in Selbstmitleid hinein. Er erinnerte sich dann an ein Buch, das er in seiner Kindheit sehr geliebt hatte. *Tom Sawyers Abenteuer*. Mark Twain hatte seinen Helden in diesem Buch den ersten Liebeskummer erleben lassen. Der Autor beschrieb, dass der Junge bei seinem Leiden durch einen Tränenschleier seine Tante und seinen Bruder beobachtete und plötzlich feststellte, dass er sich in diesem melancholischen Zustand wohlzufühlen begann. Darin erkannte Tarne sich manchmal wieder.

Dann begann die nächste Krise. Corona. Obwohl die WHO das Virus in seiner Gefährlichkeit anfangs eher nur als eine mediale Bedrohung erachtete, schaukelte sich die Lage durch das Zusammenspiel von dramatisierenden Journalisten, Weicheiern von Politikern und mediengeilen Wissenschaftlern zu einer Katastrophe hoch. Tarne war sich nicht sicher, ob sie mit ihrer Panikmache recht hatten. Wenn es drei Wochen keinen Regen gab, wurde über eine anstehende Hungersnot debattiert und wenn es drei Wochen regnete, wurde der Weltuntergang durch die Wiederkehr der Sintflut propagiert. Wer wusste heute noch so genau, was wirklich los war und was man glauben sollte. Wie üblich wurde jeder, der eine andere Meinung vertrat als den Mainstream, als radikaler Abweichler oder Verschwörungstheoretiker verschrien. Zumindest sah Tarne das so. Statt wie jedes Jahr den üblichen Umgang mit den mutierten Grippeviren zu durchleben, gelang es den Medien, weltweit daraus ein dramatisches Szenarium zu konstruieren, das in den meisten Ländern tatsächlich zu einem *Shutdown* führte. Man erwartete ungeahnte wirtschaftliche Nachwirkungen.

Das einzig wahrhaft Gute an dem Rummel, der um Corona herrschte, war in Tarnes Augen, dass Greta, die Ökoumweltaktivistin, endlich verschwunden war. Er fragte sich, als er zum Spaß die Artikel, die sich in der WAZ am Samstag direkt oder indirekt um die Bedrohung durch das Virus drehten, durchzählte und auf 59 kam, worüber die Zeitung wohl berichten sollte, wenn es das nicht geben würde. Tarne konnte es nicht mehr hören. Wie Jürgen von der Lippe so schön gesagt hatte: *Wenn die Nachricht nerviger ist als der Inhalt, dann sollte damit Schluss sein*, oder so ähnlich. Hoffentlich fanden die Medienleute bald ein neues Ungeheuer von Loch Ness, damit das Leben weitergehen konnte. An manchen Tagen verführten ihn die Kommentare von Dieter Nuhr schon einmal zu einem Lächeln. Wirklich aufmuntern konnte ihn aber nichts.

Da er zu Hause keine guten Vorbilder gefunden hatte, fühlte er sich von literarischen oder Filmfiguren angezogen, die in seinem Sinne klare Aussagen von sich gaben und eindeutig Stellung bezogen. Vielleicht hatte er es daher, bis zum Geht-nicht-mehr zu sich und seinen Idealen zu stehen, auch wenn dabei der Untergang drohte. So waren Humphrey Bogart und Bruce Willis für ihn eins: in ihren Filmrollen zu besseren Vorbildern geworden als er sie in seinen Eltern gefunden hatte.

Frauen waren sein Schwachpunkt. Darüber war Tarne sich im Klaren. Wie sie ihren Körper bewegten, das allein reichte schon manchmal. Wie sie sich herausputzten, ihre Reize zur Geltung brachten ... Ihm war klar, aus welchem Grunde sie das taten, trotzdem fiel er immer wieder darauf herein. Nicht er verführte, er wurde verführt. Er fühlte sich als Opfer der Frauen. Das Bild der *Femme fatale* aus alten Schwarz-weiß-Filmen hatte sich tief in sein Inneres eingegraben. Er musste nur wahrnehmen, wie eine schwere Brust wie unbeabsichtigt unter einem weiten T-Shirt in Bewegung geriet oder aus einer zu engen Bluse herausdrängte, und schon war es um ihn geschehen. Aber in Beziehungen kam es schnell zu Konflikten. Weibliche Wesen hatten andere Ansichten von Beziehung, verlangten viel Zeit, viel Nähe, nahmen Einfluss auf seine Freizeitgestaltung. Das wurde ihm schnell zu eng. So wie er die erotische Nähe genoss, so sehr floh er vor der Abhängigkeit in einer Beziehung, wie er sie bei seiner Mutter erlebt hatte. Eine gesunde Distanz innerhalb einer Beziehung zu leben, erschien ihm schwieriger als sich zu trennen. Also lief er immer wieder davon.

Von Manu hörte er nur noch, wenn sie anrief, um an seine Zahlungen und sonstigen Verpflichtungen zu erinnern. Oder auf der Mailbox waren Nachrichten von ihr. „Werd endlich erwachsen.

Such dir eine ordentliche Arbeit!" Welche Überheblichkeit klang aus ihren Worten. Er konnte sich genau vorstellen, wie sie dabei arrogant ihre wilde blonde Mähne zurückgeworfen hatte.

Die ständige negative Stimmung hatte ihn dann kurzfristig zu einem Seelenklempner geführt. Das hatte auch nichts gebracht, außer, dass es für Tarne ganz interessant war, von einem Fachmann etwas über seinen Charakter zu erfahren. Jeder Mensch habe eine Persönlichkeit, die aus unterschiedlichen Anteilen zusammengesetzt sei. Bei ihm war es nach einem Test, den er zu Beginn der Behandlung hatte ausfüllen müssen, ein Zusammenwirken unterschiedlicher Faktoren. Im Bereich *Selbstunsicherheit* bestand eine geringe Ausprägung, die er aber durch seine Art nach außen gut überspielen konnte Das war ihm natürlich bewusst. Es ging aber nicht so weit, dass er deshalb unangenehme Situationen vermied. *Abhängigkeiten* – das brachte ihn zum Nachdenken, Alkohol, Süßigkeiten bei Stress, Beziehungen? Gab es da süchtige Tendenzen, fragte er sich. Aber, entschied er, je nach Anlass hielt es sich in den Grenzen, die er vertreten konnte. *Zwanghafte Anteile* – im Sinne von klaren Strukturen und alles möglichst perfekt hinbekommen zu wollen – stellte er in einer stärkeren Variante bei sich fest. Es wurde deutlich, dass er diese Strategien entwickelt hatte, um bis zu einem gewissen Punkt seinem Vater zu gefal len. Dabei war ihm völlig klar, dass der das ja nicht mehr mitbekommen würde. Inzwischen hatte er diesen Mechanismus durchschaut, daher sollte das kein Problem mehr darstellen. *Passiv aggressiv*, hatte sein Psychotherapeut ihm erklärt, sei ein Konstrukt, in dem sich ausdrückte, dass derjenige sich nicht offen abgrenzen konnte, also deutlich *Nein* zu sagen. Damit seien Personen gemeint, die nur durch Vermeiden, also Termine nicht einhalten, Aufgaben nicht erfüllen oder einfach vergessen, undeutlich klar machen konnten, was sie nicht wollten. Dazu gehörte er nun ganz gewiss nicht. Obwohl, überlegte er, bei manchen Frauen, oder wenn es um Manu und um sein Pflichten, Rocco zu betreuen, ging? Dann vermied er auch schon einmal gerne eine Auseinandersetzung. Aber ansonsten gehörte er eher zu denen, die sehr deutlich – also in den Worten seines Therapeuten: *aggressiv* – verdeutlichten, was sie nicht wollten. Dann gab es noch eine Kategorie, in der es um *gestörtes Beziehungsverhalten* ging, darüber brauchte nicht gesprochen zu werden, das war ihm längst klar. Ein wenig *Narzissmus*? Hatten doch alle, oder? Nach wenigen Sitzungen wurde deutlich, dass ihm der Behandler auch nichts anderes vermitteln konnte als ihm gut zuzureden, positiv zu denken und es sich gutgehen zu lassen.

An diesem Punkt seiner Überlegungen angelangt, beschloss Tarne, es sich heute tatsächlich einfach nur gutgehen zu lassen. Er hielt das für eine hervorragende Entscheidung.

Kochen im Krimi

Detektive und Kriminalkommissare leben nicht nur von Luft und Liebe, sondern sie essen auch. Manche kochen sogar selbst. Wie ist es denn nun um das kulinarische Wohl unserer Helden bestellt? Statt Krimi in Essen dreht es sich jetzt um Essen im Krimi. Ein kulinarisches Essay zum Abschluss.

Kochen – ein Thema, das in unserer Zeit immer mehr an Umfang zunimmt und dem mittlerweile eine enorme Bedeutung zugesprochen wird. Doch wie halten es eigentlich unsere literarischen Helden mit dem Kochen? Als Krimifan möchte ich mich hier vor allem auf dieses Genre beschränken und dabei nicht den Anspruch erheben, eine allumfassende Darstellung vorzulegen. Jedoch habe ich exemplarisch eine interessante Tendenz festgestellt.

Widme ich mich diesem Thema, führen meine Gedanken mich als Erstes unweigerlich zu ganzen Kerlen, den Urvätern aller Privatdetektive, wie *Philip Marlowe* oder *Sam Spade*. Sie sind aus der Feder von Raymond Chandler und

Dashiell Hammett. Der Ruhm dieser Figuren geht natürlich auch auf die Verkörperung im Film durch Humphrey Bogart zurück. Diese Herren stellen den Archetypus des „hardboiled" Helden der schwarzen Serie dar, aus den 1930er und 40er Jahren. Sie waren ganz von der Depression gezeichnet und dementsprechend taucht das Thema Kochen kaum auf. Wer von denen hätte denn Zeit gehabt, selbst zu kochen, in seinem täglichen Überlebenskampf? Sie kamen während ihrer Arbeit auf den Straßen der großen Städte allenfalls dazu, einmal einen Donut gegen den stärksten Hunger zu verzehren. Zu mehr reichte auch in der Nachkriegsphase kaum die Zeit. Ansonsten waren Kaffee, Zigaretten und Bier oder Whiskey die einzigen Nahrungsmittel, die das Überleben zu sichern hatten.

Zu Beginn der 60er Jahre fiel eine Figur etwas aus der Rolle, oder war womöglich ihrer Zeit voraus: Rex Stout und sein Held *Nero Wolfe*. Er war in erster Linie als Gourmand und Gourmet angelegt und hatte eigentlich gar keine Lust, sich überhaupt zu bewegen, geschweige denn Kriminalfälle zu lösen. Er gab sich schon ausgiebig dem hedonistischen Prinzip hin, als seine Kollegen für so etwas noch keine Zeit haben durften, sondern die Pflichterfüllung oberste Priorität hatte. Vom Kochen und vielen guten Essen trug der Held auch ein stattliches Gewicht mit sich herum. Gut, dass er finanziell unabhängig war. Mit seiner Figur hätte er sonst bestimmt nicht effektiv kämpfen können. Für diese niederen Tätigkeiten hatte er einen Mitarbeiter. Dadurch blieb ihm auch mehr Zeit, sich dem reinen Genuss zu widmen, bei dem er sich auch nur ungern stören ließ.

In diese Zeit fällt auch ein erwähnenswerter Roman des deutschen Schriftstellers Johannes Mario Simmel mit dem vielsagenden Titel: „Es muß nicht immer Kaviar sein". Der Autor stellt jedem Kapitel ein Kochrezept voran. Das war damals eine Sensation. Das hatte es noch nicht gegeben. Rezepte in einem Roman! Vielleicht wurde dieses Buch deswegen so erfolgreich. Der Held *Thomas Lieven* bewegt sich hier, beginnend in der Kriegszeit 1939 bis in die Zeit des Kalten Krieges 1959, zwischen den verschiedenen Geheimdiensten und seiner Vorliebe für Frauen und das Kochen.

Von den ursprünglichsten Helden mit nihilistischer Prägung kommen wir so langsam zu einem neuen Typus. Die damaligen Helden entstammten der Kriegsgeneration, waren gezeichnet, erwarteten nicht mehr viel vom Leben und hatten nichts mehr, als ihre moralische Einstellung und ihre Pflicht zu erfüllen. Der heutige Held, mit dem wir uns identifizieren, hat eine ganz andere Einstellung. Er hat sich von der Fertiggericht-Selbstversorgungsmentalität hin zu einer Persönlichkeit entwickelt, die auch ein Privatleben mit ausgeprägten Gefühlen hat. Unser Held hat gelernt zu genießen.

Dann kam die Phase, als immer mehr Autorinnen Krimis verfassten. Da die Frauen scheinbar nicht in ihrer Freizeit auch noch an die Küche erinnert werden wollten, wurde Kochen hier eher nicht zum Thema gemacht. Deshalb scheint es in diesem Fall von Bedeutung zu sein, zwischen den Geschlechtern der Schreibenden zu unterscheiden.

Die weiblichen Autoren halten ihre Helden und Heldinnen vorwiegend aus der Küche heraus. Vielleicht mussten sie sich selbst früher zu oft darin aufhalten. Sie hatten sich womöglich gerade erst davon emanzipiert. Kochen wird Männersache. Es ist fast so, als habe die Frau endgültig den Kochlöffel aus der Hand gelegt und der Küche den Rücken gekehrt. Als Paradebeispiel sei eine von der Autorin Sara Paretsky geschaffene Heldin, *V.I. Warshawski*, genannt. Sie ist so tough, dass sie keine Zeit fürs Kochen hat. Sie erinnert eher an ein humoristisches Zerrbild der alten hartgesottenen Helden aus der Zeit der *Schwarzen Serie*. Sie lebt vorwiegend von *Aspirin* gegen den Kater.

Wie überall, ist natürlich auch bei den Krimiheldinnen aus weiblicher Feder eine Ausnahme zu nennen: die Chefpathologin von Virginia, *Kay Scarpetta*. Sie liebt es geradezu, neben ihren zugleich äußerst spannenden, aber auch ebenso ekligen Fällen, Italienisch zu kochen und ihre Freunde dazu einzuladen. Die Autorin Patricia Cornwell schreibt ihrer Heldin auch eine fantastisch eingerichtete Küche zu. Trotz der Spannung werde ich beim Lesen jedes Mal hungrig.

Die Kochkultur in der Kriminalliteratur scheint eine Reflexion des veränderten Männerbildes in der Gesellschaft widerzuspiegeln. Die neuen Männer stehen nun vermehrt in der Küche, bringen Umschwung in der Gesellschaft und brechen Traditionen auf. Was machen nun die Männer in der Küche? Sie machen das Beste daraus. Sie laufen zu Spitzenleistungen auf, perfektionieren, basteln, spielen Chefkoch. Sie stellen die einfache Tätigkeit als Leistung heraus. So wie früher das Kochen oft als Last beschrieben und vermieden wurde, ist der Mann heute dabei, das Kochen als etwas ganz Besonderes darzustellen. Wenn ich nicht drum herumkomme, mache ich eine Kunst daraus. Wer erinnert sich nicht an den großartigen Mark Twain, der *Tom Sawyer* im Roman aus der unangenehmen Aufgabe, einen Zaun streichen zu müssen, ein Geschäft machen ließ, indem er es verstand, den anderen Jungs das Zaunstreichen als ein einzigartiges Erlebnis darzustellen. Also: Kochen ist etwas ganz Besonderes und Männerdomäne!

Dieser gesellschaftliche Umschwung nimmt nun Einfluss auf die literarischen Werke. Männliche Autoren statten ihre Helden heute häufig mit einer Leidenschaft für das Kochen aus. Vom beiläufigen Donut-Essen über das bloße Replizieren der Rezepte (Johannes Mario Simmel) haben die Autoren die Helden zu gefühlvollen Personen entwickelt. Sie lassen die Helden sich selbst versorgen, das Kochen oft schon im wahrsten Sinne des Wortes zelebrieren und sogar die Protagonisten darüber philosophieren. Nun wird genussvoll beschrieben, wie das Gericht zubereitet wird. Durch die Beschäftigung mit dem Kochen soll es sogar gelingen, den Überdruss in Zaum zu halten. Wenn man für sich alleine etwas Besonderes koche, halte dies die Konzentration wach. Die Leute, die auf dem Klo am besten nachdenken können und dort die besten Ideen hatten, müssen jetzt umdenken. Heute ist dafür das Kochen vorgesehen. Dort sollen auch die Gerüche angenehmer sein. Kochen wird folglich zur Lebenseinstellung.

Seit den 90er Jahren erfreuen sich Krimis aus dem skandinavischen Raum zunehmender Beliebtheit. Mankell, Nesser, Edwardson und weitere statten ihre Kommissare mit sehr menschlichen Zügen aus. Sie schlagen sich mit ihren eigenen Schwächen herum, darunter Depressionen, Alkoholprobleme und Scheidungen. Hier wird das Kochen oft zu einem erholsamen Ausgleich, einer sinnvollen Freizeitbeschäftigung.

Leif Davidsen bezeichnet in seinem Roman „Der Feind im Spiegel" die Köche als die „neuen Stars", die nicht Essen, sondern „Kunstwerke" erschaffen.

Als weiteres Beispiel mag das Erstlingswerk von Åke Edwardson gelten: „Allem, was gestorben war". Der Held *Jonathan Wide* ist Alkoholiker und entdeckt nach einer gescheiterten Ehe erst spät das Kochen. Vielleicht wäre die Ehe nicht gescheitert, wenn er früher mal seine Frau bekocht hätte. Als vom Leben gezeichnet findet er Besinnung in den kleinen Dingen. Symbolisch sind das Nahrungsmittel, Kochen und Essen als genussvolles Erleben. Neben der Handlung findet der Held seine Ruhe und Frieden beim Zubereiten der Mahlzeiten. Edwardson lässt seinen Helden beim Kochen über eben diese Tätigkeit philosophieren. Da er keine Bücher schreiben kann, kocht der Held gegen seine Lebenszweifel und seine depressiven Episoden an und gibt uns dabei noch praktische Tipps. Ein Beispiel wäre, dass man Schafskäse gefrieren soll, weil er sich dann besser reiben lässt. Na, wenn das nichts ist. Neugierig geworden, habe ich es ausprobiert und es funktioniert! Im gleichen Buch findet auch der Kommissar *Sten Ard* beim Kochen seine Ruhe vor dem „Sumpf der Veränderung in Europa".

Edwardson lässt seinen Helden sogar in der Küchenschublade wühlen und über die Wichtigkeit von Spezialwerkzeugen zum Kochen dozieren, wie Olivenentkerner, sinnvolle Knoblauchpressen, Stanzmaße für Ravioli und vieles mehr. Unvorstellbar, wenn wir bedenken, von welchem „hard-boiled"-Typus wir kamen.

Alle Köche und Möchtegern-Köche aufzuzählen, ist unmöglich, also nennen wir nur noch exemplarisch ein paar weitere, die es auf die Spitze treiben. Während *Philip Marlowe* (Raymond Chandler) und *Spenser* oder *Jesse Stone* (Robert B. Parker) sich noch mit Hamburgern und Donuts und hin und wieder einem Steak zufriedengaben, haben heute *Bruno, Chef de police* (Martin Walker), Inspektor *Javier Falcón* (Robert Wilson) oder der Luxemburger Koch *Xavier Kieffer* als Krimiheld (Tom Hillenbrand) ausgefeilte Gourmet-Mahlzeiten. Sie alle bereiten die kulinarischen Köstlichkeiten selbst zu und genießen sie in gepflegter Gesellschaft. Ach, was sage ich genießen, sie schwelgen darin, mit exzellenten und passenden Weinen. Der

Wein muss dabei natürlich dekantiert werden, damit das Ganze dem Lebensstil *schöner, weiter, besser und größer* entspricht. Diese ausufernde Einstellung geht anscheinend leider auch nicht an unseren Krimihelden vorbei. Zu der gesamten Kochmischung wird dann noch standardmäßig eine gehörige Prise Humor gemischt, die dann dem Roman die richtige Würze geben soll. Scheint fast so, als wenn die Rechnung für die Verlage aufgeht. So können sie auch noch Kochbücher zu den Krimis verkaufen. Vermutlich hat sich die Leserschaft durch das „Modethema" auch noch deutlich vermehrt.

Mich interessiert jedenfalls mehr der blutverkrustete Rand eines Einschusslochs in der Stirn des Opfers statt eine gebräunte Kruste der Haut einer Hühnerbrust. Damit sind wir, neben all der Bereicherung durch das Thema Kochen, bei der negativen Seite angelangt. Denn unter die Räder geraten dabei die ehrwürdigen „hard-boiled" Detektive, bei denen Pflichterfüllung an erster Stelle stand. Die kochenden Salonlöwen sind nicht wirklich in der Lage, den Ersten aller Detektive auch nur annähernd das Wasser zu reichen. Ich kann und will es mir auch nicht vorstellen, wie *Philip Marlowe*, *Sam Spade*, *Mike Hammer* (Mickey Spillane) oder heute auch *Jack Reacher* (Lee Child) Wein vorsichtig in eine Vase gießen.

Die nächsten Seiten

sollen Appetit machen ...

Kennen Sie auch den ersten Fall des Detektivs?

Der Weg des Geldes

Robert Erich Tarne, ein typischer Held des Ruhrgebiets recherchiert in einem vermeintlichen Suizid. Das Opfer, ein Fotograf, der zwischen Kunst und Auftragskommerz in seinem Beruf ums Überleben gekämpft hat, war vielen Menschen ein Dorn im Auge. Da gibt es eifersüchtige Ehemänner, die sich über erotische Aufnahmen geärgert haben, oder eine Chemiefirma, deren Machenschaften zu einer Belastung von Umwelt und Einwohnern geführt haben und mit seinen Fotos nachzuweisen sind. Oder steckt am Ende etwas viel Größeres dahinter, etwas, das weiter in die Vergangenheit zurückreicht? Die Verdächtigen sind über das ganze Ruhrgebiet verstreut von Duisburg bis Dortmund. Der ehemalige Germanistikstudent mit seinem Begriff von Ehre wird immer weiter in den Strudel der Ereignisse hineingezogen. Trotz Unterstützung durch seine Freundin Manu und seinen Freund Hauptkommissar Harald Hesse verliert er immer mehr die Kontrolle über die anfänglich so simple Situation.

Überall im Buchhandel und im Internet erhältlich!

Auch interessant und spannend!

Tod vor der Tür

Direkt vor seiner Bürotür in Essen-Kray wird ein Mann erschossen. Das reißt den Privatdetektiv Robert Erich Tarne aus seinen süßen Tagträumen. Wieso gerade hier und jetzt, wieso gerade bei ihm? Zufall? Und was soll der blutverschmierte Schlüssel, den ihm der Sterbende so gerade noch zustecken kann, ehe die Bullen anrauschen? Tarne räumt auch im neuen Roman von Joachim Stengel im Ruhrpott ordentlich auf, mit seinen ganz speziellen Methoden. Quer durch geht's dabei wieder: ob nach Bochum, Duisburg, Dortmund oder Hösel. Für den Detektiv läuft es erneut nicht so rund wie gedacht.

Schließlich ist niemand perfekt und Tarne manchmal doch nicht ganz so cool, wie er sich selber gerne sieht, als Mischung aus Bruce Willis und Clint Eastwood. Er kann auch nicht verhindern, dass seine Ex mit hineingezogen wird. Der Fall weitet sich schließlich immer mehr aus, bis selbst die Kanzlerin dazu Stellung beziehen muss …

Überall im Buchhandel und im Internet erhältlich!

Die neue Gefahr

Der Terror erreicht das Ruhrgebiet. Eine Explosion legt die Wohnung des Essener Bundestagsabgeordneten Eberhard Lauer in Schutt und Asche. Das Attentat soll erst die Spitze eines Komplottes der rechten Szene sein. Bei den Ermittlungen gerät der Privatdetektiv Robert E. Tarne an den Rand der Verzweiflung. Im Auftrag eines TV-Sender versucht er die Hintergründe des vermeintlich rechtsextremistischen Terror-Anschlags aufzuklären. Auf der Suche nach dem Täter durchstreift er das gesamte Ruhrgebiet. Zu spät erkennt Tarne die bittere Wahrheit. Bei den Neo-Nazis brodelt es währenddessen gewaltig unter der Oberfläche und die Parolen der Reichsbürger werden immer lauter. Hinter der Fassade braut sich eine Verschwörung der dunklen Mächte zusammen. Je tiefer Tarne in den Sumpf der rechten Szene eintaucht, desto mehr wird er vom Jäger zum Gejagten. Was macht ihn so gefährlich für die Drahtzieher?

Überall im Buchhandel und im Internet erhältlich!

Joachim Stengel

Der Autor, geb. 1952 in Stralsund, lebt seit 1960 im Ruhrgebiet, erlangte auf dem 2. Bildungsweg das Abitur, schloss ein Psychologiestudium und die anschließende Promotion erfolgreich ab. Heute betreibt er mit Kolleginnen eine Gemeinschaftspraxis in Duisburg. Stengel hat sich vielfältig umgetan: als Siebdrucker schon früh künstlerisch gearbeitet und lange Jahre verschiedene Szenekneipen im Ruhrgebiet betrieben. 2013 waren seine Ölgemälde in der Zeche Zollverein ausgestellt. Der Autor hat sich ebenfalls schon an Undergroundfilme und Musikvideos gewagt und immer wieder literarisch betätigt – er ist also ein quirliger Kreativer, der sich so leicht nicht auf eine Ausdrucksform festnageln lässt. Klar, dass er sich im Revier auskennt und weiß, wie die Leute hier ticken!